光文社文庫

長編推理小説

三毛猫ホームズの怪談

新装版

赤川次郎

KOBUNSHA

光 文 社

目次

プロローグ　5
第一章　白い猫　16
第二章　赤い猫　103
第三章　化け猫　199
第四章　美人猫　293
エピローグ　400

解説　山前《やままえ》譲《ゆずる》　406

プロローグ

回り続ける車輪が奏《かな》でる通奏低音と、レールの継ぎ目を乗り越える、ゴトン、ゴトンという単調なリズムが、いつの間にか眠気を誘っていたようだ。

すれ違った列車の衝撃波が車窓を揺さぶって、片山《かたやま》はふっと目を覚《さ》ました。寝台の上には、読みかけの推理小説が開いたままになっている。

「つい、うとうとしちまったらしいな……」

と呟《つぶや》いて、片山は狭苦しい寝台の上段で身をよじるようにして仰向《あおむ》けになった。腕時計を見ると、そろそろ午前一時になるところである。——今はどの辺だろう？　十一時過ぎに広島に停《と》まったのは気が付いていたのだが……。もう岡山《おかやま》は通過したのかな。

寝台の上段は揺れるので、片山は好きでなかった。そろそろ三十にも手の届こうという男が——しかも、警視庁捜査一課の刑事という職にありながら——寝台車で眠れないほどデリケートだというのは、あまり自慢できた話ではない。しかし、生まれついての性質というものは、本人の意志だけではどうにもならないもので、片山自身は、むしろ刑事であることのほうが間違っているのだと感じていた。

「そろそろ寝るかな」

と独り言を言って、頭のそばの明かりを消し、窮屈そうに足をのばしてみる。どうしてこう狭苦しくできているんだろう？　片山は一メートル八〇近い長身で、ちょっと女性的な優しい童顔が、ヒョロリとした体に乗っかっている。

いざ仰向けになり、眠ろうと思うと、今度は一向に眠気がさしてこない。本を読んでいるときはうつらうつらしていたのに……と首を振った。おそらく、本を読んでいる間は、揺れや音に気を取られなかったので眠くなったのだろうが、じっと目を閉じていると、物音ばかりがえらく気になって、頭が冴《さ》えてきてしまう。

「畜生！」

片山はまた明かりをつけて、そばのカーテンをそっと開けてみた。——もう誰もが寝静まっているようだ。どうせ眠れないのなら、通路へ出て、窓の外でも眺めていようか。

片山は上着をつかむと、寝台の上に起き上がって、いささか頼りなく見える梯子《はしご》へ足をのばした。一度ならず下へ落ちた経験があるので、慎重《しんちょう》に降りて行く。——無事降り立って靴をはくと、足音をたてないように気を付けながら通路へ出た。

片山の下、中段と下段は空いたままになっていた。途中から誰も乗って来ないと分かっていれば、下へ移ってしまうのだが……。

「ま、いいや」

アパートへ帰ってから、ゆっくり寝よう。片山は、車窓の外の、深い夜の闇に見入った。どの辺を走っているのか、ほとんど人家や町らしい灯も見えない。片山はぶらぶらと通路を歩き出した。

片山義太郎《よしたろう》は、長崎《ながさき》への出張の帰りだった。東京での、通り魔連続殺人事件の捜査本部付きになって、三人の被害者に長崎出身という共通点があることが分かったので、被害者相互の関連の有無を調べに出向いていたのである。――しかし、片山が調査に取りかかってすぐ、犯人が逮捕《たいほ》され、被害者が同じ出身地だったのは結局全くの偶然にすぎなかったことが分かって、片山の出張は無駄足に終わってしまった。

全くついてないよ。――そう愚痴《ぐち》りながら結構内心ではホッと胸を撫《な》でおろしていた。刃物を振り回す犯人と取っ組み合うなどという野蛮なことは片山の優しい人柄にそぐわないのである！

片山は、車両の端まで来て、さて戻ろうかと向き直ったが――そのとき、ふと誰かが寝台の陰へ身を引いたのが、チラリと目に映った。

ほんの一瞬のことだったから、それが男だったか女だったかも見定められなかったが、どうも自分の席のあたりだったように思えた。

片山は少し足を速めて戻ってみると、片山の寝台の下段に、女が腰かけていた。

「今晩は」

女はそう言って微笑《ほほえ》んだ。

「ど、どうも……」

片山は何と言っていいか分からず、どぎまぎして会釈《えしやく》した。「今、来られたんですか?」

「ええ」

女は、二十二、三歳だろう。中肉中背、バランスの取れた体つきで、地味な紺のワンピースを着て、小さなバッグを一つ、膝に乗せていた。

「あなたはここですの?」

と女は訊《き》いてきた。

「この上段です」

「そうですか」

女はちょっとためらっているようだったが、思い切ったように片山を見上げて、「もし、ご迷惑でなかったら……」

「何です?」

「私、この下段なんですけど、よろしければ替わっていただけませんでしょうか?」

「替わる?」

「ええ。私、上段がいいんですの」

「それは変わってますね。――いや、上がいやだから下と替わってくれという人はよくいるけど、その逆は……」

「私、高い所が好きなんです」

と女は愉快そうに言った。「馬鹿と猫は高い所が好きだって言うでしょう」

片山はついつられて笑ってしまった。

「いいです。替わってあげますよ。いや、僕はできれば下へ移りたかったんです。ちょうどいい」

「まあ、よかった！　すみません」

「じゃ、ちょっと待ってください」

片山は梯子を登って上段へ這《は》い上がると、自分のネクタイやら本やらを持って降りて来た。

「さあ、どうぞ」

と肯《うなず》いて見せ、「荷物を上へ乗せてあげましょうか？」

と訊いた。女は首を振って、

「いえ、荷物はありませんの」

「一つも？」

「ええ、このハンドバッグだけ」

「東京までですか？」

「そのつもりですわ」

「じゃ……おやすみなさい」

「失礼します」

女は礼儀正しく頭を下げると、靴を脱いで梯子を登って行ったが、片山は、彼女の身の軽さに目を見張った。梯子を弾《はず》むように上ったと思うと、上段の寝台へ、いとも易々と飛び移った。――いや、全くそれは飛び移るという感じだった。

「へえ、身軽なんだな！」

と片山は思わず呟いた。まるで――そう、猫を思わせる身のこなしだった。

下段へ横になって落ち着くと、なかなか快適だ。これで眠れそうだな、とホッとする。

――しかし、なかなか可愛い女性だった。美人というより、ちょっとキュートな印象で、笑うとえくぼができる。目が大きくて、輝きを秘めていた。若いからだろう。

片山は明かりを消した。あんまり彼女のことを考えていると、また眠れなくなりそうだ。

――目を閉じて、しばらくして、ふっと思い付いた。あの女性は、どこから乗って来たのだろう？　この列車は大阪《おおさか》まで停まらないはずなのだが……。

翌朝、片山が眼を覚ますと、列車は豊橋《とよはし》駅に着いたところだった。

「やれやれ……」

寝不足とはいえ、寝台車でこれだけ眠れたのは片山としては記録的な出来事である。

下段にしてもらって助かったな、と思って、さて昨夜の女性は……と目を上段へ向けると、もうそこには彼女の姿はなかった。彼女の靴も見当たらない。もう起き出したのだろうか。それとも降りてしまったのか。

ちょっとがっかりした気分で顔を洗って戻って来ると、車掌に出くわした。

「お早うございます」

と、珍しいくらい愛想のいい車掌である。

「ここの女性はもう降りたんですね」

何か言わなくては悪いような気になって、そう言うと、車掌はちょっと不思議そうな顔になった。

「ここですか？——いや、ここはお客さんのほかには誰もいませんがね。長崎からずっと。何かの勘違いですよ」

「そりゃおかしいなあ。ゆうべ、夜中にやって来たんですよ、若い女性がね」

「何時ごろですか？」

「一時……ごろだったと思うけど」

「そりゃ変ですね、その時間にはどこにも停まりませんから、乗って来るはずはないですよ」

「でも確かに乗って来たんですよ。上段がいいからって言って、僕と替わったんだから」

車掌はちょっと苦笑《にが》いして、

「じゃ、きっとそれは無賃乗車だな」

「無賃乗車？」

「トイレかどこかに隠れていて、夜中になったんで寝に来たんでしょう。下の段にいると見付かりやすいから上段へ行ったんですよ。だから、きっと早いうちに起き出して姿を消したんでしょう」

あの可愛い娘がただ乗り？　片山にはとても信じられなかった。しかし、車掌と言い争っても始まらない。

「どんな女でした？」

と車掌は片山の、あまり巧妙とは言えない説明を聞くと、「じゃ、気を付けておきますよ。そういうけしからん奴がいるから、国鉄の赤字は減らないんです」

「はあ……」

片山も公僕の一人として、あまりその話題に深入りしたくはなかった。

食堂車へ朝食を食べに行っても、片山はつい無意識にすれ違う女性やほかのテーブルの女性に目を向けていた。

——あの女がただ乗りとは、片山には思えなかった。そんなことをしている女が、わざわざほかの客に声をかけたりするだろうか。それに、上の段がいいというのなら、ほかにも空いた寝台は沢山あったのだ。何もわざわざ片山のいる寝台までやって来て、替わってくれと頼む必要はあるまい。

きっと車掌の思い違いだ、と片山は思った……。

列車は十一時半に、予定どおり東京駅へ着いた。ボストン・バッグを手に出口のほうへ歩いて行くと、さっきの車掌が立っている。

「どうもありがとうございました」

と丁寧に頭を下げる。「——そうそう、さっきのお話のただ乗りですが——」

「見付けましたか?」

「いや、気を付けていたんですがね」

と首を振る。「きっと名古屋《なごや》あたりで降りちまったんじゃないですか」

「そうでしょうね。——じゃ、どうも」

と行きかけると車掌が愉快そうに、

「そういえば、その女じゃないですが、ほかにもただ乗りを見付けましたよ」

「へえ。捕《つか》まえたんですか?」

「いや、今、扉が開くなり飛び出して行っちまいました」

と笑っている。

「捕まえなくっていいんですか?」

と片山が不思議そうに訊くと、

「捕まえられませんよ。追っかけたって」

と車掌は言った。「何しろ相手は猫ですからね」

「猫ですって？」

「ええ、真っ白な猫でした。きっと座席の下にでももぐり込んでたんでしょう」

片山は、ふっと昨夜のあの娘の身軽さに猫を連想したことを思い出した。じゃ、あれは猫の化身だったのかな？

「まさか！」

と頭を振ってホームへ降り立つ。——妹の晴美《はるみ》が迎えに来てくれると言っていたので、ホームを見回して、視線が止まった。階段へと流れて行く人々の後ろ姿の重なり合った中に、あの女の、紺のワンピースを見たような気がしたのだ。見え隠れするその姿が、どうも間違いなくあの女のように思える。

じっと目をこらしていると、急に肩をポンと叩《たた》かれ、びっくりして振り向いた。

「お帰りなさい、お兄さん」

晴美が立っていた。「何よ、そんなに面食《めんく》らったような顔して。妹の顔を見忘れたの？」

「いや……。猫がね——」

「え？」

「猫が紺のワンピースを着ること、あると思うかい?」

と片山は真面目な顔で言った。

第一章　白い猫

1

「確かにこの駅なのかい？」

改札口を出て、片山は駅前を見渡しながら言った。晴美はメモを見直して、

「ここで間違いないと思うんだけど……」

と、自信なげに肯いた。

「メモが間違っているんじゃないのか？」

「まさか。自分の家の駅を間違えるなんてことないわよ」

「石津《いしづ》の奴ならやりかねない」

「お兄さんったら……」

晴美は怒ったような声で言ったが、にらむ目は笑っていた。「そうあの人の悪口を言った

ら逆効果よ」

「何の話だ？」

「とぼけたってだめ。石津さんが広いアパートに引っ越したのが面白くないんでしょ」

片山は肩をすくめた。

「2DKへ越そうとヴェルサイユ宮殿に越そうと奴の自由さ。しかし、独身のくせにわざわざ高い家賃を払おうなんて、お前と結婚したいという遠回しの意思表示に決まってる！」

「ほら、やっぱり面白くないんじゃないの」

「俺は頑固オヤジじゃないぞ。しかし――」

「警官とだけは結婚するな、でしょ。安心して。今のところ、まだ誰とも一緒になる気はないわ」

「別にしちゃいかんとは言わないけど……」

と言いながら、片山は安心したように微笑んで、周囲を見回した。「――ともかく、その大団地ってのはどこにあるんだ？」

「私だって知らないわよ」

――晴美に首ったけの目黒署の青年刑事、石津の度重なる招待に応じて、こうしてやって来たものの、少々着くのが早すぎたせいもあって、石津はまだ迎えに来ていないし、彼の言う「西多摩《にしたま》の一角を開発した広大な緑の中の近代都市」たるニュータウンの団地群も、駅前に立って見る限りでは、一向に目に入らなかった。

駅前は、まるでハイキングコースと言ってもいいような林と丘陵《きゅうりょう》で、ただ、自動車道路だけは広々と整備されている。しかし、通る車の数は、都内の交通ラッシュを見慣れた目には、閑散としてわびしささえ感じさせるほどであった。

「でも、空気はとっても澄んでるじゃないの」

と晴美は大きく深呼吸した。「空もまだ汚れてないわ」

「きれいすぎて喉《のど》を痛めそうだ」

と片山は咳《せき》払いした。「何しろ排気ガスに慣らされてるからな」

「哀れね、都会人は」

「それはそうと、もう一時だぞ。石津の奴、迎えに来ると言ったんだろ?」

「ええ。あの人のことだから間違いないと思うけど……。あ、あの車かしら?」

晴美が遠くへ目を向けて言った。丘陵の間を走る自動車道路を、真っ赤な国産のスポーツカーが颯爽《さっそう》と駆けて来る。片山は笑って、

「お前、検眼してもらったほうがいいんじゃないのか?　あれが石津のボロ車に見えるんじゃ、かなりひどいぞ」

「あら。だって、あの人、車を買い替えるようなこと言ってたのよ」

「いくら買い替えるったって――」

と言っているうちに、赤いスポーツカーは駅前へ回り込んで来て、二人の前にピタリと停まった。

「やあ、遅くなって、すみません」

と運転席から、石津の人なつっこい笑顔が現われた。

「ほら、やっぱり！」

と晴美は片山へ言った。

「お前、ずいぶん派手な車にしたんだな」

片山は呆《あき》れて、「警察をクビになったら、消防署へでも勤める気なのか？」

「いや、晴美さんに乗っていただくんですから、晴美さんに相応《ふさわ》しい車、と思いましてね」

「とっても素敵よ。じゃ、行きましょう」

「ええ。どうぞ乗ってください。後ろの席に……」

「お兄さん、後ろに乗って。私、助手席に座るわ」

片山は言われるとおり、独りで後ろへ座ったが、内心、はなはだ面白くなかった。

「今日はどうしたんです。あの……ホームズは？」

と石津が訊いた。

「ご心配なく。留守番に置いてきたわ」

「そうですか」

図体《ずうたい》は大きなくせに、石津は猫恐怖症なのである。ほっとした様子で車をスタートさせる。

「大分かかるの？」

「いえ、五、六分です」

「どこに団地があるんだ？　ちっとも見えないじゃないか」

と片山が口を挟《はさ》む。

「今に見えます。駅の近くは、まだ未開発なんですよ」

「登山鉄道に乗ったのかと思ったよ」

片山は車窓の外の風景へ目を向けた。――道は丘陵の谷間のような所を抜けていた。道から大分離れて、木立《こだ》ちの奥に、何軒かの古びた家があるのに片山は気付いた。

「あんな所に家があるのか」

「え？　――ああ、あそこですか。小さいながらも村でしてね」

「村？」

「ええ。ま、僕もよくは知らないんですが、開発の谷間というのか、ポツンと忘れられたように残ってるんです。あれ以外は、いくつかあった民家や町も、全部、団地建設用地として買収されて、立ち退《の》いたんですがね」

「人が住んでるのかい？」

「もちろんですよ」

片山がもう一度目を向けたとき、そのいくつかの家並みは、もう深い木立ちの織り目に隠れて見えなくなっていた。しかし、片山はなおしばらく、その方向から目を離すことができなかった。この暖かい春の陽射《ひざ》しの下で、木々の緑は確かに美しかったが、その一角だけは、何かしら暗く、沈んでいるようで、陽射しも手をのばしかねて見えたからだ。

何やら因縁《いんねん》のありそうな村だな、と片山が思いつつ、座席へ座り直したときだった。

「猫だわ！」

と晴美の叫び声。急ブレーキと急ハンドルで、車は悲鳴のような音とともに道から飛び出し、茂みの中へ突っ込んだ。

「キャーッ！」

と今度は晴美の本物の悲鳴。車はトランポリンでもやっているように景気よくバウンドした。片山は座席から飛び上がり、天井が低いせいもあって、頭をもろに打ちつけた。

「いてて！」

とシートへひっくり返る。同時に、車はやっと停まった。

やや静寂……。石津が、

「晴美さん、大丈夫ですか？」

と訊いた。晴美は青い顔で肯いて、

「え、ええ……。大丈夫。生きてるみたいだわ」

「よかった！　晴美さんさえ無事なら……」

「俺はどうでもいいって言うのか！」

片山はやっと座席に起き上がって怒鳴《どな》った。

石津は慌てて、

「あ、そうだ！　片山さんもいたんですね」

と振り向いた。「大丈夫でしたか？」

片山は憤然《ふんぜん》と石津をにらみつけた。

「警官のくせに、何て運転をするんだ！」

「仕方なかったのよ」

晴美が助け船を出す。「急に白い猫が車の前へ飛び出して来たんですもの」

「猫が？」

「ええ、あのまま走ってたら、ひき殺してたわ、きっと」

そう言われると、片山も猫好きである。それ以上文句《もんく》を言うわけにもいかず、半ばふくれっつらで黙《だま》り込んでしまった。

車のほうは無事で、石津はバックさせて道路へ戻すと、今度はぐっとスピードを落として走り続けた。

「猫が多いの？」

と晴美が訊くと、石津は首を振った。

「団地内は犬猫は飼えないことになってるんです。だから、きっとあの村の猫でしょう」

「そう。――きっと飼い猫は飼い猫ね。あんなに真っ白できれいだったもの」

「黒猫が前を横切るといいことがあるっていうけど、白猫じゃ悪いことがあるのかな」

と片山はまだ痛む頭をさすりながら言ってから、「そうだ、白い猫って言えば――」

と、ふと思い付いたように言いかけた。

「どうしたの?」

と晴美が振り向く。

「いや――ほら、この間、寝台車で会った女のことさ」

「ああ、そうね。あのときも白い猫だったって言ってたわね」

晴美は愉快そうに言った。「お兄さんを慕《した》って出て来たんじゃないの?」

「よせやい。化け猫じゃ慕われたって嬉しくないよ。それに俺は猫のほうは見てないんだからな」

「化け猫の話はやめてください」

と石津が青い顔で言った。「全身に震《ふる》えが来るんです」

「ああ、ごめんなさい、そうだったわね」

晴美は前方を見て、「――まだ遠いの?」

「いえ。その先を曲がるとすぐです」

スポーツカーは、およそスポーツカーらしからぬ低速で、斜面に挟まれた道を辿《たど》ってぐっと大きなカーブを曲がった。

「まあ……」

「こいつは……」

晴美と片山は同時に言った。――まるで手品か何かのように、見渡す限りの団地が眼前に広がって、気が付いたときにはその真っただ中を走っていたのである。言うなれば、山道を歩いていて、角を曲がると突然丸の内のビル街へ出たような感じだった。

「何だかスクリーンの中へ飛び込んだみたい」

と晴美が物珍しげに立ち並ぶ棟《むね》を見回しながら言った。「噂には聞いてたけど大したものね」

片山も商売柄、事件があればどこへでも出かけて行かなくてはならないから、団地という所へ足を運んだことも再々である。しかし、都心の団地では、棟が将棋倒しの駒のようにびっしりと立ち並んでいるのに、ここは様々の形と色彩の建物が、かなりの空間を置いて、思い思いに立っているという感じだった。

「わりあい広々としてるでしょう」

石津がまるでPRでもするように言った。

「本当ね。緑も多いし……」

晴美はすっかり感心している様子だ。

「そうです。公園もほうぼうにあるし、子供を育てるにはいい所ですよ」

石津が嬉しそうに言った。まるで自分が建てたと言わんばかりだ。

「独身のくせに何言ってるんだ」

片山は冷やかした。あれもきっと石津の遠回しな求婚なのに違いない。えらく威勢《いせい》のいい男のくせに、そういうことにかけてはまるでだらしがないのだ。

石津は、若草のような緑色に塗られた、スマートな十一階建ての棟の前へスポーツカーを停めた。

「ここです。どうぞ」

「ずいぶんモダンな建物ね」

と晴美が感心しながら見上げる。

「そうでしょう。新婚の夫婦が多いんですよ」

石津の言葉に片山はまた苦笑いした。

真新しい建物だけあって、２ＤＫといってもかなりゆったりと広く作られていて、バルコニーにもいっぱいに陽が当たっている。

「快適ねえ！」

晴美はバルコニーへ出て下を見下ろした。石津の部屋は最上階の十一階にある。

「風は強いですが、陽当たりと見晴らしは抜群《ばつぐん》ですよ」

と石津はすっかり周旋《しゅうせん》屋の様子である。片山もいささか呆れて部屋の中を見回していた。

「お前、ずいぶん無理したんだなあ」

「そうでもありませんよ。今、紅茶でも淹《い》れますから、ソファにかけていてください」

「あら、私がやるわよ。一度台所を使ってみたいわ」

石津は得たりとばかりニヤついて、

「それはどうもすみません。とっても使いやすいですよ。換気扇も大きいし」

片山は晴美と目が合うと、「あんまり奴をのぼせ上がらせるようなことをするな」というつもりでキュッと眉をひそめて顔をしかめてみせた。晴美はキョトンとして、

「どうしたの？　もう神経痛でも出たの？」

と訊いた。片山は頭へきてソファにふんぞり返った。

「――でも、よくこんな広い部屋を独りで借りられたわねえ」

晴美が紅茶のカップを置きながら言った。

「家賃も高いでしょう」

「ええ、まあ、安くはありませんがね。でも嫁さんをもらうにも、これくらいの部屋はないと」

「いい心がけだ」

と片山はとぼけて、「で、嫁のあてはあるのか？」

「え、ええ……まあ……あるような、ないような……」

晴美が吹き出しそうになった。

「いいじゃないの。何も急ぐことはないわ。じっくり考えて、よく付き合ってから決めればいいのよ。一生の問題ですものね」

「そ、そのとおりだと思います！」

石津はほっとしたように言った。

「ちゃんと掃除するのか？」

「ええ。月に二、三度はしようと思ってます」

「独りには広すぎるくらいね」

「本当は二人でないと入れないんです」

「あら、それじゃどうやって申し込んだの？」

「ええ……。婚約証明書ってのを出せばいいんですよ。それで、婚約者を名前だけ書いて……」

「まあ、インチキなのね！」

「早く言えばそうです」

片山が渋い顔で、

「おい、お前、警察官だろ。そういう真似をするのはまずいぞ」

と言うのを、晴美はなだめて、

「いいじゃないの。生きていくための便法《べんぽう》よ。ねえ?」

と石津を見た。「――で、婚約者の名前はどうしたの? 架空《かくう》の名前を作ったの?」

「は、はあ……ふっと頭に浮かんだ名前を……つい、その……手が動いて……」

石津が口ごもっているのを見て、片山はだんだん険《けわ》しい表情になった。

「おい! まさか、お前、晴美の名前を……」

「片山晴美、ですか? ――そういえば、そんな名前だったかなあ……」

片山が立ち上がりかけるのを晴美は慌てて止めた。

「お兄さん! 何も借金の肩替わりをさせられたわけじゃなし、いいじゃないの」

片山は渋々ソファに戻った。晴美は石津のほうへ向いて、

「石津さん、あなたもひと言私に言っておいてくれなきゃ。お兄さんにはいいけど」

「すみません」

と石津は冷や汗をかいている。片山は面白くない。俺のことを無視しやがって! ――母親をずっと以前に亡くし、鬼刑事と言われた父が殉職《じゅんしょく》してから、兄妹二人で暮らしてきただけに片山は晴美に対しては兄であり、かつ父親でもあった。

まあ、この石津って奴も、悪い男ではない。いささかデリカシーに欠けてはいるが、一本

気で純情である点は片山も認めていた。しかし、刑事というのは……。できることなら、片山は晴美に刑事以外の職業の男と結婚してほしかった……。

「——あら、サイレン」

晴美が言った。片山も耳を傾け、

「パトカーだぞ。何だろう?」

と腰を上げた。

「こっちへ近付いて来るみたい」

「覗《のぞ》いてみましょう」

石津が立ち上がってバルコニーへ出て行った。

「——どうだい?」

と片山がバルコニーへ出るガラス戸の所まで来て訊いた。

「すぐ下の公園ですよ。何かあったらしい。人が集まってます。——あ、救急車も来ました」

「よし、行ってみよう」

晴美は顔をしかめて、

「よしなさいよ、せっかく非番なのに」

と文句を言ったが、片山と石津が玄関へと急ぐのを見て、諦《あきら》めたように自分も腰を上げた。——お兄さんも何だかんだ言いながら、結構、刑事根性が具《そな》わってきたようね、と苦笑いする。

エレベーターで一階へ降りると、三人は石津を先頭に、パトカーと救急車が停まっている公園のほうへと急いだ。

町中にあるような、すべり台と砂場だけといった名ばかりの公園と違って、そこは大きな池を遊歩道が囲み、それをさらに草地と木立ちが囲んだ、本格的な公園だった。周囲に見える高い団地の棟々がなければ、どこかの名のある公園かと錯覚しそうである。

「あ、近くの交番の警官がいますよ」

と石津が言った。「顔見知りなんです。何があったのか訊いてみましょう。——おい、林《はやし》田《だ》君」

振り向いたのは、まだやっと二十三、四歳という感じの若い巡査で、

「あ、これは石津さん」

とわざわざ敬礼までする。

「何があったんだい？　サイレンが聞こえたから来てみたんだけど」

「子供が池に落ちたんですよ」

「落ちた？　見付かったのかい？」

「ええ、今、救急班が人工呼吸をしていますがね。助かるかどうか……」

「この池は囲いが低いからね」

と石津が言うと、林田巡査は首を振った。

「事故じゃないんです」

「事故じゃないって？」

「誰かが子供を突き落としたんですよ」

「そいつはひどいな！」

そばで聞いていた片山は、

「誰かが見ていたのかい？」

と訊いた。石津が片山のことを、「本庁捜査一課のベテラン刑事」と説明したので、林田は改めて再敬礼！

「で、目撃者があったのかね？」

片山のほうもいい気なもので、口調まで変わっている。

「いえ、そうではありません」

「じゃ、なぜ突き落とされたと分かったんだ？」

「犯人から警察へ電話があったのです」

「犯人から？」

「はい。『今、北公園で子供を池へ突き落としてやったぞ』という電話だったそうで」

晴美が思わず、

「何てひどい！」

と声を上げたので、また石津が晴美を林田へ紹介することになり、林田は三度目の敬礼をした。

「——変質者ね、きっと」

と晴美が言うと、片山は考えながら、

「どうかなあ。変質者なら放っておくんじゃないか？　いちいち警察へ知らせたりするかな。まあ、自己顕示欲《けんじよく》の強い奴ならそういうこともないとは言えないけど……。その犯人の手掛かりはつかめてないんだろうね」

「はあ、低いぼそぼそと呟くような声だったそうで……」

「助かりそうかい？」

林田は、池のふちの人だかりへ目をやりながら、

「どうでしょうか……。発見に手間取ってしまったものですから」

「どうして？　この公園だってのは分かってたんだろう？」

「犯人は〈北公園〉としか言わなかったんです。ここは〈泉ヶ丘北公園〉ですが、ほかにも〈北公園〉というのはこのニュータウンの中に三つあるんですよ」

なるほど、片山が見ると、公園入口のプレートには〈泉ヶ丘北公園〉とある。

「なるほど。犯人は〈北公園〉というところしか読まなかったんだな」

「すると団地内の人間じゃない、ということになりますかね」

「そうだろうな」

と片山は名探偵よろしく肯いた。たまには名探偵の役回りも悪くない。

そのとき、池のふちの人だかりがワッと解けて、白衣の救急班が担架《たんか》を運んで来た。その後ろにオロオロしながらついて来るのは、母親だろう。

「助かったよ！　奇跡的だ！」

と救急班員が息を弾ませながら言った。

「そりゃよかった」

林田が担架を救急車へ運び込むのを手伝っている間、片山と石津は少し退《さ》がって、それを見ていた。

「おい、文化的生活かもしれないが、やっぱり犯罪はあるんじゃないか」

「そうですねえ。しかし犯罪がなくなると、われわれもクビですからね」

「けしからんことを言ってるな」

と片山は笑って振り向き、「あれ、晴美は？」

と言った。石津もキョロキョロと見回して、

「いませんね。おかしいな、つい今までそばに……」

と首をひねる。

「どこに行ったんだろう?」

片山は独り言のように呟いた。

2

「あいつだ……」

その声は、晴美のすぐ後ろを通り抜けて行った。「あいつがやったのに違いない……」

晴美は、片山と石津からさらに一歩退がって、担架が運ばれて来るのを見ていたのだが、そのとき、その声が耳をかすめたのであった。

振り向くと、いささか古びたカーディガンとズボンにサンダルばきというスタイルの、六十前後の老人が、腕組みをしながら歩いて行くところだった。

——誰だろう? 格好から見て、この近所の住人には違いないようだが、「あいつがやった」とは、どういう意味なのか。犯人を知っている、としか思えないが、それなら、なぜ警官にすぐ言わないのか。

一瞬迷ったが、すぐに決心して、晴美は、その老人の後を追った。全くの衝動的な行動で、別に後をつけてどうするという目算があるわけでもないのだが、気が付いたときは足が動いていたという感じで、晴美も、ホームズや兄から、いささか影響を受けているのかもしれない。

老人は、何やら考え込んだまま、公園を出て、棟の間の道を抜けて、少し行くと、五階建ての棟へ入って行った。エレベーターはない。老人は階段を上り始めたが、晴美は、老人が足を軽く引きずっていることに気付いた。たぶん神経痛かリューマチだろう。

晴美もゆっくりと階段を上って行ったが、話し声が聞こえてきたので、足を止めた。

「——じゃ、葉山《はやま》さんとこの?」

と訊いているのは、若い女の声だ。

「そうなんだ。あそこの——何てったかな」

と老人がもどかしげに言う。

「秀《ひで》ちゃんでしょう」

「そうだ、その子だよ」

「で、助かった?」

「ああ、辛《かろ》うじてな」

「まあ、よかったわ!」

「しかし、この次は分からんぞ。今のうちに何とか手を打たんと……」

「お父さんはそんなこと考えなくたっていいのよ。警察があるじゃないの」

「警察だと！　今の警察などあてになるか！」

老人は憤然として言った。「肝心《かんじん》のときには何の役にも立たんのだ！」

「お父さんにはどうしようもないのよ、そうでしょう？」

娘のほうは少しきつい口調になっている。

「分かっとるさ。しかしもう三人だぞ、これで」

「ええ。心配は分かるわ。でもね……。ともかく家へ入りましょう」

娘に促《うなが》されて、老人は階段の残りを上り、左側のドアが開いて、閉じた。

晴美は少し足音を忍ばせながら、階段を上って行って、ドアの前に立った。

〈二〇六・上野《うえの》〉とあった。

公園へ戻って行くと、片山が、

「どこへ行ってたんだ！」

と怒鳴った。「心配してたんだぞ！」

「あら、子供じゃないんだから、そんなに心配してくれなくたっていいのに」

「勝手なことを言って！」

石津が遠くから走って来た。

「晴美さん！　──いや、捜しましたよ。先に帰ったわけもないし、と思って」

「ごめんなさい。そんなつもりじゃなかったんだけど……」

「一体どこに行ってたんだ？」

「ちょっと妙なことがあったの」

「妙なこと？」

晴美がさっきの老人の話をすると片山と石津は顔を見合わせた。

「その〈もう三人〉ってのは、どういう意味だろう？　こんな事件が二度もあったのか？」

と片山が訊くと、石津は首をひねった。

「さあ……。思い当たりませんがね。何なら、さっきの林田に訊いてみましょうか？」

「そうだな。もし晴美の聞き違いでないとすると、その上野って爺さん、犯人の心当たりがあるのかもしれん」

「林田はもう交番へ帰っちゃったでしょう。すぐそこですから、行ってみましょうよ」

三人は、少し歩いて、スーパーマーケットや商店の並んだ一角にある交番へ行った。林田は近所の奥さんらしい女性から何か話を聞いていたが、三人に気付くと、

「じゃ、今日中に連絡しておきますから」

と話を切り上げた。「——どうも先ほどは」

「いや、悪かったね、話の最中に」

片山は、ぴっちりしたスラックスをはいた女性の後ろ姿を見ながら言った。

「いいえ、お定まりの苦情なんです。上の階で小鳥を飼ってるんで、鳥の糞《ふん》で洗濯物が汚されるから、何とかしてくれ、ってわけで」

「それくらいその部屋の人と話し合って解決できないのかしら？」

と晴美が不思議そうに言うと、林田は苦笑して、

「今は、わりあい近所付き合いというのがないんですよ。越して来て一年たつのに隣りの人の顔を知らないくらいですから。——それで、何か？」

「うん、実はね——」

と石津が晴美の話をくり返すと、

「それはまた……。何か手掛かりになるかもしれませんね」

「〈これで三人〉だって言ってたそうなんだが、何か前に二度、同じような事件があったのかい？」

「いいえ、そんなことはありませんでしたよ」

「しかし、その爺さんは〈これで三人〉だと言ったそうなんだよ」

林田はちょっと考え込んでいたが、

「ああ、もしかすると——」

と言いかけた。

「何だい？」

「いえ、ただの事故なら二度ほどありましたよ。そのことを言ってるんじゃないですか」

「事故だったのかい？」

「ええ、一度は十一階建ての棟でエレベーターが途中で動かなくなって、子供が閉じ込められたんです。消防車や救助隊が来て大騒ぎしましたよ」

「助かったんだろう？」

「ええ、むろんですよ。もう一つは工事現場の穴に子供が落ちて、半日近くたって見付かったんです。といっても、すりむいた傷くらいで無事でしたがね。まあ、深さが二メートル半くらいの穴でしたから、もし雨でも降って水がたまっていたら危険だったでしょうね」

片山が言葉を挟んだ。

「事故だったのは確かなんだろうね。例えば誰かがエレベーターに細工をしたとか……」

「さあて……。そんなこと考えもしませんでしたねえ。何しろこれだけの団地ですからね。エレベーターの故障は多いんです。いちいち厳密に調べちゃいないと思いますよ」

「それはそうだな。穴に落ちた子のほうは？」

「まだ一歳半くらいの子供でしてね。どうして落ちたのやら、話もできませんから」

「すると、逆に、どっちも人為的な事故だったとも言えるわけか……」

「そうですね。その老人に訊いてみましょう。何という家ですか？」

「上野っていう家ですわ。棟は、3—2—5となってました」

と晴美が言うと、林田はちょっと驚いた様子で、

「二〇六号の上野さんですか？」

「ええ。ご存じ？」

「え、ええ……。あの家はよく知っています」

と林田は妙にどぎまぎしている。

「その爺さん、どこかおかしいのかい？」

と石津が訊くと、林田は首を振った。

「いえ、あの人は元刑事なんですよ」

「刑事？」

「ええ。退職して、今は娘さんと二人で暮らしてますが、昔はかなりの敏腕《びんわん》で鳴らしたそうです」

「ふーん。しかし、そういう人の話なら何か参考になるかもしれないぞ」

「そうですね。私が行って話を聞きます。どうもお手数をかけて――」

と林田が言いかけると、

「林田さん」

と声がして、若い娘が顔を出した。片山たちに気付くと、あわてて、

「あ、すみません」

と頭を下げる。二十二、三歳だろうか、なかなか日本風の、しっとりとした美人である。

「絹子《きぬこ》さん……」

林田が慌てて言った。「実はね、その……」

そこへ、

「この人だわ」

と晴美が言った。片山が面食らって、

「何が？」

「さっき聞いた声。今、どこかで聞いた声だな、と思ったの。あなたが上野さんの娘さんね」

娘はキョトンとして、

「ええ、私、上野ですけど……」

と一同の顔を見渡した。林田が咳払いをして言った。

「実は……この人は私の……友人でして」

林田が真っ赤になっているのを見れば、ただの「友人」でないことは誰にも想像がついた。

上野絹子は何が何やらさっぱり分からない様子で目をパチクリさせている。

「そうだったの」

上野絹子は、林田から話を聞くと、肯きながら言った。「実は私もそのことで相談しようと思って来たの」

「というと？」

絹子は片山のほうへも目を向けながら、

「父はベテラン刑事でした。でも今はもう……神経痛が悪くなっていますし、すっかり昔の元気はなくなってしまっています。それが……」

とちょっと言い淀んで、「このところ、少しおかしいんです。子供の事故がたまたま続けて起こったのを知って、これは事故じゃないと言い出したんですの」

「何か直接のきっかけが？」

と片山が訊いた。

「いいえ、ただの勘ですわ。でも父は『俺は何十年もこの勘を頼りに犯人を見付けてきたんだ。俺の勘に間違いはない』と言い張っているんです」

「古いタイプの刑事《デカ》さんなんですね」

「ええ。何の証拠もないのに、そんなことを言って、相手の人の耳に入ったら大変だって言ってやるんですけど、『俺には犯人が分かってる』って、聞かないんです」

「それで、お父さんは誰のことを犯人だとおっしゃってるんですか？」

「それは……」

と絹子がためらうと、片山は、

「これはここだけの話です。心配しないで言ってみてください」

と促した。

「ええ……。あの〈猫屋敷〉の息子さんだと……」

「猫屋敷？」

片山と晴美が思わず顔を見合わせた。石津が口を挟んだ。

「それは、ほら、さっき猫が飛び出して来た所があったでしょう。あの村の中のいちばん大きな家のことなんですよ」

「どうしてまた〈猫屋敷〉なんて……」

「あそこのお婆さんは二十四近い猫を飼っていましてね」

と林田が言った。「一応、私の受持ち区域なので、たまに行くんですが、猫の毛だらけになっちまいます」

「そこの息子というのは……」

「あの家はあの村一帯の土地の地主なんです。あのお婆さんが――石沢常代《いしざわつねよ》というんですが――今の当主で、息子の石沢常夫《つねお》と、その奥さんと三人で屋敷に暮らしています。石沢常夫という人は、何かと問題のある人でしてね。まともな職にはついたことがなくて、地代だけで楽に暮らせるものですから、遊び歩いてばかり。傷害事件を起こしたこともあります。一時はどこかの暴力団に入っていたとも聞いたことがありますよ」

「なるほど」

片山が肯いた。「それじゃ、疑いをかけられるわけだ」

「それだけじゃないんですの」

と絹子が言った。

「ほかに何か？」

「父は猫嫌いで、この団地へ越して来たのも犬や猫の姿を見ないで済むからというのが理由の一つだったんです。それがある日、大切にしていた陶器の置物を壊《こわ》されてしまって――」

「猫にですか？」

「はっきりしないんですけど、父はその直前に白い猫がバルコニーから逃げて行くのを見たから間違いないと言ってるんです」

「それが、例の猫屋敷の猫だったというんですね？」

「はい。父はあそこへ怒鳴り込んで行きましたが、何の証拠があるのかと開き直られて、結局引き退がらざるを得なかったんです。それもあって、あそこの家にはいい印象を持っていません。ですから今度もそんなことを言って」

「なるほど。すると、別に、その石沢常夫という人が怪《あや》しいという具体的な事実をつかんでいらっしゃるわけじゃないんですね？」

「はい。ただの勘だけなんですわ」

「それじゃ仕方ないな」

林田は絹子の肩に手をかけて、

「心配しなくても大丈夫さ。そうやっていろいろ考えてるほうがお父さんの性に合ってるんだ」

「考えてるだけならいいんだけど……」

「どういう意味？」

「何だかずいぶん思い詰めてるみたいなの。今までにも新聞で殺人事件の記事なんか読むと、『俺ならこいつを捕まえて、絞り上げてやるんだが』なんて言ってたことはあるけど、今度は身近でしょう。それに子供好きだし、近所の子供を守るために、何かしなくちゃいけないって、思い込んでるのよ」

「何かするっていっても、お父さんはもう刑事じゃないんだ。心配しなくても大丈夫さ。何なら僕が行って話してみるよ」

「でも、またあなたを怒鳴りつけるわ」

「いいさ、おとなしく聞いてれば。お父さんも胸の中のものを吐き出せば、気が晴れるだろうからね」

若いに似ず、なかなかよくできた若者だ、と片山は感心した。

石津の部屋へ戻る途中で、晴美が言った。

「猫屋敷か。——何だか怪談噺《ばなし》にでも出て来そうね」

「やめてくださいよ」

と石津が青くなる。「化け猫なんて、想像しただけで寒気がします」

「お前、ここの担当でなくてよかったな」

片山が愉快そうに言った。「猫が二十四もいる家へ行ったら卒倒《そっとう》するだろう」

「生命保険へ入ってから行きますよ、そうなったら」

と石津は真面目な顔で言った。「受取人は晴美さんにしておきます」


夕方になって、片山と晴美は腰を上げた。

「じゃ、駅まで送りましょう」

と石津がキーを手にする。

「安全運転で頼むぜ」

「猫さえ出て来なきゃ大丈夫ですよ」

と石津は言った。

赤いスポーツカーは団地を出て、また谷間を抜ける寂しい道へ入って行った。日が暮れかけて、もう林の奥はすっかりかげっている。

「この辺ね、猫が出て来たのは」

と外を見た晴美が、「あら！」

と声を上げる。

「誰かがあそこに――」

石津がスピードを落とした。見れば道のわきに、和服姿の女が……。

「あれは例の猫屋敷の婆さんですよ」

と石津が言った。「何をしてるんだろう？」

「こっちを見てるわ。何か用があるんじゃないかしら？」

「停めてみましょう」

石津は車を停め、少しバックさせた。老婦人は、車のほうへと、しっかりした足どりで近付いて来た。

「あら、あの猫だわ」

と晴美が言った。さっき車の前を横切った白い猫が、老婦人の足もとに、まつわりつくようにしながらついて来ている。

「何か文句でも言う気かな」

石津が渋い顔で、窓のガラスを下ろした。

「何ですか？」

老婦人は車のそばに立った。片山は、その白髪の婦人が、いかにも地主というにふさわしい気品のある姿なのに驚かされた。二十四もの猫に囲まれて暮らしているというから、薄汚れた変人なのかと想像していたのだ。

「石沢常代と申します」

もう七十にはなっていようと思われる老婦人は、しっかりした、よく通る声で言って頭を下げた。「先ほどはうちの猫が勝手に道へ飛び出してご迷惑をかけましたそうで、申し訳ございませんでした」

「ああ……いいえ、別にどうってことは……」

石津は相手の丁寧な物腰に面食らっている。

「普通なら猫をはねてしまわれたでしょうに、危ない思いをされてまで猫を助けてくださいまして、お礼の申し上げようもございません」

「いえ……まあ、気を付けてください」

「はい。よく言い聞かせておきますので」

「しかし……よくそのことをご存じでしたね」

「これから聞きまして」

と石沢常代は足もとの白い猫へ目を向けた。

「猫から？」

石津が目を丸くする。

「はい。——今、散歩に出ますと、このお車が見えまして、この子が、さっきの車だと教えてくれたものですから、せめてお礼をと思いまして」

「なるほど……」

石津はただ呆然《ぼうぜん》としている。晴美が顔を出して、

「きれいな猫ですわね。何というお名前ですの？」

と訊いた。石沢常代は嬉しそうに微笑むと、

「これは琴《こと》といいます」

「楽器の琴ですか？　きれいな名前」

「ありがとうございます。——それでは、お邪魔をいたしました」

老婦人の姿は、草むらを抜けて消えて行った。白い猫も、尻尾《しっぽ》をピンと立てながら、主人の後に従って見えなくなる。

三人は何となく白昼の夢でも見ていたようで、しばらくポカンとしていたが、やがて石津がフウッと息を吐き、

「何だか頭がおかしくなりそうだ！」

と言うと、車をスタートさせた。

「——でも、なかなか上品なお婆さんじゃないの」

晴美の言葉に片山は肯いた。

「確かにね。しかし、本当にあのお婆さん、猫の話が分かるのかね？」

「どうかしら。そういう人もいないとは限らないいんじゃない？　何しろわが家には人間より頭のいい猫がいるくらいだから」

「それもそうだな」

片山は笑って座席に座り直した。——今、あの老婦人の足下《あしもと》にいた白い猫、その猫の動きを見ていて、片山はふっと、あの寝台車の女を連想していた。「馬鹿と猫は高い所が好き」か……。

「おい、石津」

と片山は声をかけた。「お前、十一階に入ったのは自分の希望だったのかい？」

「ええ、そうなんです。高い所が好きなもんですからね。——それがどうかしましたか？」

「いや、訊いてみただけさ」

片山は笑いをかみ殺しながら、窓の外へと目を向けた。

駅のホームの蛍光灯が、美しく平行線を描いているのが、夕景の奥に見えてきた。

3

「誰だって？」

片山は電話の受付嬢へ訊き返した。

「林田さんという方です」

「林田？　……誰だったかなあ」

「何でもニュータウン勤務の――」

「分かった！　思い出したよ」

あの交番の巡査か。「で、僕に用だって？」

「一時間ほど前にお見えになりましたが、お留守でしたので……」

「ふーん。じゃ帰ったの？」

「一時間ほどしたら、またお見えになるとおっしゃってました」

「分かった。来たら知らせてくれ」

片山は受話器を置いた。あの巡査が、一体何の用だろう？

そう言えば、この間、子供が池に突き落とされた事件は解決したのかな？　新聞にはほとんど報道されていなかったようだが。石津に訊けば分かるかもしれない。

片山は思い立って目黒署へ電話を入れた。

「――石津は本日非番でございますが、急ぎのご用でしょうか?」

「い、いえ、結構です」

片山は受話器を置きながら首を振った。どうも妙だな。晴美も今日、勤めを休むと言っていた。どこかへ出かけるのか、と訊いてみると、

「ちょっと、友達の所へね」

と言っていたが……。もしかすると、石津の奴とデートかもしれない。――あいつ、それならそうと、はっきり言えばいいのに!

そうと決まったわけでもないのに、片山は舌打ちして、ため息をついた。

晴美は以前に、悲しい結末に終わった恋を経験している。だから、年齢《とし》のわりには、男性となかなか心やすくできないというところがあって、しばらくはボーイフレンドもいなかったのだが、その晴美が、石津とは気軽に付き合っている。まあ、あの年齢の娘なら、それぐらいは当然のことなのだろうが……。

結局は晴美次第だ。俺の口を出すことじゃない。

昨夜が徹夜に近かったので、大欠伸《あくび》が出る。そこへ電話が鳴った。

「お客様です」

「分かった、すぐ行くよ」

——林田巡査は、背広にネクタイという格好で、廊下を行きつ戻りつしていた。

「やあ、よく来たね」

と片山が声をかけると、しゃっちょこばって敬礼する。片山は笑って、

「よせよ、そのスタイルだと、どうやら非番なんだろう?」

「い、いえ、実は……」

と口ごもる。「あの……大変突然で申し訳ありませんが、ちょっとお話ししたいことがありまして」

「いいよ。じゃ、近くの喫茶店にでも行こう」

「お忙しいのに、すみません」

と林田はしきりに恐縮して言った。


「ええ? 警官を辞めた?」

片山は口元まで持っていったコーヒーカップを止めて、思わず訊き返した。

「そうなんです」

林田はちょっと気恥ずかしそうに頭をかいて、「それでも、つい癖《くせ》で敬礼が出てしまって……」

「だって、君、この間僕があそこへ行ってから、まだ二週間しかたってないじゃないか」

「はあ」

「もともと辞める気でいたのかい？」

「いえ、そうじゃありません。突然そういうことになりまして」

「何か特別な事情が？」

「実は例の上野という……」

「ああ、元刑事という人だね？」

「あの人と喧嘩《けんか》になりましてね、殴《なぐ》ってしまったんです」

「そりゃあまた……。一体どうして？　そうか。娘さんのことだね？　交際を反対されて――」

「そうじゃないんです。あの人はともかく根っからの警官ですから、絹子さんの結婚相手も、できることなら警察官と思っているんです。だから絹子さんとの交際も、別に喜んではくれませんでしたが、反対というわけでもなかったんです」

「それじゃ、なぜ？」

「はあ……。実はこの前の土曜日でした。あの人は、飲み友達の人を数人引きつれて、猫屋敷へ押しかけたんです」

「石沢常代という人の家だね」

「そうです。――先日、子供が池に突き落とされたのはご記憶でしょう」

「うん。犯人は分かったのかい？」

「いえ、だめなんです。それどころか、それから一週間の間に、子供が危ない目に遭《あ》う事件が四回も起こったんです」

「どういう類《たぐ》いの？」

「一度は、工事中の地域内に子供たちが入り込んで遊んでいるとき、突然ブルドーザーが動き出したんです」

「工事の人間は？」

「昼休みで誰もいませんでした。もちろん、子供は逃げて無事でした。凄《すご》い音がしますからね。その次には、小学校で事件があったんです。最後の授業が終わって、三階のクラスの生徒たちがワッと階段を駆け降りて行くと、階段の途中に、細い糸が渡してあったんです。これも、先頭の子が足で引っかけると切れてしまったんで、どうということはなかったんですが、あれが針金か何かだったら大変でした」

「それは明らかに誰かの仕業《しわざ》だね」

「ええ。しかし、それらしい男を見た人はいませんでした。次は七歳の女の子が誰かにいたずらされかかったんです。これはまあ、よくある変質者の犯行かもしれません。女の子が叫び声を上げたので犯人は逃げました。ただ、女の子も、いきなり後ろから摑《つか》まえられて目かくしをされたので、相手を見てはいないんです」

「ふむ……。もう一つは？」

「団地のだいぶ外《はず》れのほう――猫屋敷に近いほうなんですが、そこに、ちょっとしたフィールド・アスレチック風の公園があるんです」

「というと……ロープをよじ登ったりする」

「ええ。でも、別に監視人もいませんから、本当に危険のない遊び道具だけが置いてあるんですが、その中に、わりあい大きな木馬《もくば》があります。小学生ぐらいの子がよくこれにまたがったり、頭の上へ登ってみたりするんですが、ある子が、木馬の頭へ登ってまたがったら、木馬の首が折れて、子供は三、四メートルも投げ出されてしまったんです。ちょうど砂場に落ちて助かりました。調べてみると、木馬の首のつけ根のところが、のこぎりで三分の二も切られていたんです」

「ずいぶん悪質ないたずらだね！」

思わず片山も顔をしかめた。

「調べてはみましたが、そこは団地の棟からちょうど死角になっていて、不審な者を見かけたという情報はありませんでした。まあ、大体、夜中には人っ子一人通らなくなるので、当然なんですが」

「それで、上野さんがしびれを切らしたってわけだね」

「ええ。それに加えて、いたずらされかかった女の子が、上野さんの将棋仲間で親しい人の孫だったこともあって、このまま放っておいたら、いつか殺される子が出ると仲間たちにぶったらしいんです。みんな、あの人が元刑事だということは知っていますから、きっと言われたとおり、石沢常夫が犯人に違いないと信じ込んだんでしょう。総勢五人、手に手にバットや工事現場で拾った鉄パイプを持って押しかけたわけです」

「そいつは物騒だね」

「絹子さんが、様子が変だと知らせてくれたので、私は急いで上野さんたちの後を追いました。猫屋敷へ着いてみると、玄関の所で、上野さんたちが、お婆さんと押し問答しています。あの家のお婆さんは、実に落着きのある、器量《きりよう》の大きな人で、上野さんたちの殺気立った様子にも動ずる気配もなく、息子はいないし、会わせる気もないと突っぱねています。私は門の陰に隠れて、上野さんたちが諦めて引き揚げてくれないかと様子を見ていました。——まあ、警官としては、こんなことではいけないんでしょうが、やはり上野さんとはできるだけ争いたくなかったんです」

「それはよく分かるよ」

片山は肯いた。

「一時は、お婆さんの威厳に押されて、みんな戻りかけたんですが、上野さんは立場上、やすやすとは引き退がれなかったんでしょう、『犯人をかばうなら、貴様も同罪だ！』と怒鳴って、手にしたバットで殴りかかろうとしました。そうなると私も黙って見ているわけにはいかず、飛び出して行って、上野さんの前へ立ちはだかりました。――『あなたも元警官なら、こんな私刑《リンチ》が違法なことはよく分かっているはずだ』と言ってやったのですが、まるで受けつけません。『邪魔するならお前も叩きのめしてやる』と、本当にやりかねない勢いです。他の面々はどうしたらいいのか、迷っていました。警察と事を構えるのは避けたいが、しかし、ここまで来てしまったからには、上野さん一人にやらせておくわけにもいかない、というわけでしょう。――ほかにどうしようもなかったんです」

林田はゆっくり首を振りながら言った。

「上野さんを殴りつけました」

林田は言葉を切った。

「――それは仕方ない処置だったんじゃないのかい？　君は正しいよ」

「ありがとうございます。――ともかく、それでその場はおさまりました。私は次の日に辞表を出したんです」

「それは、上野さんのほうから何か――」

「いいえ。でも、当然、絹子さんとは交際を禁じられましたし、絹子さんも父一人、娘一人の暮らしで、お父さんを捨てることはできません。私としては、あの交番にもういる気もしませんでしたし……」

「分からないではないがね。しかし転属させてもらうこともできたろうに」

林田はちょっと寂しげに笑って、

「警官でさえなかったら、あんなはめにはならなかったのに、と思いながら、とても勤務しちゃいられませんからね」

片山は肯いた。警官であるがゆえの、苦しい立場。それは片山自身にも経験のあることだったけに、林田の気持ちはよく理解できた。片山だって辞表は出してあるのだ。――栗原《くりはら》警視の机の中で、きっと埃《ほこり》にまみれているだろうが。いや、それどころか、メモ代わりに使われて、とっくに屑カゴへ入っているかもしれない……。

「で、今日お伺いしたのは……」

と林田が言った。「どうも心配でならないんです。――上野さんが、これでおとなしくなるとは思えないし、何かとんでもないことが起きそうな気がして」

「で、僕に相談したいというわけ？」

「ええ。実は石津さんから、片山さんは大変に腕利きの名刑事さんなんだと聞きまして」

「あいつがそんなことを言ったのかい？」

ごまをすってやがる、と思いつつ、悪い気はしない。林田は肯いて言った。

「ええ、そうです。『見かけとは全然違うんだ』とおっしゃってました」

「お口に合ったかしら？」

晴美が訊くと、石津はうっとりと息をついて、言った。

「いや、こんなに旨《うま》い昼飯を食べたのは生まれて初めてです!」

「オーバーね」

晴美は笑い出してしまった。「——でも、お世辞でも賞《ほ》められれば嬉しいわ」

「本当ですよ! お世辞じゃありません!」

と石津はむきになっている。

「分かったわ。じゃ、素直に聞いておくわね」

晴美は食べ終えた皿を片付け始めて、ダイニングの隅で同じものを食べていたホームズのことを思い出し、「ホームズ、食べ終わったの?」

と声をかけた。ホームズは空《から》っぽの皿を前に、しきりに食後の身づくろい。前肢《まえあし》をなめては、それで顔をこする仕草《しぐさ》をくり返している。

「まあ、きれいに食べたのね。おいしかった?」

ホームズは晴美の顔を見て、チョロリと舌なめずりをして見せた。これはご満悦の意思表示である。

「いい子ね。——じゃ、ミルクをもらってあげるから」

そこへガチャン、と派手な音がして、晴美がびっくりして飛び上がった。振り向くと石津が、頭をかきながら立っていて、足下に皿が粉々になっている。

「どうも……手が滑って……」

「まあ、片付けは私がやるからいいのよ。それじゃ、箒《ほうき》とチリ取りを貸してちょうだい」

「申し訳ありません」

「いいえ。——ホームズが気になるんでしょ？」

「そ、そうでもありませんが……」

石津はこわごわホームズのほうへ目をやった。ホームズは、猫の嫌いな人間など眼中にないといった様子で、ガラス戸が少し開けてある隙間《すきま》からバルコニーへ出て行き、陽溜まりを見つけて、丸くなった。

ホームズはメスの三毛猫である。色艶のよい毛並み、ほっそりとしなやかな体形。普通、三毛猫の配色は白が多いものだが、ホームズは茶と黒の部分がずっと多く、特にやや細面《おもて》の顔は、白、黒、茶に三等分され、前肢は右が黒一色、左が白一色と、まことにユニークである。そしてこの猫はその小さな頭脳の中身もまたユニークなのだ。

晴美は、皿の破片を片付け終わると、ほかの食器を手早く洗って、お茶を淹れ直した。

「——さあ、どうぞ」

「どうも……。恐れ入ります」

「そんなに固くならないでよ」

「はあ、申し訳ありません」

と石津は一向にリラックスしない。

「でも、あの林田さんってお巡りさん、気の毒なことをしたわね」

晴美も、石津から林田と上野のことを聞いたのである。

「全くです。何も辞めなくても、と言ったんですが、もう決心したんだから、と聞かないいんですよ。とうとう、本当に辞めちまって……」

「で、その後は何もないの？」

「ええ、今のところは、平穏ですね。といっても、こっちも別に見張ってるわけじゃないし、陰で何かやってるのかもしれませんが」

「子供の事故は？」

「ええ、林田が辞めてからは、まだ一件もありません」

「そう。でも、あっちゃ困るものね……」

「子供をそんな目に遭わせる奴の気が知れません」

石津が腹立たしげに言った。「これが私の管轄《かんかつ》だったら、何としてでも犯人を引っとらえて、ギュウギュウ絞り上げてやるんですが」

「あなた、子供好きなの？」

「ええ……まあ、好きです。うるさいガキもいますがね」

「自分の子供は可愛がる？」

「もちろんです！」

石津は顔を輝かせて、「子供だけじゃありません、女房だって可愛がります！」

と、ここぞとばかり売り込む。

「ええ、それはよく分かるわ」

晴美はお茶を一口飲んだ。「――あなたはいい人ね、本当に」

石津は感激のせいか、胸がいっぱいになった様子だった。気を鎮《しず》めようと一気にお茶を飲んで、派手にむせ返ってしまう。

「大丈夫？」

「だ、大丈夫です……」

石津が目を白黒させていると、玄関のチャイムが鳴った。

「あら、お客さんよ。私が出てあげる」

晴美は立ち上がって玄関へ行くと、ドア越しに、「どなた？」

と声をかけた。

「上野です。石津さん、いらっしゃいませんか？」

上野絹子の声だ。晴美はドアチェーンを外し、鍵を開けた。

「あの、石津さんは――」

「ええ、いるわ。どうしたの？」

ひどく慌てた様子の絹子を見て、晴美はちょっと戸惑《とまど》った。

「やあ、どうしたんだい？」

と石津が出て来る。

「石津さん！　大変なんです、父が」

「お父さんがどうしたの？　落ち着いて話してごらん」

「またあそこへ行ったらしいんです」

「あそこって……猫屋敷へ？」

「ええ」

「また何人かで押しかけて行ったのかい？」

「いいえ、一人なんです。だから余計に心配で……」

「そうか。しかしどうしてまた？」

「さっき、子供が自転車に乗っていて、坂道で危うく車にぶつかりそうになったんです。転倒して、少しけがをしただけで済んだんですけど、自転車を調べてみたら、ブレーキが壊してあったらしいんです」

「それでお父さんが――」

「ええ。しかも念のために、その子が自転車を置いていた所へ行って、一緒に置いてあったほかの自転車を調べてみると、全部ブレーキが壊されてたんです」

「まあ、怖《こわ》い」

晴美が思わず言った。

「父はすっかり思いつめた様子で、私の言うことなんか聞こうともしません。石津さん、何とか父を止めてください！」

「わかった。すぐ行ってみるよ」

石津は承知すると、急いで奥へ戻って、車のキーを取って来た。「車のほうが速い。先に着けるかもしれないよ」

「私も行くわ」

と晴美が言った。足下で、

「ニャーオ」

とホームズが鳴く。

「あら、ホームズも？　じゃ一緒に行きましょう」

絹子はホームズを見て、ちょっと面食らった様子で、

「その猫は？」

「この人の飼い猫だよ。――名探偵ホームズ、と言うんだ。さあ行こう」

三人と一匹は、エレベーターで一階へ降りると、駐車場の石津のスポーツカーへと走った。

「お父さんが出たのはどれくらい前だい？」

石津が車をスタートさせながら訊いた。

「十分か……十五分だと思います。すぐにはどうしたらよいか分からなくって……」

「そうか。間に合えばいいけどな」

団地内の速度制限は三十キロだが、何しろ道路は広くて整備されているし、交通量も少ない。緊急の場合でもあり、石津は八十キロ近い猛スピードで、駅への道を突っ走った。

「直接、村へは入れないんです」

と石津が晴美へ言った。「何しろ自動車の通るような道がないもんですからね」

「そんなにひどい所なの？」

「いや、ごくありふれた田舎の風景ですよ。ただ、周囲がこんなふうだから——。あ、その辺から入りましょうか」

車は、この間、石沢常代が立っていたあたりに来ていた。石津は車を道の端へ寄せて停めた。

「さあ、ここからは歩いて行くほかありません」

全員が次々に車を出る。突然ホームズが身を低くして警戒の姿勢をとると、鋭く鳴いた。

晴美が顔をめぐらせて、

「まあ、見て！」

と声を上げた。草むらから、一匹の猫が出て来た。が——何とも妙だった。赤い猫なのだ。

それも変に濡れたような赤で……。

「あんな色の猫って――」

絹子が思わず言った。「あのお婆さんの所にもいなかったけど」

晴美は悲鳴を呑《の》み込んで手を口に当てた。

「違うわ……あれは……白い猫よ！　琴だわ！　石津さん、分かるでしょう？……赤い猫じゃない！　あれは……血だらけになってるんだわ！」

三人は一瞬凍《こお》りついたように立ちすくんで、不気味なその猫を見つめていた。ホームズがふっと緊張した姿勢を解いて、その猫――琴のほうへゆっくり近付いて行った。血に濡れた琴は尻尾をピンと立てると、フーッと唸《うな》り声をたて、尖《とが》った歯をむき出して敵意を露《あら》わにする。

「気が立ってるんだわ。――でも、自分の血じゃないんだわ、きっと。あんな大けがをしてたら、とてもあんなふうにしていられないもの」

「ということは……」

石津が唇をなめた。絹子が真っ青になって、

「ああ！　どうしましょう！　何があったのかしら！」

と震える声で叫ぶ。

「ともかくその猫屋敷へ、早く！」

晴美は気を取り直して言った。この辺の沈着さは兄以上なのである。

「この草地を突っ切って行くのが近道です。行きましょう！」

石津が先頭に立って、草むらへと飛び込んで行く。絹子がそれに続いた。

「ホームズ、行くわよ」

と声をかけて、晴美も二人の後を追った。

林の中を抜けて行くと、急に、村の通りの真ったただ中へと飛び出して、晴美は一瞬立ち止まった。――なるほど、村と名が付くだけはあって、石ころだらけの通りを挟んで、離れ離れにではあるが、古い家並みが続いている。石津と絹子は、通りを駆けて行く。晴美も急いでその後からついて行った。ホームズがあっという間に晴美を追い抜いて、一直線に走って行く。

「待ってよ！　ホームズったら、冷たいわね！」

晴美はかかとの高い靴、しかも道は凸凹ときているから、急げば転んでしまいそうだ。ハアハア息を切らして走りながら、およそ人影が見えないのに気付いていた。そういえば、戸や雨戸を閉めっきりにしている家も少なくない。まるでゴーストタウンのようである。

村のいちばん外れらしい竹やぶの向こうに、一段と大きな屋敷が見えてきた。あれが石沢常代の〈猫屋敷〉らしい。石津とホームズがほとんど同時に板塀の門構えから入って行くのが見えた。絹子も少し遅れて中へ入る。晴美は大分遅れて、それでも何とか転びもせずに、古びた門へ辿り着いた。

平屋のゆったりとした造りで、普通の家が一軒は優に建てられそうな前庭を抜けて、開け放したままの玄関から入って行く。

「石津さん！　どこ？」

と声を上げて、靴を脱いで上がり込んだものの、広い廊下が左右へのびていて、そのままずっと屋敷をぐるりと巡《めぐ》っているらしい。石津たちがどっちへ行ったのかと、迷って突っ立っていると、左手のほうの曲がり角から、絹子がよろけるような足取りでやって来るのが見えた。

「どうしたの？」

と駆け寄る。絹子は真っ青になって、

「奥で……」

と言ったきり、よろけて壁にもたれかかった。晴美は廊下を進んで行った。——障子が廊下へ倒れかかっている所がある。石津が顔を出して、

「晴美さん！　ご覧にならないほうがいいですよ」

と言いながら額を拭《ぬぐ》った。「ひどいもんです」

「私なら大丈夫よ。初めてじゃないし」

「でも……」

石津に構わず、晴美はその部屋を覗き込んで、一瞬息を止めた。

八畳間だろうか、古い家なので、かなりの広さがある。——奥の、床の間の前に、石沢常代が倒れていた。血に染まっている。相当にひどい出血だったのだろう。あたり一面に血が飛んでいた。息がないのは一目で分かる。

しかし、その光景の凄《すさ》まじさは、その死体のせいではなかった。猫が——それも、少なくとも十四ほどの猫が死んでいたのだ。どれもが鋭い刃物で斬《き》り殺されたように、朱《あけ》にまみれていた。

「何てひどい……」

晴美は立ち込める血の臭《にお》いにむかついて、思わず後ずさりした。

「全くひどいもんですね」

石津もさすがに青くなっている。「刃物の傷ですよ。日本刀じゃないかな。床の間に、刀の鞘《さや》だけが落ちてます」

「それじゃ誰かが刀を振り回して……」

「お婆さんを殺して頭へ血が上っちまったんじゃないですかね。この人のそばにはいつも二十四ぐらいの猫がいましたから、手当たり次第に斬り殺したんでしょう」

「犯人はまだ刀を持って歩いてるの？」

「そうらしいですね。すぐに緊急手配をしないと……」

石津は電話を探しに玄関のほうへと戻って行った。晴美はしばらく目を閉じて、じっとしていた。殺人現場を見るのはこれが初めてではないが、しかし、こんなに凄惨《せいさん》な場面に出くわしたことはない。

ホームズは、と見れば、巧みに血溜まりをよけて歩きながら、同胞（?）の死体を一つ一つ嗅《か》いで歩いている。それから最後に、石沢常代の死体の周囲をゆっくりと一回りして、晴美のほうへ戻って来た。

「仲間の死体を見てよく平気ねえ」

晴美は少々非難めいた口調で言ったが、ホームズは別に気にとめる様子もなく、廊下へと出て座り込んだ。

そこへ石津が戻って来た。

「今、電話してきました。あの娘さんには悪いけど、やっぱり上野って人が怪しいな。カッとするタイプらしいですしね」

「それにしても、こんなことまでするかしら?」

晴美はホームズに、「さあ、こんな気持ちの悪い所、いたくないわ。あっちへ行きましょう」

と声をかけ、玄関のほうへ戻って行った。

表へ出ると、絹子が玄関のわきにしゃがみ込んでいる。少し吐いたらしい。無理もない。

卒倒しなかっただけでも気丈なものだ。

「大丈夫？」

と晴美が覗き込むと、ゆっくり立ち上がった。

「ええ。……ちょっと気持ち悪くなって……」

「それはそうよね。あなた、お家へ戻っていたほうがいいわ。警察が来て大騒ぎになるでしょうからね」

「でも……」

「ね、悪いことは言わないわ。そうなさい」

絹子は素直に肯いた。晴美も、絹子が父親のことを——はっきり言えば父親が殺人犯なのかどうか、恐ろしい思いで案じているのはよく分かったが、どうしてやることもできない。

「すみませんけど、もし林田さんがここへ来たら、電話をしてくれるように伝えていただけますか」

「ええ、必ず伝えるわ」

と、晴美は肯いた。——絹子が門から出て行くと、晴美は、そばに座っているホームズへ、

「ねえ、何だかいやな事件ね、血なまぐさくて……。そう思わない？」

と言いかけたが、ホームズのほうは、じっと目を閉じて、まるで座ったまま昼寝でもしているよう。

晴美はふと眉を寄せて呟いた。

「あの、琴っていう猫、どうしたのかしら？　それに、ここには二十四も猫がいるっていうのに、殺されたのは十匹ぐらい。残りの猫はどこにいったのかしら？」

陽がかげって、急に風が吹いて来る。晴美は思わず身震いした。——近代的な大団地が目と鼻の先だというのに、晴美はまるで人里離れた山中に一人で取り残されているような、薄気味の悪さ、寂しさを覚えた。

4

片山が林田と別れて席へ戻ると、隣りの席の根本《ねもと》刑事が、

「おい、お前、また見合いしたのか？」

と訊いてきた。「また」というのがちょっとカチンときたが、

「いいえ、最近はやってませんが」

と答えて、「どうしてです？」

「それならいいんだ」

と根本は仕事へ戻った。片山は何だかわけが分からずに、書類の整理にかかったが、五分もすると、根本がまた顔を上げて、

「おい、片山」

「何です？」

「実はな、昼休みに外で興信所の奴に摑《つか》まったんだ」

「興信所？」

「ああ。ちょっと顔を知ってる奴なんだが、そいつがお前のことを訊いてきたのさ」

「僕のことをですか？」

「そうさ。勤務態度はどうだ、とか、酒は、女は、出世の見込みは、ってな。どうみても結婚相手の身辺調査じゃねえか」

片山は呆気《あつけ》に取られた。

「そんな……。全然思い当たりませんけどね」

片山には、いつも見合いの話を定期便のごとく運搬して来る叔母がいるが、今はいわば中休みの時期である。懸案《けんあん》になっている話もないし、一応現在は白紙のはずなのだが……。

「で、根本さん、どう答えたんです？」

と片山は訊いてみた。

「ありのままに、さ。決まってるじゃないか」

そう言ってニヤリと笑うと、根本は仕事に戻った。片山は苦笑して首を振り、さて仕事だ、と座り直した。――そこへ、

「おい、片山！」

と栗原課長の声がかかる。温厚な童顔が、厳しくなっている。事件らしい。

「事件ですか？」

「うん。ここへ行ってくれ」

とメモを渡す。「何か知らんが、地元署から、お前を寄こしてほしいと言ってきておる」

片山は被害者の名を見て目を見開いた。〈石沢常代〉。あの上品な老婦人ではないか！

「知っとるのか？」

「はあ、一度会ったことが……。それもつい先日です」

「そうか。じゃともかく行ってくれ。状況を電話で知らせろ。場合によっては俺も出向く」

「分かりました！」

片山は慌てて捜査一課の部屋を飛び出して行った。栗原警視は、

「おい――」

と声をかけたが、もう片山の姿はない。栗原は肩をすくめて、まあ、いいだろう、と思った。片山は血を見ると貧血を起こすという厄介《やっかい》な持病の持ち主だから、一言注意しておいてやろうと思ったのだが……。

「まあ、少しは成長したかもしれんしな」

と栗原は呟いた。

「ねえ、大丈夫？」

晴美は、青息吐息《といき》の兄の顔を覗き込んだ。

「ああ……。こ、これぐらい……何ともない……」

「何ともなくないじゃないの。現場を見たとたんにひっくり返っちゃって……」

「ちょっと足が滑っただけだ」

と片山は強がりを言って、やっとソファから立ち上がった。

「まだフラフラしてるじゃないの。もう少し休ませてもらいなさいよ」

「何を言ってるんだ。捜査は最初の数時間が決め手なんだぞ！」

現場へ着くなり貧血を起こした片山は、石沢邸の応接間のソファで休んでいたのだ。そこへドアが開いて、石津が顔を出した。

「片山さん、もう目が覚めたんですか？」

「馬鹿、昼寝してたわけじゃないぞ」

片山は咳払いをして、「考えをまとめてただけだ」

「よく言うわ」

晴美はそっと呟いた。

「死体は全部運び出しましたよ。最終的には猫が十一人、人間一匹でした」

と、石津のほうも外見ほど落ち着いてはいないようだ。

「上野っていう元警官は?」

「まだ見付かっていません。この近辺と団地内も捜索させていますが、何しろ広いですから」

「おい、お前――」

片山は不思議そうに言った。「目黒署の所属のくせに、何だか捜査の一員みたいなこと言うじゃないか」

「特に編入を許されまして」

石津はニヤついて、「まあ、事件の発見者でもありますし、出向という形で……」

と、晴美のほうを見る。どうやら、これで晴美のそばにいられるのが嬉しいらしい。

「そうか。――しかし、犯人はその上野の親父さんに間違いないのか?」

「それは何とも……。別に目撃者があるわけでもありませんからねえ」

「そう言えば、この村は人が住んでないのか? 通りにも家の中にも、およそ人の気配がなかったぞ」

「ああ、それなら分かりましたよ」

と石津は晴美のほうへ向いて言った。「村の住人は全部、土地業者の説明会へ出かけてるんです」

「説明会?」

「ええ、さっきたまたま早めに引き揚げて来た奥さんがいて、訊いてみたんです。何でもこの村の土地を不動産屋が買い上げて、民間の建売り住宅を造ろうとしてるらしいんです」

「へえ、そんなことがあったの」

「しかし、この辺一帯の土地は殺されたお婆さんのものなんだろう？」

「そのはずです」

「それなのに肝心の地主がなぜ家に残ってたんだ？」

「お兄さんったら、そんなことまで石津さんに分かるわけないじゃないの」

「そりゃそうだな」

片山は息をついて、「じゃ村のほかの住人たちは？」

「もう説明会も終わって帰って来るころだと思いますが」

「あ、そうだ」

晴美が思い出して言った。「林田さんって人に連絡取れないかしら？」

「林田？　あの元巡査なら、今日、俺に会いに来たぜ」

片山が林田から訊いたことを話してやると、晴美は苛々《いらいら》と、

「それは私だって石津さんから聞いたわよ。それより絹子さんが会いたがってるの。連絡はつかない？」

「さあ……。そうだ、帰り際に、何かの手続きで、日野《ひの》署へ寄ると言ってたな」

「じゃ、もし寄ったらこっちへ回るように伝言しておきましょう」

「ありがとう、石津さん。あなた、親切ね！」

「いいえ、晴美さんの頼みとあれば、もう……じゃ、すぐに」

と急いで部屋を出て行く。晴美がその背中へ、

「絹子さんの家へ行ってあげるように伝えて！」

と声をかけた。「――本当に気のいい人」

「お前、今日は奴のアパートへ行ってたんだな？」

片山は妹をにらんだ。「どうしてそう言わないんだ」

「あら、だって分からなかったのよ、石津さんが休めるかどうか」

「あいつのことだ、お前のためなら犯人の逮捕を一日のばしたって休みを取るさ」

「まさか！」

晴美は思わず笑ってしまったが、すぐに真顔になって、「――でも、いやな事件ね」

と言った。

「全くだ。猫を十一匹も殺したのが分からないな。どういう気なんだろう？」

「それが不思議ね。別に目撃者といったって、証言ができるわけでなし、猫まで殺す必要はなかったでしょう。それに残りはどこへ行ったのかしら？」

「きっと床下か林の中へ逃げ込んでるのさ。そうだ。ホームズに捜させればいい」

と言って、片山は部屋を見回し、「あれ、ホームズは?」

「どこに行ったのかしら?」

と晴美も部屋の中を見回した。「さっきまで、そこのソファで丸くなってたのに……」

「さては逃げたな」

「ホームズが?」

「何しろ誇り高き猫だからな。警察犬の代わりをさせられるのなんか真っ平ごめん、と逃げ出したんだよ、きっと」

「そうかしら」

「きっとそうさ。——しかし、困るな。猫だろう、相手は? 警察犬に捜させたら、逆に逃げ出しちまう」

「どこかへ逃げてるのなら、そのうち戻って来るわよ。ただ、私の心配なのは——」

と言いかけて晴美が言葉を切る。

「何だい?」

「もし……どこかで、ほかの猫も殺されているとしたら……」

晴美の呟きは、ほとんど独り言に近かった。

そのころ、ホームズは、林の茂みの間を、軽い足取りで進んでいた。片山に言われるまでもなく、ほかの猫たちの匂《にお》いを追っているのである。

しかし、いかに鋭敏な鼻をもってしても、ともかく、至る所、猫の匂いだらけなので、ごくごく新しい匂いを嗅ぎ分けるのは容易ではなかった。

ホームズは、ピタリと足を止めた。——また匂いが途切れている。これで五匹目であった。あの屋敷から飛び出したらしい猫たちの匂いを追って来たのだが、ともかく一匹一匹がてんでんばらばらに四散しているので、一匹ずつの匂いを根気よく追ってみるほかはなかった。しかし、今までに追ってみた五匹全部が、途中で不意に行方不明になってしまっているのだ。

これは一体どういうことなのだろう？

まるで空に消えたかのようだ。空に……。

ホームズは引き返そうとして、ふと微《かす》かに漂っている、ある匂いに気付いた。本当に、そよ風にでも消えてしまいそうな、微かな匂いだったが、一瞬、ホームズの鼻の粘膜を刺激しただけで充分だった。——それは猫にとって、このうえなく魅惑《みわく》的な匂い、そして、危険な、時には待ち受ける死さえ意味する匂いである。

またたび、だった。


「いや、本当にびっくりしました……」

石沢常夫は、暑くもないのに、しきりにハンカチで額を拭っていた。

四十代後半だから、そうそう老い込むはずもないのだが、荒《すさ》んだ生活のせいだろう、顔にも艶がなく、不健康に太った体つきは、どこか人に嫌悪感を与えている。

「今日は不動産会社の説明会へ行かれていたそうですね」

と片山は手帳を手に訊いた。

「ええ。前々から決まっていたんです。村の連中みんなで出かけて行って、相手の意向をしっかり確かめようということになりまして……」

「それなのに常代さんはおいでにならなかった。なぜですか？」

石沢は肩をすくめて、

「何だか気分がよくないとか言い出しましてね。代わりによく話を聞いて来てくれと言ったんです」

「しかし、この村の地所は全部、常代さんのものなんでしょう？」

「まあ、全部というのは大げさですが、大部分はそうですね」

「その当人が行かないで、話が分かるんですか？」

「話といっても、まあ要するに、こっちとしては売って、金をもらえば、後は向こうがここをどうしようと知ったこっちゃありませんからね」

「常代さんも、そう考えておられたんですか？」

石沢はちょっと答えに詰まったが、

「当たり前ですよ。――どうしてそんなことを訊くんです？」

と不愉快さを顔に露わにして、「犯人は少しおかしい元刑事だというじゃありませんか。早く取っ摑まえてくださいよ。こっちはおちおち眠れやしない」

と口を尖らせた。片山はちょっと皮肉に微笑《ほほえ》んで、

「殊にあなたはね。そうでしょう？」

「どういう意味です？」

「最近、団地内で起きた子供たちへの悪質な犯行を、あなたの仕業だと上野が考えていたのはご存じでしょう？」

「え、ええ……。一応聞いてましたよ。用心しろと言われてね」

「どうなんです？　あなたがやったんですか？」

「馬鹿げた話ですよ！　全く中傷もいいところだ」

石沢はムッとした様子で、「――一体何のつもりです？　母が殺された事件を調べてるんでしょう？　それならその上野って奴を早く摑まえに行っちゃどうです。私にいやみを言ってる暇があったらね」

「ご心配なく。ちゃんと捜していますよ」

片山は平然と言った。相手がどう出てこようと、むきにならないだけ、片山も成長しているようである。

「凶器は日本刀らしいですが、この鞘だけが現場に残っていました。この家のものですか？」

と片山が鞘を指さすと、石沢は薄気味悪そうな目でチラリと見て肯き、

「床の間にあったやつです。代々伝わってるものなんだそうですが、私は手を触れたこともありません」

「そうですか」

すると犯人はもともと石沢常代を殺す気で来たのではないかもしれない。口論になり、カッとなって床の間の日本刀をつかんで……。

「ところで、常代さんが亡くなって、財産は土地も含めて、全部あなたが継《つ》ぐわけですか？」

「そうですね……。まあ親父はとっくの昔に死んでるし、子供は私一人ですからね。ほかに一人、姪《めい》がいますが」

「姪ごさん？」

「ええ。お袋はひどく気に入ってましてね。姪といっても、孫ぐらいの年齢なんです。確か二十二か、せいぜい三だと思いました」

「何という人です？」

「刈谷立子《かりやりつこ》と言います」

「連絡はつきますか？」

「ええ。女房に言って、ここへ呼ばせましょうか？」

「そうしてもらいましょう。――おい石津」

片山はそばでメモを取っていた石津へ声をかけた。「石沢さんの奥さんに頼んでくれ」

「分かりました」

石津が応接間を出て行った。――さっき片山が休憩していた部屋を事情聴取に使っているのである。

「ところで、常代さんは、遺言状のようなものは作られなかったんですか？」

「遺書ですか？　ええ、確か弁護士の所にあるはずですよ」

片山はその弁護士の名前をメモした。――石沢は少々うんざりした様子で、

「一体何でそんなことを調べるんです？　犯人は分かってるっていうのに！」

「容疑者ではありますが、犯人と決まったわけじゃありませんよ」

「同じことじゃありませんか」

「いや、そうとも限りません。事情次第ではほかにも容疑者の出る可能性はあります」

「というと……この間、一緒にここへ押しかけて来た連中の一人ですか？」

「いいえ。全く別の動機で常代さんを殺そうと思っていた人間がいるかもしれません」

石沢は探るような目つきで片山を見ながら、

「分かりませんね」

と言った。「例えばどういう動機で？」

「例えば、この土地ですね」

と片山は言った。「これは大変な財産ですよ。――不動産会社が買い上げる金額はおそらく相当なものになるでしょう」

「それじゃ、私が土地目当てに母親を殺したとでも？――馬鹿らしい！　どうせお袋はもう年齢《とし》だし、財産を継《つ》ぐのは私に決まってるんですよ。そんな危ない真似をして、何年間か急いだって仕方ないじゃありませんか」

石沢は無理に笑っている、と片山は見抜いていた。

「そうですね。しかし、常代さんが土地を売るのに反対だったら、どうです？　あなたは巨額の金をみすみす取り逃がすことになる」

「お袋だって土地を売ることは同意してましたよ」

「そうですか？　同意していなかった――いや、絶対に売らないと頑張っていたという情報も入ってるんですがね、石沢さん」

石沢は額をせわしげにハンカチで拭った。

「それは嘘です！　そんな――」

「村の人たちに一人一人当たればすぐに分かることです。石沢さん、後で嘘だったと分かれば何かと不利になりますよ」

片山はわざと石沢を見ずに、手帳へ目を落としながら言った。むろん、これは片山のはったりである。

石沢はしばらくハンカチを両手でもみくちゃにしながら黙り込んでいたが、やがてため息をついて、

「分かりましたよ」

と言った。「確かにお袋は土地を売るのに反対でした。——全く頑固《がんこ》で、どうしようもなかったんです。いったんこうと決めたら、他人がどう言おうと耳を貸さないんですからね」

「あなたは売りたかった」

「もちろんですよ！　当然でしょう？　向こうは絶好の条件を出してくれている。こっちだって、そりゃ、毎月の暮らしには困りませんが、まとまった金を手にする機会なんてありゃしないんですからね」

と石沢は熱っぽく言った。「それに私だって、もう四十七です。そろそろ先の見通しを立てなくてはならない。——このすぐ近くに団地ができて、ここの地価はべら棒に上がりました。そこへ不動産会社が話を持ちかけてきたんです」

「これ幸いと飛びついたわけですね」

「ええ。——しかし、向こうは、今でなくては、だめだというんです。ニュータウンの開発は、

この辺が今最前線なんです。今、ここに建売り住宅を建てれば、まずたちまち売り切れる。しかし、その時期を逃がしたら、価値は半減する、と言うんです」

「それは向こうの、売らせるための手でしょう？」

「それでも、条件は条件です。それに今の村の住人には、特別に安くその住宅を確保してくれるというんでね、みんな心を動かされたんですよ」

「なるほど。それで村の人が総出で説明会へ……」

「そうなんです。みんな自分の土地でもないのに熱心なわけが分かるでしょう？」

「じゃ、村の人はみんな土地を売ってほしいんですね？」

「そうですよ。――みんなあの近代的で便利な生活を目《ま》の当たりにして、自分たちだけが、取り残されているような気分だったんです。真新しい文化的な住宅に入れるというので大喜びしてるんですよ」

片山はつくづく難しいもんだと思った。都会では「自然へ帰ろう」と叫び、田舎ではまだ都会への憧れが残っている。

「みんな、常代さんが土地を売りたがっていないのは知ってたんですか？」

「ええ。村の代表が何度もお袋へ頭を下げに来ましたよ。――何しろ農家といっても、若者たちはどんどん出て行ってしまって、残っているのは年寄りがほとんどです。彼らに農作業はもうきついんですよ」

「土地を売ったら、後は何をして生活するんです？」

「商店を出すことになるでしょう。その辺も不動産会社のほうで考えてくれています。店番程度なら年寄りでも勤まりますからね」

「なるほど、じゃ、みんな困っていたでしょうね」

「このところ、毎日のように村で集まりがあって、いい方法はないかと相談していたんです」

「常代さんはなぜ土地を売らないのか理由を言っていましたか？」

「ええ、言いましたとも」

石沢は苦笑いしながら肯いた。

「何と言ったんです？」

「実に立派な理由でしてね。――ここが開発されて住宅地になると、猫たちの居場所がなくなると言うんです」

片山はちょっと目を丸くしたが、黙ってメモを取った。

「よく分かりました。――今のところは結構です」

「刑事さん、誤解しないでいただきたいんですが……」

石沢は身を乗り出すようにして、「私だってお袋に死なれたのは悲しいんです。殺した奴をこの手で絞め殺してやりたいくらいですよ。それは分かってください」

「ええ、分かってますよ」

「しかし、この土地のことでは、お袋は間違っていました。ここは村の人間のことを考えなきゃいけないんです。分かってるでしょう?」

「ええ、よく分かりますよ」

片山はいい加減うんざりしてきた。

「地主というのは、やはりそれなりに責任を負わなきゃなりません。お袋には、そのへんのことが分かっていなかったんです」

石沢はしつこく続ける。どうやら、自分に母親を殺す動機があったと見られるのが、何より怖いらしい。——片山が奥さんの話を伺いますからと言おうとしたとき、ドアの所から、

「恥知らず!」

という女の声がした。驚いて顔を向けると、ドアのノブへまだ手をかけたまま、若い女が立っていた。

「立子!」

石沢が目を丸くして、「来てたのか!」

「今来たのよ。——伯母さんが殺されたって表で聞いたわ。さぞ嬉しいでしょうね」

「おい、何を言うんだ!」

「分かってるのよ。あなたがほうぼうで借金をこしらえて、首が回らなくなってたことぐら

い、ちゃんとね」

「お前、そんなでたらめを——」

と石沢が血相を変えたが、刈谷立子のほうは平気なもので、

「でたらめですって？　警察が調べればすぐに分かることよ。あなたが伯母さんを殺したんだわ！」

「とんでもない！　犯人はちゃんと分かってるんだ」

「まあ、落ち着いてください」

片山が言った。「石沢さん、もう結構です。今度はこのお嬢さんの話を伺います。あちらへいらしていてください」

石沢は立子をにらみつけながら、

「いいですか、刑事さん、この娘の言うことなんか信用しちゃいけませんよ。これは不良で、少年院へ入れられたこともあるんです。嘘つきなんですよ！」

「あちらへどうぞ」

片山は少し強い口調で言った。

「いいですね、だまされちゃいけませんよ……」

石沢は未練《みれん》がましく言いながら、応接間を出て行った。入れかわりに石津が入って来て、

「刈谷立子って女には連絡が取れませんよ」

と言った。

「もう、ここに来てるよ」

「は?」

石津は、呆気に取られて、ソファへ腰をおろした娘を見つめた。

「刑事さん、今、あの人が言ってたのは本当ですの?」

と刈谷立子が訊いてきた。「犯人が分かってるんですか?」

「容疑者はいます」

と答えて、片山は相手の顔を見つめたが……。

「そうですか。でも、私、きっと伯母を殺したのはあの男だと思ってますわ」

「あなたは……やっぱりそうだ!」

と片山が言った。

「え?」

「寝台車で、上の段が好きだと言ったでしょう」

刈谷立子は、

「まあ!」

と言ったきり、しばらく片山を眺めて、「——本当だわ、あのときの……」

「いや、偶然ですね」

「刑事さんだったんですか。そう見えなかったわ。本当に失礼しました」

「いやあ、構いませんよ。おかげで下の段でゆっくり眠れましたからね」

と片山は微笑んで言ってから手帳へ目を落とし、真顔に戻った。「――こんなことで会うのは残念ですね」

「ええ……。伯母は、ずいぶんひどい殺され方をしたとか……」

片山の話を聞くと、立子は涙を呑み込もうとするように、ちょっと顔を伏せた。が、それは一瞬のことで、すぐに真っ直ぐに片山の目を見て、

「何でも訊いてください。答えますから」

ときっぱりした口調で言った。

「ええ、……名前は刈谷立子。年齢は？」

「二十三」

片山は彼女の住所をメモして、

「アパート？」

「独り暮らしです」

「なるほど。――常代さんとは親しくしてたんですね？」

「親以上に可愛がってくれました。両親はもう死んでしまったんです。――私、確かに中学、高校のころには、ぐれて、少年院へ入れられたのも事実です。でも伯母がいつも助けてくれ

ました。私が何をしても決して叱らずに……。ただ、こう言うだけでした。『お前は本当はいい子なんだから、心配してないよ』って。――これじゃ悪いことなんかできなくなりますわ」

「そりゃそうですね」

「本当にいい人だったのに……」

と言葉を詰まらせる。

「今日、ここへ来たのは？　何か特別の用があったんですか？」

「伯母に呼ばれたんです」

「伯母さんに？」

「そうです」

「何の用で？」

「分かりません。ただ、私にとって大事なことだから、必ず来るように言われました」

「あなたにとって大事なこと……。見当はつきますか？」

立子は首を振った。

「さっぱりです。このところしばらく会っていませんでしたから……。それにここへ来ると、あの人に会うのがいやだったんです」

「石沢常夫さん？」

「ええ、身震いが出るくらいいやですわ」

と立子は顔をしかめた。「自分はろくに働きもせず、伯母さんに食べさせてもらっておいて、あんな勝手なことを言ってるなんて！」

「土地を売る話が出ているのは知ってましたか？」

「ええ。伯母と、ときどき電話では話していましたから」

「伯母さんはどうおっしゃってました？」

「決して売らないと言ってましたわ。自分が生きてる間は——そうです、生きてる間は、と言いましたわ」

「あなたはどう思います？」

「伯母の土地ですもの、伯母の自由です。それに、売って金にすれば、息子がますます遊び惚《ほう》けるだけだと知っていたんです。それはかえって本人のために良くないと言っていました」

「なるほど」

それはそのとおりかもしれない、と片山は思った。「——今はこれぐらいでいいでしょう。何か思い付いたことでもあったら知らせてください」

「分かりました。ええと……」

「警視庁捜査一課の片山刑事です」

「分かりましたわ。片山さん」

立子はそう言ってちょっと笑顔を見せると、部屋を出て行った。——片山は大きく息をついて、ソファの背にもたれかかった。

「どうしたんです?」

と石津が訊く。「疲れたんですか?」

片山は、

「いや、ちょっと休憩してるのさ」

と、とぼけて、そっと目をつぶった。何しろ美人や魅力的な女性を前にすると、過度に緊張し、疲れる性質なのである。

「じゃ、石沢の奥さんのほうを呼んでくれ」

と片山は言った。

石沢の夫人、牧子《まきこ》は、立子とは対照的に、くすんだ灰色で描いたような小柄な目立たない女性だった。おどおどした、落ち着かない目をしていたが、それはいつものことらしかった。

年齢だけは亭主より大分若く、三十四歳ということだったが、四十と言ってもおかしくないほど老《ふ》け込んでいる。

「——すると今日は十時半ごろ出かけたんですね?」

「はい」

「説明会の会場へ着いたのは?」

「十一時……五分前ぐらいでした」

「説明会は何時までかかったんですか?」

「一時半の予定でしたけど、結局二時近くまでかかりました」

「行きも帰りも、ご主人と一緒だったんですね?」

「ええ、もちろんです」

「会場でもずっと?」

「はい」

「村の人たちはみんな一つの部屋にいたんですか?」

「そうです」

片山は肯いた。そうなると、石沢を犯人と考えることは無理らしい。やはり上野の凶行なのだろうか。——しかし、どうも片山には引っかかることがあった。

上野が犯人だとすると、実にうまいときにやって来たものだ。何しろ村中が空っぽで、目指す常代しか残っていなかったのだから。

しかし、絹子の話では、どうも上野はかなり発作的に犯行を思い立ったようだ。それにしては少し巧《うま》く運びすぎたのではないか。それとも、これは単なる偶然にすぎないのだろうか?

「お昼のときは別ですけど」

石沢牧子がポツリと言った。

「え?」

思わず片山は訊き返していた。

「お昼に、あちらの方が全員に千円ずつくださったんですの。昼食代ですとおっしゃって」

「それじゃ途中で外へ出たんですね?」

「ええ。十二時から一時まで。みんな団地のほうの食堂へ、めいめい食べに行きましたわ」

「奥さんはどちらへ?」

「私、おそば屋さんへ行きました。どうも脂っこいものが苦手でしてね」

「ご主人と別々だったんですね?」

「はあ、あの人は中華料理にすると言って……。団地へ入った所で別れました」

「ご主人は誰かと一緒でしたか?」

「さあ……。私と別れたときは一人でしたけど、後は分かりませんわ」

「なるほど。——いや、どうもありがとうございました」

片山は、石沢牧子が出て行くと、石津のほうを向いて、「一時間あれば充分やれただろうな」

と得意げに言った。

「そうですね。あいつならやりかねないですよ」

「検死報告を見ないと、どうにもならんが、少なくとも動機の点では石沢が一番だからな」

「しかし、そうなると上野さんはどこにいるんでしょう?」

「そいつは分からないけどな……」

「行方をくらましてるってのは、やっぱり、自分が……」

「犯人だから? そうとは限らないぞ。それに自分で姿を消したんじゃないとしたら?」

「と言うと——」

「犯人の手で誘拐《ゆうかい》されたか殺されたか……」

片山はシャーロック・ホームズよろしく考え込んだ。そこへ、

「お兄さん!」

と晴美が飛び込んで来た。

「どうした?」

「今、表にいたら、ホームズがこれをくわえて来たの」

晴美が差し出したのは、しわくちゃになったハンカチで——広げてみると、三分の一ぐらいが、血に染まっている。

「これは……」

「もしかしたら犯人の?」

「そうだ。ホームズは?」

「表で待ってるわ」

「よし、行こう!」

三人は急いで玄関から外へ出た。ホームズが、あんまり待たせるなよ、とでも言いたげな顔で、前庭に座っていた。


上野は、林の中で死んでいた。ホームズが三人を連れて行かなければ、なおしばらくは見付からなかったかもしれない。村から、やや離れた、本当に山の中という感じの木立ちの奥だったからだ。

上野は日本刀の刃の真ん中あたりをつかんで、自分の腹へ突き立てたようだった。むろん腹部は血に染まっていたが、その他にも、ほうぼうに飛び散った血は、おそらく石沢常代や猫を斬り殺した返り血と思えた。

ホームズがくわえて来たのは、刀身をつかむとき、刃へ巻いたハンカチだろう。——ともかく、状況は疑いようもなかった。

「どうやら、上野が犯人だったようだな」

片山が呟《つぶや》いた。

「気の毒に、絹子さん……」

晴美は顔をそむけながら言った。

「おい、石津、ここにいてくれ。今、知らせて来るから」

「分かりました」

石津は任せてください、というように肯いた。不思議な奴だ、と片山は思った。死体なら平気なくせに、これが猫なら青くなって逃げ出すに違いない。

「――まあ、これで解決はついたわけだ」

と片山が言うと、前を歩いていたホームズがふっと振り向いた。その目は、

「そう思うかね、ワトスン君？」

と言っていた。

「何だ、違うって言うのかい？」

「そうよ、お兄さん」

晴美が言った。「だって、ほかの猫たちはどこへ消えたの？　それに団地内での、子供たちを狙った事件は？」

「しかし、それは俺の管轄じゃないからなあ」

「そうかしら？　私、何だか――」

「え？」

「この殺人事件と、子供たちを狙った犯行とどこかでつながってるような気がするのよ。

——直感でね」

「直感じゃしようがない」

「あら、女の直感には耳を貸すものよ。ねえホームズ?」

晴美の言葉にホームズが、短く、

「ニャン」

と応じた。

第二章　赤い猫

1

春眠《しゅんみん》暁《あかつき》を覚えず、か……。

片山は大欠伸をした。外を歩き回っているのならともかく、机に向かって書類を見たりしていると、いつしか頭には霞《かすみ》たなびき、目の前にはヴェールが降りたようになって……という次第。

「少し電話でも鳴ってくれると目も覚めるんだがね」

と独り言を言って電話を眺めると、

「それじゃひとついきますか」

とは言わなかったが、電話がけたたましく鳴り出した。片山はちょっと面食らって、

「本当に鳴ってるのかな?」

空耳――いや、夢の中で鳴ってるんじゃないのかと電話をにらみつけた。

隣りの根本刑事が、不思議そうに、

「おい、片山、どうして取らないんだよ」

と訊いた。してみると本当に鳴っているらしい。片山はとぼけて、

「今朝の新聞、見ませんでした？」

「何を？」

「電話にすぐ出る人間にはガンが多いそうですよ」

と言って、受話器を取る。「はい、片山です」

「あの、片山刑事さん……」

若い女の声である。聞き憶《おぼ》えのあるような気もしたが、何しろ若い女の声なんて、どれもこれも似たようなものだ。

「はい、私ですが」

「ああ、片山さんですのね。私、刈谷立子です」

あの寝台車の白猫だ。

「やあ、どうもその節は」

片山にしては愛想のいい言葉がすんなりと出て来た。相手が美人でも、電話なら比較的大丈夫なのである。

「何かと大変でしたねえ」

とねぎらいの言葉すら付け加える余裕があったくらいだ。

「ええ、まだ大変の真っ最中なんですの」

「どういう意味です？」

「一度お目にかかりたいんですけど」

「はあ」

もう石沢常代殺しは上野の自殺でけりがついてしまったはずだが。——常代の葬儀から一週間が過ぎている。

「あの——何か事件のことで、新しい事実でもありましたか？」

と片山は訊いた。

「え？　ええ……まあ、事件と関係は……あるような、ないようなことなんですけど」

と向こうの話もよく分からない。「ちょっと微妙な話ですの。電話では申し上げにくいんですが」

「分かりました」

片山は言いながら、栗原警視のほうを盗《ぬす》み見た。もう結着のついたはずの事件を掘り返すことには、あまりいい顔をしないのである。そうでなくても手が足りないのに、というわけだ。しかし話を聞くぐらいは構わないだろう。

「じゃ、今からそちらへ伺いますよ」

「いえ、そんなに急いでいただかなくても」

と刈谷立子は慌てて言った。「あの、今夜はお暇でしょうか？」

「は？　夜ですか？」

「ええ。もしご都合がよろしければ、Tホテルのロビーでお会いできませんかしら。七時で、いかがでしょう？」

「それは……まあ構いませんが」

「ぜひいらしてください。とても大事なことなんですの」

「分かりました。必ず」

と片山は言った。本当は女性からその手の場所へ誘われると、どうも気後《きおく》れしてしまうのだ。何しろ今までそういう誘いに応じて、ろくなことになったためしがないのである。——立子のほうは、ほっとした口調になって、

「よかったわ。お忙しいでしょうから、お時間がおありかどうか、心配でしたの」

「大丈夫ですよ。で、時間と場所は？」

「七時にTホテルのロビーですわ」

「ああ、そうか。聞きましたっけね。七時、Tホテル、ロビーと。——で、何時に行けばいいんですか？」

やはりあがっているらしい。——やっと受話器を置くと、根本刑事が声を低くして、

「片山、何かやらかしたのか？」

と訊いてくる。

「何をです？」

「課長が何だかお前のほうをジロッとにらんでたぜ」

「さあ、心当たりはありませんけど……」

そこへ、すかさず、

「おい、片山！」

と栗原警視の声が飛んできた。「ちょっと来い！」

「何でしょう？」

「うむ。実はな……」

と言ったきり、栗原はえらく難しい顔で言い淀んだ。どうもいつものお小言とはちょっと様子が違うようだな、と片山は思った。

「どう言えばいいかな……。今、四谷《よつや》署から連絡があってな」

「何か？」

「お前、市村《いちむら》サチ子って女、知っとるか？　どうだ？」

片山はちょっと考えたが、肩をすくめて、

「知りませんね。その女が何か……」

「うむ」

栗原は片山を見上げて言った。「お前に暴行されたと訴えて出ているそうだ」

片山は、まだ眠気がさめないのか、と思い切り頭を振った。少しやりすぎてめまいがしてよろけそうになる。慌てて栗原の机に手をついて体を支えた。

「あの……今、何とおっしゃいました？」

「お前がこの市村サチ子って女に暴行したというんだ。正確に言えば強姦《ごうかん》したということだが」

片山は仰天《ぎょうてん》して、

「とんでもありません。絶対にそんなことはしません！」

と目をむいた。「絶対にそんなことはしません！」

「そうか。いや俺もそんなはずはないと思う」

と栗原は肯いて、「お前が暴行されたというのなら分からんでもないがな」

片山は憮然《ぶぜん》として、

「課長！」

と抗議しかけたが、栗原はそれを抑えて、

「まあ待て。四谷署のほうでも、女の供述が至って曖昧《あいまい》なので怪しんどる。お前は、強姦、和姦《わかん》にかかわらず、そんな女と交渉を持ったことはないんだな？」

「和姦だろうが羊羹《ようかん》だろうが、一切関係ありません！」

「分かった、分かった。誰かがお前の名をかたったのか、それともその女が出まかせを言っているかだが……。しかし、どうして向こうがお前の名を知ってるのかな」

「さあ……」

「警視庁捜査一課の片山義太郎、とはっきり言っとるそうだ」

片山は困惑しながらも腹が立った。女を恨《うら》みこそすれ、恨まれるような真似をしたことはない！

「お前が挙げた犯人《ホシ》と関係のある女かもしれんな。――ともかく四谷署へそう答えておく。向こうでもう少し調べるだろう。まあ、お前も呼ばれるかもしれん。外出はするな」

「はあ……」

何が何やらさっぱり分からないままに、片山は席へ戻った。話へ聞き耳を立てていた根本が、

「片山、ホステスかソープランドの女とやったんじゃないのか？　向こうが本気になったのを、お前が冷たくしたから恨んで――」

「根本さん！」

片山は憤然と腕を組んで、「僕がそんなことをすると思いますか！」

「人は見かけによらないからな」

根本は楽しげにニヤついている。人ごとだと思って！――片山は苦《にが》り切った顔で書類へ目を戻したが、一向に頭に入ってこなかった。

三十分ほどして、片山はまた栗原に呼ばれた。今度は電話で、応接室へ来い、というのである。

四谷署の刑事でも来てるのかな、と思いながら応接室へ入って行くと、栗原が、

「来たか。座れ。――こちらは池袋《いけぶくろ》署の藤田《ふじた》君だ」
三十五、六という感じの刑事は、
「どうも」

と無愛想に会釈した。片山も会釈を返しながら、四谷と池袋じゃ大分遠いな、と考えていた。

「藤田君の話ではな――」

と栗原は片山を見て、言った。「ある娘がお前を結婚詐欺《さぎ》で訴えたいと言っとるらしいんだ」

しばし、片山はポカンとしていたが、

「それはさっきの――」

「あれとは別だ。今度の女《 い》は……何と言ったかな？」

「坂下久仁子《さかしたくにこ》という女です。三十二歳」

「ほう。年上の女か」

「課長！　冗談じゃありませんよ。そんな名前、聞いたこともないです」

「片山さんと結婚の約束をして、貯金三百万円を貢《みつ》いだと言ってるんですがね」

「とんでもない！　でたらめです！　嘘ですよ！　言いがかりだ！」

もっと言ってやりたかったが、言葉が出てこない。栗原は、

「まあ落ち着け」

と片山をなだめておいて、「藤田君、その坂下という女、うさんくさいところはないのかね？」

「はあ……。まあ、多少ヒステリックなところはありますが、それ以外はどこといって……」

「僕に三百万円も貢いだ、ですって？　いくらでも調べてくださいよ。どこにそんな金があるんです？　預金だって少ないし、賭けごとはしないし、給料だって安いし――」

「給料が安いは余計だ」

と栗原は苦笑いした。「ともかく、お前は知らんというわけだな」

「もちろんです！」

「困りましたねえ」

と藤田は頭をかいた。「訴えが出ている以上、調べないわけにはいかないし」

「調べるのは当然だ。構わんよ」

と栗原が言った。「しかし、同時にその女のことも調べてくれんか。どうも妙だ。さっきの暴行事件といい、この結婚詐欺といい、およそ片山らしくない」

「当然です。濡《ぬ》れ衣《ぎぬ》なんですから！」

「分かりました」

と藤田は肯いて、「女をよく洗ってみましょう。一応片山さんのほうも、自宅を調べさせていただくようなことがあるかもしれませんが、その節はよろしく」

と頭を下げて引き揚げて行った。

「――参ったな！」

片山は頭をかかえた。「一体どうなってるんだろう？」

「妙な話だな、確かに」

と栗原は肯いた。「それに二つの事件が同時に出てくるってのは……どうも誰かお前をはめようとしている奴があるのかもしれないな。どうだ、心当たりはあるか？」

「さあ、一向に……」

片山はただ首をひねるばかりである。

「ま、ともかくお前は家へ帰ってろ」

「課長！」

「ここにいて、記者連中にでも嗅ぎつけられてみろ。刑事が婦女暴行と結婚詐欺だなんて、絶好のネタじゃないか」

それもそうだ。片山は渋々、

「分かりました」

とため息とともに肯いた。

席へ戻って机の上を片付け始めると、根本がびっくりした顔で、

「おい、どうした？　気分でも悪いのか？」

「最低ですよ」

と片山は力なく言った。婦女暴行、結婚詐欺だって？　こともあろうに、この俺が……。

一体どうなってるんだ？

「ふーん」

話を聞いて根本も真面目な顔になる。「そいつはただごとじゃねえな。お前、自分じゃ分からねえかもしれねえが、誰かにはめられかかってるんだよ、そいつは」

「困りました。全く……」

「こういう事件は否定のしようがないからなあ。一方はああだと言い、もう一方はこうだと言う。客観的にどっちが正しいって断言できねえんだからな。厄介だよ。たとえ、証拠不充分で無罪になっても、もしかしたら、やったのかもしれねえって思われるからな。あまりい

い気分のもんじゃあるめえ」

「ともかく今日のところは帰って、少し頭を冷やしますよ」

「まあ、何事もないといいがな」

片山は、

「じゃ、お先に」

と根本へ会釈して、捜査一課の部屋を出ようとしたが、ドアを開けたとたん、危うく若い女とぶつかりそうになった。

「あ、失礼」

と慌ててわきへよける。「どうぞ……。誰に用ですか？」

女はまだ二十二、三歳だろう。えらく威勢のよさそうな、小太りの、運動選手みたいな感じの女だった。部屋の中をキョロキョロ見回して、

「片山ってどの人？」

と訊く。片山は面食らって、

「僕だけど。あなたは？」

と訊いたが、女はとたんに、キーッと悲鳴とも喚《わめ》き声ともつかない奇声を発すると、やおら片山へ飛びかかった。いくら大柄な片山でも——いや、長身だけにあまり安定が良くないのか、女の体重をもろに食らって、二、三歩後ろへよろけると、そのまま床へひっくり返っ

てしまった。

「な、何するんだ！」

女の顔がぐっと迫って来たので、片山は一瞬、絞め殺されるのかと思った。「やめろ！　助けてくれ！」

と——女は、いきなり片山の唇へギュウギュウと自分の唇を押しつけて来た。片山もこれには仰天したが、何か言おうにも口をふさがれて声にならず、

「ム……ムム……」

とハミングしながら、ひっくり返った亀よろしく手足をバタつかせているばかり。

そのうちに、やっと部屋の刑事たちが駆けつけて来て、女を引き離した。片山はふらふらと立ち上がって、

「一体何をするんだ！　君は誰だ！」

と怒鳴った。女は哀れっぽい声になって、

「片山さん！　私のことを知らないって言うの？」

と言い出した。「私、夏子じゃないの。あなたと結婚の約束をした——」

片山はアングリと口を開け、見たこともない女をまじまじと眺めた。

「……僕は君なんか知らない！　……何のつもりだ？」

「あなた……そんなに冷たいこと言って……ひどいわ！　あんなに私を愛してくれたのに……」

「馬鹿言うな！　こっちは全然君のことなんか――」

と言いかけると、突然女が大声を上げて泣き出した。――グスングスンとか、おいおいとか、よよと泣き崩れ、とかいろいろ表現の種類はあるが、これはそのどれにも当てはまらなかった。ともかくライオンの咆哮《ほうこう》をオクターブ高くして、パワーアンプで増幅して超大型スピーカーから最大ヴォリュームで流したような、とでもしか言いようのない凄まじさで、部屋中の刑事が思わず耳を塞《ふさ》いだほどの大音響。正に音響と呼ぶほかないような叫び声だったのである。

片山のほうは、といえば、もう耳を塞ぐのも忘れて、ただ唖然《あぜん》と突っ立っているばかり。髪はめちゃくちゃ、ネクタイはねじ曲がり、ワイシャツのえり元のボタンは吹っ飛んでしまっている。

そのうちに、女の叫び声を聞きつけて、何事かと他の部屋からも大勢駆けつけて来る。片山はこれが夢なら早くさめてくれ、と祈っていた……。

「婚約不履行《ふりこう》？　お兄さんが？」

晴美は片山の説明を聞いて目を丸くした。

「そうなんだ。俺を訴えるっていきまいてる」

「だって……そんな人、知らないんでしょう？」

「当たり前さ！　大体、部屋へ入って来て、『片山さんはどの人？』って訊いて、俺だと分かってから喚き出したんだ。本当に婚約してたのなら、相手の顔が分からないはずはないじゃないか」

「そう言ってやればよかったのに」

「言ったさ、もちろん」

「そうしたら？」

「そんなこと訊かないって言い張ってるんだ。それを耳にした奴がいないから、こっちがいくら言っても水掛け論でね」

「どうなっちゃってるの？」

「こっちが訊きたいよ、ああ！」

片山はふてくされてごろりと横になった。

アパートへ勤めから帰って来た晴美が、先に兄が帰っているのにびっくりして、クビにでもなったの、と訊いたのへ、片山は答えたわけだが、順不同で、比較的ショックの少ない、三番目を取りあえず話してやったのだった。

「少しいかれてるんじゃない、その人？　調べれば分かるわよ。そういう常習犯なのよ、きっと」

「それにしても凄まじい泣き声だったよ。きっとあれ、どこかの演劇学校で泣き方の特別指導でもやってるんだ」

「何言ってるの。——で、昼ごろに早退して来ちゃったわけね」

「そうなんだ。ああも立て続けに——」

「立て続け？」

と晴美が聞きとがめて、「ほかにも何か厄介事があったの？」

「う、うん……」

片山は、どっちのほうを先に話そうかと迷った。結婚詐欺か婦女暴行か。だんだんショックが大きくなるというのも、ちょっと心配だ。しかし、最初に婦女暴行なんて話をしたら、晴美の奴、卒倒しやしないか……。まあ、俺よりはよほどしっかりしてるから大丈夫とは思うが。

「何があったのよ？」

と晴美が片山の傍《そば》に座る。

「ああ、つまりね、妙な話なんだが……」

と言いかけたとき、玄関のチャイムが鳴った。

「はい」

と晴美が立って行く。「どなたですか？」

「石津です」

と相変わらず楽しげな声。晴美は急いでドアを開けた。

「まあ、どうしたの、石津さん？　突然――」

「すみません。いえ、片山さんのことを耳にしたもんで、心配になりまして」

「あら、わざわざどうも」

晴美は微笑んで、「でも、そんな大変なことでもないわ。大丈夫よ。ともかくお上がりなさい」

「はあ――。しかし大騒ぎですよ。パーッと噂が広まって。何しろ現職刑事が――」

「おい、石津、待てよ！」

片山は慌てて黙らせようとしたが、時すでに遅く、

「婦女暴行、結婚詐欺、婚約不履行で同時に三人の女に訴えられたなんて前代未聞《ぜんだいみもん》のことですからね！」

片山はため息をついてそっぽを向いた。晴美は啞然として、

「婦――婦女――暴行？」

「あれ、ご存じなかったんですか？」

「結婚詐欺？」

「ええ。それと婚約不履行」

とわざわざ付け加える。晴美は目をむいて、

「お兄さん！　どういうことなのよ！」

と大声を上げた。

「俺がそんなこと知るか！　みんなまるで知らない女ばっかりなんだ！　誰かの陰謀なんだ！　誰かが俺の座を奪おうとしてるんだ！」

平《ひら》の刑事の座など誰も狙うはずはないが、TVドラマでよくあるセリフなので、つい口から出てしまったのである。片山はフウッと息をついて、

「考えてもみろよ。いくら何でも、三人もの女が同じ日に訴え出て来るなんて、偶然のはずはないじゃないか」

晴美もやや平静に戻って、

「それはそうねえ」

と腕組みをする。「でも、一つぐらいはやったんじゃないの？」

「おい！　兄が信じられないのか！」

「まあまあ」

と石津が中へ入って、「晴美さんも、落ち着いて考えれば、片山さんがそんなことのできる人じゃないぐらい分かるでしょう」

「そうだそうだ」

と片山は肯いた。なかなかいいこと言うじゃないか。

と石津は続けた。「片山さんに騙《だま》されるような女なんているわけないですよ」

片山は石津をぶん殴ってやろうかと拳を固めた。そこへ——

「ニャーオ」

とホームズがやって来た。そして片山の手を前肢でチョイと突っついて、時計のほうへ頭を向ける。

「何だよ？　晩飯の催促なら晴美へしろよ」

と言って、ついつられて時計を見る。六時二十分。——ん？　何か時間が……六時。七時。

「そうか！　しまった！　すっかり忘れてたぞ！」

片山は立ち上がった。刈谷立子との約束だ。

「どうしたの？」

と晴美がけげんな表情になって訊く。

「ちょっと約束を思い出したんだ。出かけて来る」

「いいけど……どこへ？」

「ホテルだ」

「ホテル？　誰と会うの？」

「ん？——ああ、刈谷立子だよ」

「刈谷?」

と晴美が眉を寄せると、石津が思い付いて、

「あ、あの娘ですね。殺された石沢常代の姪とかいう」

「そうだよ。じゃ、ちょっと行って来る」

「じゃ、晩ご飯はいらないのね? ——お兄さん!」

が、もう片山はさっさと階段を降りて行ってしまった。「何やかやと言われるのがいやなもんだから、逃げ出しちゃって」

とぼやいてから、

「じゃ、石津さん、晩ご飯、食べて行ったら?」

石津の顔が輝いた。

「よ、よろしいんですか?」

「ええ。お兄さんの分も買って来ちゃったから。——何か用でも?」

「い、いえ、何もありゃしません」

と今にももみ手しそうな様子。「ごちそうになれるなんて……すみませんね」

「いいのよ。ゆっくりしてちょうだい」

「はい!」

そこへホームズが、ひときわ高く鳴いたので、石津は慌てて部屋の隅へ飛んで行った。

「ああ、ホームズ、あなたの夕食を先に作ってあげなきゃね。分かってるわよ。——あの人をあんまりおどかさないで。可哀相よ」

・ホームズはそんな奴のこと、知ったことかというように、澄まして座り込んでいる。石津はそっと額の汗を拭っていた……。

2

片山がTホテルのロビーへ急ぎ足で入って行ったのは、七時十五分だった。

捜すまでもなく、刈谷立子のほうがソファから立ち上がって、

「片山さん」

と声をかけてきた。

「やあ、すみません、遅れちゃって」

「いいえ。お忙しいのに、どうも……」

と、ここまではスムーズに運んだものの、例によって片山のほうは喉に石でも詰まったように、言葉が出なくなる。

特に——刈谷立子は、淡いブルーの、何とも洒落《しやれ》たスーツを着ていた。若々しさと、女らしさが、程よくバランスを取って、一見、目を離せなくなるような魅力に富んでいる。

「お食事をしながらお話ししません？」

と立子が微笑みながら言った。

「ええ、ええ……そうですね」

「この地下のレストランを予約してありますの。よろしければ」

「はあ」

片山とて、こういうときに何か気のきいたセリフの一つも言いたいのである。しかし、片山はドン・ファンでもカザノヴァでもない。

静かな英国調のレストランへ入って、奥まった席へ着くと、エヘンと一つ咳払いして、

「あの——お元気ですか？」

〈拝啓〉と言わなかったのがまだしも救いである。

「ええ。——伯母が死んで、ちょっと放心状態でしたけど、もう大丈夫です」

「よかった」

「片山さんもお元気そうで……」

「まあ、おかげさまで」

と馬鹿馬鹿しい会話を交わしているうちに、ウエイターがオーダーを取りに来て、しばしあれこれともめた後、やっとオーダーを済ませたが、片山もそれで少し気が楽になった。

「いや、今日はさんざんな日でしてね」

「あら、どうしたんですの?」

片山は三人の女に次々と訴えられた話をした。

「もちろん、僕はどれも全く覚えがないんですよ!」

「それはもう、分かってますわ。でも妙な話ですのね」

「全く参りましたよ。人に恨まれるような覚えはないんですがね」

とため息をつく。立子はふっと、

「そうだわ。もしかしたら――」

と言い出した。

「え? 何です?」

「それ、あの人の企んだことかも……」

「誰です?」

「石沢常夫」

「あなたの従兄《いとこ》の?」

「ええ」

「しかし――なぜ、僕を恨むんです? そんなことをして何になるんですか?」

「きっと、私たちの結婚を邪魔しようっていうんですわ」

「なるほど」

と肯いてから、「――結婚？　誰の？」

「私たちのです」

「あなたと――誰です？」

「私と片山さんの結婚ですわ、もちろん」

と立子はあっさりと言った。

「その後、団地では何もないの？」

晴美がお茶を淹れながら訊いた。

「何も、というと……」

「ほら、子供がいろいろと危ない目にあってたじゃないの」

「あ、あれですか。――そうですね、何事もないようですよ」

「そう。――上野さんの娘さんはどうしてるの？　絹子さんていったわね」

「ええ。父親が人殺しというんじゃ、居づらいんでしょう。どこかへ引っ越すようですよ。まだいるにはいますがね、昼間も部屋はカーテンを閉めっきりで……」

「気の毒ね」

「林田がよく顔を見せているようですが」

「あの辞めたお巡りさんね。――二人ともまだ若いんだから、これからほかの土地でやり直せばいいのよ」

「そうですね」

晴美は微笑んで、

「もう一杯いかが？」

「いや、もう満腹です。どうもすっかりごちそうになって」

「味はいかが？」

「最高です！」

晴美は笑いながら、

「あなたは少し私を賞めすぎるわ」

「しかし最高のものは最高としか言えませんから」

と石津は言い張った。

「じゃ素直に聞いておきましょ」

と晴美は言って、ふと思い付いたように、「そうだわ。あの猫たちは見付かった？」

「ね、猫が何か――」

と石津は身震いして縮み上がった。

「あ、ごめんなさい。少しは良くなったかと思って」

「そのうちに馴《な》れます。急に聞かされるとショックが大きくて……」

と大げさなことを言って、「あの猫というと……。ああ、殺された石沢常代の飼い猫ですね？」

「そう。十四近くがいなくなってたでしょう？　見付かったのかしら？」

「さて……。見付かったという話は聞きませんねえ。まあ、もっとも僕のほうもわざわざ訊いてはみませんが」

「でも一匹や二匹じゃないんですものね、人目についてもよさそうなのに」

「それもそうですね。今度、交番の巡査に訊いてみましょう」

晴美は視線を落として、

「忘れられないわ……。あの〈琴〉が血に染まって道へ飛び出して来たときの怖かったこと。白猫が赤い猫になって、目がキラキラ輝いて……。琴も行方が知れないままでしょう。主人を追って死んだのかしら？　それともあの団地の近くの林でもさまよってるのかしら。考えてみれば無気味ね。——ねえ、ホームズ、どう思う？」

ホームズは丸くなって、眠っているように見えたが、晴美の声に目を開いた。そしてやおら立ち上がると、晴美の前へ来て座り、じっと晴美を見上げた。

「どうしたの？　お腹《なか》は一杯でしょ？　そうね、そんな顔じゃないわね。ホームズも何か感じてるの？　あの猫たちのことで？」

ホームズは軽く一度瞼《まぶた》を閉じて、開いた。これはいわばコックリ肯くという感じなのである。

「やっぱり。私もなのよ。あの猫屋敷のお婆さんが殺されて、十一匹の猫も一緒に殺された……。そして残った猫は行方をくらましている。犯人は死んだけど、果たして本当の犯人だったのかしら？　私、あの事件はまだ終わってないような気がするのよ。子供たちを危ない目に遭わせた犯人だって見付かっていないし……。ホームズもそう思う？」

ホームズはまた瞼を閉じてから開いた。

「そうなのね？　じゃ、私と同じ考えなんだわ。——もし、あの上野さんが犯人でないとしたら……。真犯人を知っているのは、逃げた猫たちだわ！　猫たちが、犯人に復讐《ふくしゅう》するかもしれない。死んだ猫だって、化けて出るかもしれないわ。十一匹の化け猫が……」

突然、ホームズが玄関のほうへキッと向くと、鋭《するど》くギャーッと鳴いた。次の瞬間にはしなやかな体が流れるように部屋を突っ切って、玄関へ。晴美もただごとでない様子に、

「どうしたの！」

と立ち上がる。ホームズはドア越しに何度も鋭い声を上げた。晴美は玄関へ駆け寄り、

「誰かいるの？」

と、声をかけながら、ドアを開けた。

廊下には誰もいない。ホームズはいったん廊下へ飛び出したが、それ以上は先へ行こうとはせず、ドアの前をゆっくりと探るように歩き回った。

「ホームズ、どう？　何か――」

とかがみ込んで、「あら」何だろうこれは？

と晴美は声を上げた。

「ちょっと暗すぎるわね」

足跡らしいものが廊下に残っているのだが、暗くて判然としない。晴美は部屋の中へ、

「石津さん」

と声をかけた。「悪いけど、台所の柱にかけてある懐中電灯を取ってくれない？」

――返事がない。

「石津さん……」

と中へ顔を出して、目を丸くする。石津が畳にのびているのだ。

「どうしたの？」

晴美は急いで部屋へ上がり、石津を揺さぶった。石津は、

「ウーン」

と唸って目を開け、晴美に支えられて、やっと起き上がった。

「どうしたの？　大丈夫？」

「ええ……。まだ生きているようです」

と何となく頼りなげな声を出す。

「何か悪いものでも食べたのかしら？」

「いえ……。晴美さんが……化け猫の話などなさって……そこへホームズがギャーッと鳴いたものですから……気が遠くなって」

晴美はほっとするやら呆れるやらで、ぷっと吹き出してしまった。

「冗談じゃありませんよ」

と石津が恨めしそうに晴美を見た。

「ごめんなさい。あなたに化け猫の話はタブーだったわね。ホームズに話しかけてるうちに、つい忘れちゃって。もう言わないから」

「いえ……僕のほうこそだらしのない話で……」

と今度はションボリしている。「これじゃ晴美さんにも嫌われるし……」

「何言ってるの。さ、元気出して。廊下に何かあるのよ。懐中電灯を持って来てちょうだい。台所の柱にかけてあるから」

「は、はい」

石津はちょっとよろけながら立ち上がると、言われたとおりに懐中電灯を取って来る。

「どこです？」

「ここにほら、足跡みたいなのがあるでしょう」

「ははあ」

懐中電灯の光を近付けると、「——人間じゃありませんね。犬かな？」

とさすがに刑事に戻る。

「ほら、ご覧なさいよ。こっちの埃《ほこり》の上にホームズの足跡があるわ。そっくりよ。きっと猫の足跡だわ」

「ね、猫ですか」

と石津がまた青くなる。

「大丈夫？」

「大丈夫です。足跡ぐらいなら」

「——階段を上がって来て、また降りて行ったんだわ」

「そうらしいですね。——ま、どこかの野良猫でしょう」

「それでホームズが鳴いたのか。ああ、びっくりした」

「全くですね」

と石津はやっと笑顔を取り戻した。

「ちょうどあんな話をしているときに来るなんて……」

晴美は懐中電灯で足跡を照らしながら階段を降りて行った。だが、外へ出てしまうと、もう足跡も地面に紛《まぎ》れてすぐに消えてしまい、結局諦《あきら》めて部屋へ戻った。

「やれやれ妙な晩ですねえ」

と石津は、それでも内心ほっとした様子で言った。

晴美は座り込んでから、

「あら、ホームズは?」

と思い出して見回した。——見ればホームズはもう奥の部屋の隅で丸くなっている。

「まあ、さんざん人を騒がせといて……」

と晴美は苦笑した。そこへ電話が鳴る。

「お兄さんかもしれないわ」

と受話器を取りながら、石津のほうへ、「まだあなたがいるって言ったら、きっとやきもきするわ。——はい片山です」

「あの、片山さんは……」

と男の声だ。

「兄でしたら出かけておりますが」

「あ、妹さんですね。以前お目にかかった林田です」

「あら。——何のご用ですか?　兄はまだちょっと帰らないと思いますが」

「そうですか。ぜひご相談したいことがあったんですが」

「あの、石津さんならここにいますよ」

「それは助かります!　石津さんを出してください!」

と林田は早口に言った。晴美と代わると、石津は、

「うん。——何だって？——うん、それで？」

と耳を傾けているうち、だんだん深刻な表情になってくる。「よし、すぐ帰るから……」

と受話器を置いた。

「どうしたの？」

「彼女がどこかへ行っちゃったらしいんです」

「彼女って……絹子さんが？」

「ええ。二人で外で食事をしていったん戻って来たんだそうですが、彼女がちょっと近所の棟に用があって行ってくると言って出かけたきり、一時間以上たっても帰って来ないというんです」

「何でもないといいわね」

「話し込んでるだけなのかもしれませんがね。女性はよくやるでしょ」

「そうね。確かに覚えはあるわ」

と晴美は微笑んだ。「——でも、恋人を部屋に待たせておいてってのは変ねえ」

「そうですね。そう言われれば……」

と石津は首をかしげて、「——ま、ともかく、僕もそろそろ失礼しますから」

「そう？　それじゃ絹子さんの所に寄ってあげてちょうだい」

「そうします。どうもごちそうさまで」

「いいえ」

晴美は玄関を出て、「通りまで送るわ」

「すぐそこに車をとめておきましたから」

「あのスポーツカー？」

「そうです。署の連中に冷やかされて……」

と満更《まんざら》でもなさそうに頭をかき、「わっ！」と声を上げて飛び上がったのは、ホームズが石津の足もとを駆け抜けて、階段を降りて行ったからだった。

「ホームズ！　どこに行くの！」

晴美も足早に階段を降りて、「――どこへ行ったの？　こんな時間に、変ねえ」

と通りへ出て見回すと、少し先に石津のスポーツカーが見えて、その傍《そば》に……

「あら、ホームズ」

ホームズが、早く車に乗せろ、といった様子で座っているのだ。

「どうしたのよ？　乗って行くの？」

ホームズはニャーオと長く鳴いて、前肢の爪で晴美のスカートの裾を引っかけた。

「やめてよ！　このスカート高いのよ」

と慌てて飛びすさって、「私にも行けって言うの？」

ホームズは短くニャンと応じた。

「どうも何かありそうね……。お兄さんはどうせ遅くなるだろうし。――石津さん！」

「はい」

と石津もやって来て、ホームズを見るとピタリと足を止める。

「ホームズの様子、おかしいわ。きっと何かあるのよ。乗せて行ってくれる？　事件が起ころうとしてるのかもしれないわ」

「ニュータウンまでですか？」

「ええ。構わないでしょ？」

「そ、そりゃいいですが――」

と石津はちょっと情けない顔になる。「後で片山さんにぶん殴られないように、よく説明してくださいね」


「それじゃ……興信所に頼んで僕のことを調べていたのは、亡くなった伯母さんだったんですか？」

片山は驚いて訊き返した。立子は肯いて、

「そうなんです。片山さんは、事件の前に伯母にお会いになったことがあるんでしょう？」

「ええ、会ったといっても……」

石津の部屋へ初めて行った帰り道で、車の中から見ただけだが。片山がその事情を話すと、

「そんなことがあったんですか。伯母らしい話だわ」

と立子は微笑んだ。「そのときに片山さんを見初めたんだと思います」

「それは……光栄ですがね。でも、話をしなかったんですよ。僕がどこの誰だかもご存じなかったはずですが」

「でも石津さんていう方はあの団地の方でしょう？　きっとそこから調べさせたんだと思いますわ」

「ははあ……」

そう言われても、片山には寝耳に水である。

「で、興信所の報告を見て、伯母さんは僕とあなたを結婚させようと？」

「ええ。あの殺された日に私を呼んだのも、そのためだったんです。私にあなたのことを話すつもりで」

「しかし……驚きましたね、全く！」

片山としてはどう言ったものか分からないのである。「一体どうしてそれが分かったんです？」

「実は伯母が私あてに手紙を遺《のこ》していたんですの」

「手紙を？　しかし、呼んで話すおつもりじゃなかったんですか？」

「ええ、それが私にもちょっと不思議なんですけど、伯母も自分の身に何か起こるのかもしれないと感じていたのかもしれませんわ。私あてに書いた手紙が、金庫から見付かったんです」

「金庫から？」

と片山は訊き返した。「妙ですね」

「ええ。人に見られたくなかったんじゃないでしょうか」

と立子はあまり気にもしていない様子だったが、片山はどうも腑《ふ》に落ちなかった。いくら人に見られたくない手紙でも、それを金庫へしまい込むというのは普通でない。

片山がそこにこだわるのは、石沢常代が殺される危険を感じていたようにも取れるからだ。上野はあくまで発作的にあの〈猫屋敷〉へ押しかけて常代を殺したはずである。だが、常代が殺されるかもしれないと思って、手紙を金庫へしまったとすれば、それは上野の衝動的な犯行という推理とは相容れないことになる……。

「その手紙を見せていただけますか？」

と片山は訊いた。

「ええ。もちろんですわ。持って来ましたの、ぜひ見ていただこうと思って……」

と立子はハンドバッグを開けて、中を探った。「あら、変だわ……」

と顔をしかめる。

「どうしたんです？」

「ないわ。……確かに入れておいたのに」

と途方に暮れたように首をかしげる。「本当に入れたんです」

「じゃ、ハンドバッグを間違えたかどうかしたんじゃないですか。僕もよく背広を替えると定期入れや何かを前の背広に入れたままにしちまいますからね」

と片山は、まるで何着も背広を持っているようなことを言った。

「ええ……。出がけにバッグを替えたことは替えたんです。この服に合わないと思って。でも、中身も入れ替えたはずだけど……」

「きっと前のバッグに入ってますよ」

「まさか……誰かが盗んだとか……」

と立子は片山をじっと見ながら言った。目が輝いて、魅力的だ。あまり女性に見つめられたことのない片山は、ぞくっと身震いした。

「そ、そんなことはないでしょう」

と極力平静を装って言ったが、立子のほうは、そんな片山の揺れ動く心中など、まるで気付かぬ様子で、

「確か、出がけに鏡を見て……これじゃ色が合わないわと思って……バッグを出して……。そうだわ、このバッグを明るい所で磨こうと思って、居間へ行って……。その間、前のバッ

グは中身を入れたまま置いておいたんです。ほんの五分ぐらいだったけど……」

「そんなに気になるんですか？」

「ええ。……片山さん」

片山はまたゾクッと身震いした。女性から真剣な口調で名前を呼ばれることなど滅多にないことなのである。

「な、何でしょう？」

「私、何だか怖いんです」

と立子はテーブルへ目を落としながら、言った。さっきまでの、明るい活気に満ちた声が、暗く沈んでいる。

「何が怖いんです？　僕がですか？」

立子は目を見開いて、

「いいえ！　あなたのことは好きですわ、もちろん」

ＫＯ《ノックアウト》。片山は一瞬めまいがして、目の前の顔がピンボケのファインダーのようにぼけた。

——やっと我に返ったときには、立子の話が途中から耳に入って、

「——していただけたらと思って」

これでは何だか分からない。片山はエヘンと咳払いをして、

「すみません、ちょっと聞いていなかったもんで」

と言おうと思った。しかし口を開きかけると、やおら立子が片山の手を握ってきたので、またぐっと言葉が詰まってしまった。

「お願いです！　――いいでしょう？」

じっと見つめられて……さて、片山としては、どうにも、「もう一度言ってください」とは言いづらくなってしまった。話をろくに聞いていなかったのかと思われても困る。しかし何だか分からないのに、いいとも悪いとも言えないではないか。

立子はじっと哀願するような目で片山を見つめている。――よし、と片山は心を決めた。まさか百万円貸してくれ、とか、一緒に死んでくれとかいうわけでもあるまい。

「分かりました」

と肯いてみせると、立子は顔を輝かせた。

「よかったわ！　こんなこと、お願いしていいものかどうか、ずいぶん迷ったんですの」

こいつは何か大変なことを承知しちまったのかもしれないぞ、と片山は心配になってきたが、今さらもう一度言ってくれとも頼めない。仕方なく、

「別にそんな……」

とボソボソ呟いて、曖昧に微笑んで見せた。そこへ料理が運ばれてくる。片山はホッとして、

「じゃ、話の続きは食べてからってことにしましょうか」

と言った。

「ええ。安心したら急にお腹が空《す》いてきちゃったわ！」

と立子がまるで小学生みたいにはしゃいだ声を出す。そんな様子がまた、いかにも無邪気に可愛いのである。——かつては、ぐれて少年院送りになったとは想像がつかない。いや、そういう反抗的な青春を送る若者の中には、ただ利口に立ち回ることを憶えた大部分の若者たちにない、純粋なところが残っているものなのかもしれない。

立子が熱いコンソメスープをすすって、

「おいしい！」

と言った。片山と顔を見合わせて、にっこりと笑う。片山も精一杯、引き攣《つ》ったような笑いでそれに応えた……。

3

夜の大団地は、まるで無人の遊園地のようだった。照明は明るく、決して無用心ではないが、ともかく人の姿というものがまるで見えないのだ。

「まだやっと九時過ぎじゃないの」

車の中から左右を見ながら、晴美は言った。「それにしちゃずいぶん寂しいわね」

「何しろ店なんかの閉まるのが早いもんですから。すみません」

「別にあなたが謝ることないわ。——静かなのねえ」

「ええ。夜の静かなことといったら、砂漠のど真中だってこうはいきませんよ」

「砂漠なんて知らないくせに」

「鳥取の砂丘なら行ったことがあります」

石津は車を棟の間へ入れた。「さあ、着きました」

車が停まると、晴美は先に外へ出た。助手席の背を倒すと、後ろの席にいたホームズが、音もなく滑り出て来る。

「二階だったかしら」

「二〇六号室です。一番向こうの階段ですね」

二人と一匹は急いで階段を上がり、すぐ右手の〈二〇六〉というドアのチャイムを鳴らした。

「いないのかなあ……」

石津がしつこくチャイムを鳴らしているうち、晴美はふと、表札《ひょうさつ》へ目をやって、

「あら！」

と声を上げた。「この家、違うわよ！」

「え？」

「ほら、表札が〈浜井《はまい》〉ってなってるわ」

「そんな馬鹿な。だって二〇六——」

と言いかけて、「しまった！　棟を間違えたんだ！」

ドアの向こうから、

「どなたですか？」

といぶかしげな男の声がした。晴美と石津は慌てて階段を駆け降りた。

「——いやねえ、しっかりしてよ！」

「すみません。反対の側から入ったもんですから……。そうか。棟番号を見なかった」

「まるっきり同じ造りですものね。間違えても無理ないけど」

と晴美は建物を見上げた。

「もう一度乗ってください。今度は間違えませんから」

——棟に3—2—5と書かれているのを確かめて、車を停める。

「さあ、ここです」

「表札を見てからチャイムを鳴らしましょうね」

今度は確かに〈上野〉となっている。ドアの奥でチャイムが鳴ると、

「はい」

とすぐに声がして、ドアが開いた。

「あ、石津さん！」

林田である。「片山さんの妹さんでしたね？」

「ええ。一緒にお邪魔しましたの。構いません？」

「もちろんです！　どうぞ」

「あ、ついでにこの猫も」

「ああ、ホームズとかいう猫ですね？　絹子さんから聞きましたよ」

「で、彼女は？」

と石津が訊く。

「まだ帰らないんです。もう二時間以上ですよ。一体どうしたのか……」

林田は顔を曇らせて言った。晴美は林田を警官の制服姿でしか見たことがなかったので、セーターにジーパンというスタイルをまじまじと眺めた。

「どこかに寄ってるんじゃないのか？」

「それにしても、すぐ戻ると言って出たんですから……」

「確かにおかしいわね。心当たりに電話はかけてみたんですか？」

「最近は彼女、ほとんど誰とも付き合わないようにしていたんです。何しろあの事件のことがあるでしょう。みんな彼女と口をきかなくなったとかで」

「気の毒ね」

「なかにはいろいろと親切にしてる人もあるようですが、それでかえってその人まで除《の》け者にされたら困るからと言って、彼女、自分で避けるようにしていたんです。――気丈な人で。見てて可哀相になりますよ」

「じゃどこにも寄っていないとすると……」

「事故に遭うとか、そういうことは考えられないか？」

「電話してみましたよ。でも事故で運ばれた人はいないというし」

「そうか。――心配だな」

「ええ」

林田はひどく沈み込んでいる。晴美はふっと直感的に、ある考えが浮かんで、口を開いた。

「林田さん。あなた、絹子さんが自殺しようとしたんじゃないかって、心配してるんじゃなくて？」

林田がギクリとして晴美を見る。

「――そうなのか？」

石津に訊かれて、林田はしばらくためらっていたが、やがてゆっくり肯いた。

「実はそうなんです。このところ、彼女は少しおかしくて……。父親の死のショックが今ごろになって出て来た感じなんです」

「そういうものなのね。しばらくは気が張っていて、大丈夫なんだけど、ふっと安心してしまうと……」

「そうなんです。ここ三日ばかり、僕はここに泊まってるんですよ」

と林田は言ってから、急いで、「別にその——同棲してるとか、そんな意味じゃありませんよ」と付け加える。

「誰もそんなこと言っちゃいないぜ」

「え、ええ……。まあ念のため、と思って。このところ、いつも夢でうなされてるんですよ、彼女」

「夢?」

「そうなんです。きっとまだ事件の現場を見てしまったショックが尾を引いてるんだと思いますけど」

「どういう夢なの?」

と晴美が訊いた。

「いや、本人は憶えていないんです。ただ、眠っていると……『赤い猫が、赤い猫が』と口走って」

「赤い猫?」

晴美は思わず問い返して、石津と顔を見合わせた。そういえば、絹子は現場へ駆けつける途中で、血で赤く濡れた琴を見ているのだ。その強烈な印象が頭から離れないのだろう。

「だからどうも心配なんですよ」

と林田は言った。「といってここを出て捜しに行くと、この部屋は空っぽになってしまいますからね」

「しかし、そんなこと言ってる場合じゃあるまい」

「絹子さんは鍵を持って出たの？」

「いえ、持っていません」

「そう……。でもこの際仕方ないわよ。絹子さんに万一のことがあったら……」

「じゃ、晴美さんにここにいてもらって――」

と石津が言いかけると、晴美はきっとにらんで、

「私じゃ役に立たないっていうの？」

「い、いや、そうじゃありません」

と石津は慌てて首を振った。「じゃ、やっぱり全員で捜しに行きましょう」

「助かります！」

と林田はやっと明るい表情になった。

「ただ、捜すといっても……広いからなあ」

と石津。

「この辺をまず手分けして捜すのよ」

「そうですね。じゃ、あの池のある公園のあたりをまず——」

と林田が言いかけたとき、ホームズが急に玄関のほうへ向いて、

「ニャーオ」

と鳴いた。晴美が立ち上がる。

「誰かいるんだわ」

と素早《すばや》く玄関へ降りて、ドアを開けた。

「——絹子さん！」

とたんによろけるように倒れかかる絹子を晴美は受け止めて、「早く！　石津さん！」

と叫んだ。絹子は、まるで何日間も山の中をさすらってでもいたような様子だった。髪は乱れ、上はブラウスだけで、それもボタンが引きちぎられ、胸元がはだけている。スカートも土で汚れ、わきのファスナーが開いたままになっていた。

「どうしたんだ？　絹子さん！」

林田が絹子を抱きかかえながら叫んだ。

だが、絹子はまるで魂が逃げてしまった抜けがらのように、ただ空を見つめるばかり。そして林田が、

「さあ、上がって。横になるんだ」

と肩を抱いて行こうとすると、突然、

「やめて！　やめて！　やめてよ！」

と叫んだ。「触らないで！」

と手をめちゃくちゃに振り回す。

「しっかりするんだ！」

と林田が絹子の体を揺さぶると、絹子は、はっと我に返ったようになって、あたりを見回し、そして急にぐったりと畳の上へ崩れ落ちた。

急いで床を敷き、林田と石津が二人で絹子を寝かせる。

「これは一体……」

林田が口をつぐんだ。乱れきった服、ブラウスにまでこびりついた泥を見れば、他に考えようはない。

「彼女は誰かに……」

と言いかけて、その先は呑み込んだまま、唇をかみしめた。晴美は石津と顔を見合わせた。

そして林田の肩へ手をかけると、

「さあ、私に任せて。服を脱がせて、着替えさせるわ。お湯を洗面器に汲んで来て。タオルで顔を拭いてあげないと」

「はい」

林田は立ち上がりかけて、よろけた。

「大丈夫か?」

石津が林田の腕をつかむ。

「ええ……。大丈夫です」

林田の顔から血の気が失せていた。——林田が浴室へ行くと、石津は絹子の傍へ膝をついて、

「暴行されたようですね。——可哀そうに」

「どうするの、こういう場合は?」

「気の毒ですが、このまま警察へ行ったほうがいいんです。襲われた状態のままでないと、後で証拠が残りませんからね」

「でも気を失ってるのよ」

「救急車を呼びましょう。そうすれば手続きが早く済む」

石津がそう言ったとき、

「待ってください」

と声がした。林田が青ざめた顔を厳しく引き締めて立っている。

「それはやめてください」

「林田君、これは——」

「分かってます。泣き寝入りするようなことをしてはいけないのは承知です。しかし、救急

車なんか呼んで大騒ぎになれば、このことはたちまち知れ渡ってしまいます。――ただでさえ何かと陰口を叩かれている彼女が、一体何と言われるか。それじゃあんまり可哀相です。せめて……服を替えさせて病院へ連れて行ってやりたいんです」

林田の言葉には、何ともいえない気迫がこもっていて、口調が静かなだけに、いっそう晴美の胸を打った。

「そうよ、石津さん。私たちの証言があれば大丈夫でしょう？　それに林田さんはもう警官じゃないんですもの。言うとおりにしてあげましょうよ」

石津は困り切った様子で頭をかいた。晴美の願いとあらば、言うとおりにしたいのはやまやまであるが、暴行事件の捜査というものが、いかに難しいかもよく承知しているのだ。女のほうが強姦されたと訴えて、たとえ相手が分かっても、男のほうが合意のうえだったと主張すれば、水掛け論になってしまう。こうして乱暴された跡を生々《なまなま》しくとどめているうちに訴え出るのが一番なのだが。

「じゃ、カメラはあるかい？」

と石津は訊いた。

「ええ、ありますよ」

「写真に撮っておこう。後で証拠として使えるだろう」

「分かりました」

林田が、急いでストロボ内蔵の小型カメラを持って来る。

「これしかないんですが」

「大丈夫。フィルムは入ってるのか?」

「十枚ぐらい残ってるはずです」

「よし。ストロボが光るんだな? これなら充分だ」

石津が、気を失って寝ている絹子を、角度を変えて数枚写している間、晴美はつい目をそむけていた。憎むべき犯人を捜し出すためとはいえ、暴行されて気を失っている女性の写真を撮るというのは、何とも残酷なことのように思えた。

「これでいい」

石津は額の汗を拭った。「後は晴美さんに任せますよ。着替えたら、僕の車で病院へ運びましょう」

「分かったわ。——林田さん、彼女の下着や何かはどこに?」

「ええ……。その洋服ダンスの下だと思いますが」

「分かったわ。じゃちょっと出ていてちょうだい」

石津と林田が玄関から外へ出ると、晴美は絹子の服を脱がせていった。乳房には爪を立てられたような跡があり、嚙んだような傷もある。——一体誰がこんなひどいことを、と晴美は怒りに胸が熱くなるのを感じた。

——服を着せ終えると、絹子が、かすかに呻《うめ》いて、頭を振った。晴美は覗き込むようにして、

「絹子さん」

と声をかけてみたが、絹子はまだ意識を失ったままだ。

晴美は玄関のドアを開け、

「済んだわ」

と、石津たちに声をかけた。「でも、まだ気を失ったままなの」

「僕が背負って降りましょう」

と林田が上がって来る。石津は晴美へ、そっと言った。

「やっと少し落ち着いたようですね」

「どんな気持ちかしら。恋人が誰かに乱暴されたなんて……」

「犯人が分かったら、絞め殺してやりたくなるでしょうね」

「——あら、ホームズは？」

と思い出して部屋の中を見回した晴美は、足下へ目をやって、「なんだ、ここにいたの。灯台もと暗し、ね。何してるの？」

ホームズは、脱ぎ捨てられたままの、絹子のはいていたサンダルを嗅ぎ回っていた。そして爪で何か裏へこびりついた物を引っかけると、晴美を見上げて、短くニャンと鳴いた。

「何なの？」

と晴美はかがみ込んで、サンダルを裏返してみた。「——これ、笹の葉だわ」

「本当だ。この辺に竹なんかありませんけどね」

と石津は首をひねった。そして、気を失っている絹子を背負って玄関のほうへやって来た林田へ、

「おい、この辺りに竹やぶなんかあるか？」

と訊いた。

「え？——あ、それは笹の葉ですね」

「そうなんだ」

「竹なんてこの付近には……」

と言って、ふっと目を上げ、「そうだ。あの裏には——」

「どこだ？」

「あの〈猫屋敷〉です。あの家の裏手が竹やぶになってますよ」

そう言ってから、林田は、「じゃ、彼女はあそこで……」

と独り言のように呟いた。

「でも、どうしてあんな所へ行ったのかしら？」

「彼女が気が付けば分かりますよ。ともかく病院へ」

と石津が促すと、林田はそっと靴をはいて、静かに階段を降りて行った。石津が先へ回っ

て車のドアを開ける。

「助手席に乗せて。そうだ。そっと……。大丈夫だぞ」

「石津さん」

林田は顔を上げると、言った。「絹子さんをお願いします」

「お前、どうするんだ？　おい！　林田君！」

と石津が大声を上げたのは、林田が、いきなり駆け出して行ってしまったからである。

「林田さん！」

と晴美も呼んだが、林田の姿は、たちまち棟の陰に隠れて見えなくなってしまった。

「あいつ……」

「きっと猫屋敷のほうへ行ったのよ。——どうする？」

「どうすると言っても……」

石津は困って息をつくと、「この人を病院へ運ばなきゃいかんしなあ」

「あら、見て！」

と晴美が声を上げたのは、林田の消えた方向へと、ホームズが駆けて行くのが目に入ったからだった。「林田さんの後を追って行ったのよ」

「それじゃ——」

「ホームズに任せましょう。さあ、病院へ早く！」

「は、はい」

石津は車へ乗り込んだ。「あの——晴美さんはどうするんです?」

「私は絹子さんの部屋にいるわ。アパートへ電話してみて、お兄さんが帰ってたら来てもらおうと思うの」

「なるほど。それがいいかもしれませんね」

「じゃ、お願いね」

「承知しました」

石津の車が走り去ると、晴美は林田とホームズが駆けて行ったほうをしばらく見ていたが、やがて階段を上がって、上野絹子の部屋へ戻った。

「お兄さん、帰ってるかな……」

もう十時になる。いくらなんでも——とダイヤルを回してみたが、呼出し音が聞こえるだけ。

「どこへ行っちゃったのかしら?」

まさか初デートでホテルに行ったわけでもあるまい。「そんな度胸のあるお兄さんじゃないしね」

と晴美は呟いた。

片山はタクシーの中で派手にくしゃみをした。

「あら、風邪？」

と立子が心配そうに片山の顔を覗き込む。

「いや、そうじゃないんです」

と片山は首を振って、「きっと妹の奴が悪口を言ってるんですよ」

と言った。立子は腕時計を見て、

「もう十時ね。ごめんなさい、こんな時間まで」

「いや、それは構わないけど……」

片山は道路の前方を見ながら、「こんなに遅く行ってもいいんですか？」

「ええ。だって、あの男、いつもこれぐらいでないと帰らないんですもの」

あの男とは石沢常夫のことである。

「しかし、別に証拠があるわけじゃないんですからね」

と片山のほうはあまり気が進まない様子。

「いいえ、そんな卑劣《ひれつ》なことをやるのは、あの男に決まってるわ」

と立子は断言している。卑劣なこと、とは片山を告発してきた例の三人の女の件を言っているのである。

「しかし証拠もないし……」

と片山がくり返すと、

「あなたがちょっと脅《おど》してしめ上げれば、あんな意気地なしですもの。すぐに白状するわよ」

と立子は至って楽観的である。しかし片山はなかなかそうは思えなかった。自分の濡れ衣を晴らしたいのはむろんのことだが、そのために無理をして、また栗原警視にどやされることになったら……。

タクシーは見憶えのある道をニュータウンへと入って行く。立子はその途中で、

「そこで停めて」

と運転手に声をかけた。

「こんな所でいいんですか?」

と運転手が不思議そうな声を出す。例の、谷間の村へ入る場所である。あの琴が血まみれになって飛び出して来たという場所だ。そういえばあの猫はどうしたんだろう? 見付かったのかしら。それとも死んでしまったのか……。

気が付くと、立子がタクシー代を払っている。片山は、しめた、もうかったぞ、とはさすがに思わなかった。

「あ、僕が――」

と慌てて払おうとするのを、立子は、

「いいの。今夜は私がお招きしたんだから」

と抑えて、「さあ、降りましょう」

と促す。片山は仕方なく先に降りた。何しろホテルの食事代のほうも、

「お願いを聞いていただけたんだもの、私に払わせてちょうだい」

というわけで、片山はただ食いというざまなのである。甚《はなは》だ情けない気はした。そんなに金を持っていないように見えるのだろうか？

まあ、持っていないのは事実だが。

「晴美の奴、いつも俺の財布を見て、ちゃんと足《た》してくれると言いながら、入れといてくれたためしがないんだからな」

とブツブツ言っていると、

「何を独り言いってるの？」

と立子が片山の腕へ腕を絡めてくる。「さあ、行きましょう」

「そ、そうですね」

片山はどぎまぎしてあたりを見回した。こんな道端で、誰か見ているはずもないのだが、つい人の目を気にしてしまうのは、そろそろ三十に手の届こうという世代のせいだろうか。これが後十年もすると、平気で女性のお尻でも撫でたりするようないやらしい中年になるのか……。

「あれ？」

片山は目を見張った。道路をこっちのほうへと小走りにやって来るのは——

「おい！　ホームズじゃないか！　ホームズ！」

立子がキョトンとして片山を見た。

「——いや、家にいる猫でね。どうしてこんな所にいるのかな」

ホームズは片山たちの少し手前でピタリと足を止めると、じっと立子のほうを見た。

「どうしたんだ、ホームズ？」

と片山が声をかけても、ホームズのほうはまるで耳に入らない様子で、じっと立子を見つめている。

「私のことが気になるのかしら？」

立子が戸惑ったように言うと、片山は、

「おい、ホームズ！」

と大きな声で呼んだ。ホームズが、やっと我に返った、といった様子で、片山の足下へやって来ると、茂みのほうへニャーオと何度も鳴き立てた。

「何かあったのか？——この奥で？　するとあの猫屋敷だな。よし、行こう」

立子がびっくりしたように、

「猫の言ってることが分かるの？」

「まあね」

と片山はちょっと得意気に、「ちょっとこいつは特別な猫なんです。猫屋敷のほうで何かありそうだ。行きましょう」

ホームズと一緒になって、急に威勢がよくなった片山は、先に立って茂みへと飛び込んで行った。

4

村は、以前に来たときと同様、静かだった。いささか薄気味が悪くなるほどだ。まあ時間も遅いには違いないが、それにしても……。

「おい、ホームズ、そう走るなよ」

と片山は息を切らして足を緩《ゆる》めた。「スピード違反だぞ!」

ホームズは足を止めて、何やってんだ、といった顔で振り向く。

「そう急いだって……女性が一緒なんだからな」

と言いながら、本当は自分のほうがよほどばてているのである。ホームズが苛立《いらだ》つように、

「ニャーオ」

と高く鳴いた。

すると——急に周囲の家でガタガタと物音がしたと思うと、玄関が次々に開いて、中から、

住人たちが飛び出して来た。片山は面食らって、

「ど、どうしたんです?」

とキョロキョロ見回している。暗くて、しかとは分からないが、開いた戸から洩《も》れる光で照らされた村の人々の顔は、恐怖でこわばっているように見えた。

「――その猫は何だ!」

と村人の一人がやや震える声で叫んだ。

「これは僕の猫ですよ。僕は警視庁の者です」

「警察? 警察が今さら何の用だ? 事件は終わったんじゃねえか?」

「いや、それとは別の――」

と片山が説明しかけると、立子が片山の前に立って、

「みなさん待って、この人は私の知り合いなんです。別に怪しい人じゃありませんわ」

「おや、あんたは……」

と立子を見知っているらしい村人が、「猫屋敷の姪《めい》っこさんだね」

「そうです。用があって屋敷へ行くところなんです」

「それなら別に構わねえ。いや、ちょっと猫の声にびっくりしちまって……」

片山はちょっと妙な気がした。今はともかく、以前は猫屋敷に二十四以上の猫がいたのだ。猫の姿や鳴き声ぐらい慣れっこのはずではないのか。なぜこうも怯《おび》えたような様子を見せる

のか。

しかし、片山が口を開かないうちに、

「さあ、引き揚げよう」

と村人たちは家へ入って行ってしまった。片山と立子は顔を見合わせる。——お互い、同じことを考えているようだ。

「ともかく行きましょう」

片山はホームズへ、「さあ、行こう」

と声をかけた。

猫屋敷の玄関を立子がガラッと開けて中へ入ると、奥のほうから、何やら怒鳴る声が聞こえてきた。女の声だが、言葉のほうは凄まじいもので、

「ふざけんじゃねえや、この野郎!」

「甘く見やがるとただじゃおかねえぞ!」

「痛え目に遭いてえのかよ」

といった具合。二、三人の女の声らしい。立子はびっくりして、

「今晩は!」

と声を上げる。中から走り出て来たのは、石沢常夫の妻、牧子だった。

「ああ、立子さん。いいところに来てくださったわ」

「どうしたんです。あの騒ぎ?」

「それが何が何やら……。突然、女が三人やって来て、うちの人を取り囲んで──」

「安心して。こちらに刑事さんがいるから」

「まあ、いつぞやの──」

「はあ、どうもその節は」

とこんな場合どうでもいいような挨拶《あいさつ》をして、「じゃ、早速──」

と上がり込む。

「お願いします。主人があのままじゃ殺されてしまいそうで……」

片山は夫人の後について、奥の部屋へと急いだが、そこでおや、と思った。

「まだ分からねえのかよ!」

と凄んでいる女の声に、聞き憶えがあったのだ。部屋の入口の手前で立ち止まって耳を傾ける……。

「てめえ、どうしても払わねえってのかよ」

「そ、そうは言ってない」

と震え声で言っているのは石沢常夫だ。

「必ず払うよ、ただ──」

「半年払いにしろだなんて、ふざけるねえ!」

「目の前に百万、耳を揃えて出してもらおうじゃねえか！」

「だ、だから……その……予定が狂っちまって……」

「そんなのはこっちの知ったこっちゃねえや！」

「そうさ。こっちは頼まれたとおり、危ない橋を渡ったんだからね。さあ、金を出してもらおうじゃないか！」

片山は目を丸くしている立子へ、

「どうやら君の推察が当たったようだ」

と低い声で言った。

「推理と言ってほしいわね」

と立子が微笑んだ。

片山は一つ息をついてから、部屋へ入って行った。

「もうその辺でいいだろう」

三人の女——その一人は、むろん昼間、片山へ抱きついて来た〈自称婚約者〉である——と石沢は突然目の前に現われた片山を、まるで幽霊でも見るように、アングリと口を開けて見ていた。

「君らは偽証罪その他でとっちめられることになる。石沢さん、あなたも見え透《す》いたつまらないことをやったもんですね」

「私は知らない！　この女たちが勝手に――」

「話はちゃんとここで聞きましたよ」

片山は立子のほうへ向いて、「すみませんが一一〇番してパトカーを呼んでください」

と言った。

「やばい！　逃げるんだ！」

と女の一人が叫んだ。

「諦めろよ」

「へっ、お前みてえな青二才に負けるかよ」

と、〈自称婚約者〉は言うなり、ジーパンのポケットから飛出しナイフを取り出す。後の二人も手近な灰皿や置物を取って身構えたから、片山もたじたじとなった。三対一ではいくら女でもかなわない。

「おい！　これ以上罪を重ねる気か！」

「ふん、どうせ臭え飯を食うのは慣れてんだよ。おとなしくそこをどきな。どかねえと――」

とナイフを振りかざす。そのとき、ホームズが片山の足下をすり抜けて飛び出したと思うと、ナイフを持った女の顔へ飛びついた。

「キャーッ！」

女が顔を押えて、悲鳴を上げる。ホームズは床へ降りると、あっという間に残る二人の女の顔へ次々に飛びかかって爪を立てた。

「キャーッ!」

「痛い! ……助けて!」

と三人とも逆らうどころではない。片山はほっと息をついた。

「ホームズ、ご苦労。少しはこりたろう」

「驚いた!」

と立子がすっかり感心した様子で、「素晴らしい猫ね」

「そうでしょう? 飼い主に似たんです」

と片山は得意気に言って、「じゃ一一〇番をお願いします」

「ええ。かけて来るわ」

立子が電話のほうへと急いで行ってしまうと、青くなって震えていた石沢が、そろそろ立ち上がって、

「あの……ちょっと用を思い出して……」

「だめですよ。あなたも引っかかれたいんですか?」

片山がにらむと、石沢はまた椅子へ座り直す。「――呆れた人ですね、あなたは。こんな女たちに頼んで、ばれるに決まってるじゃないですか」

「そ、そうは思ったけど……ほかに、そんなことをやってくれる奴もないから……」

「一体どういうわけです？」

「それがまあ……その……いろいろと事情があって」

「それじゃ分かりませんよ」

「だから……やっぱり仕方なしに……」

とますます分からないことを言っている。

そこへ立子が戻って来た。

「一一〇番したわ」

「ありがとう」

「それから、この人に電話がかかってるけど」

と石沢のほうを顎でしゃくって見せる。

「電話？」

「ええ。一一〇番して、切ったら、とたんにかかって来たの」

「そ、それじゃすぐ出ないと――」

と石沢はこれ幸いと立ち上がる。片山は渋い顔で、

「仕方ないな。しかし逃げようなんて考えたってむだですよ」

「大丈夫！　逃げたりしませんから」

「じゃあ、電話へ出ていいです」

この場から逃げ出せるなら、借金取りが来たって大喜びしたに違いない。石沢は急いで部屋を出て、廊下の電話のほうへと走って行った。

「だらしのない男ね、全く!」

「しかし何だってこんな真似をしたのかなあ?」

片山は、まだ顔を押えてウンウン呻いたりすすり泣いている女たちのほうを見ながら言った。「いくら僕とあなたの結婚を邪魔したいからって、こんなことしてもすぐばれるに決まってるのに」

「あの人、馬鹿なのよ」

と立子は、これ以上単純明快にできない答えをして、「これであなたの疑いも晴れたし……」

と微笑む。

「そ、そうですね」

「そんな他人行儀な口のきき方、やめてくれない?」

「し、しかし、僕は小学生のころから、女性には丁寧な口をきけと教えられてきたので」

「相手によりけりでしょ」

と言うなり、立子が突然片山に抱きついてキスしてきた。昼間の、〈自称婚約者〉のキスとは格段の違いだ。片山は目の前が一瞬、真っ暗になった。気を失うのかと思ったが、そうではなかった。ただ目を閉じてしまっただけだった。

爆発するような音が耳を打った。立子が片山から離れて、

「今の音は?」

「何だろう?」

まさか……と歩きかけると、夫人の悲鳴が聞こえて来た。「——大変だ!」

片山が廊下へ出ると、駆けて来た夫人が、

「主人が——主人が——」

とすがりついてくる。

石沢は受話器を握ったまま倒れていた。胸にどす黒く血が溢《あふ》れ出ている。廊下から庭へ出るガラス戸に、弾丸が通り抜けた穴が開いて、白い亀裂《きれつ》が八方へ走っていた。

「撃たれたんだ!」

片山はガラス戸を開けて庭へ飛び出した。

「片山さん、危ないわ」

と立子が叫んだ。しかし、片山とて刑事である。それじゃやめましょ、ってわけにはいかない。

しかし庭はひどく暗い。しかもこの庭は、そのまま裏手の林と直接つながっているのである。早くパトカーが来てくれれば……。

「そうだ。立子さん、もう一度電話してください。救急車も必要だ」

「はい」

そのとき、片山は頭上に、

「ニャーオ」

と猫の鳴き声を聞いた。ホームズではない。

頭上？　どこだ？　片山は庭の先へと走り出て、屋根の上を振り返った。

暗い月明かりにもはっきりと、屋根の上を歩いて行く猫の姿が見えた。――赤い猫だ。血に濡れたような猫だった。

片山は背筋を冷たい物が駆け抜けるのを感じた。猫は次の瞬間には屋根の向こう側へと消えていた。

はっと我に返ると、片山は庭を見回した。しかし、ともかく暗がりで、誰かひそんでいたところで、到底目に入らない。

「おい、ホームズ！」

と片山は呼んだ。「ホームズ！　どこにいるんだ！」

足下で、

「ニャン」

と返事があった。

「ああ、びっくりした。なんだ、そこにいるならいるで、何とか言えよ」

何とか言えったたって、ニャンとしか言えないよ、と文句を言いたげにホームズが片山を見上げた。

「おい、茂みのほうに誰か隠れてないか、見て来てくれないか」

と片山はかがみ込んで言った。「な、お前暗がりでも目が利《き》くんだろ。頼むよ」

いやなこった、という感じでホームズがプイとそっぽを向く。

「そんなこと言わないでさ。――ウナギをおごるから」

とぜいたくなホームズの好物を持ち出して交渉すると、ホームズのほうも渋々腰を上げる。

「よろしく頼むぞ」

と声をかけておいて、家のほうへと戻って行く。

「救急車を呼んだわ」

と立子が言った。「でも……」

石沢は一見して絶命しているのが分かった。夫人が傍ですすり泣いている。

「どうして……こんなことに……」

「お気の毒です」

と片山は言った。まあ、死んだからといって、あまり同情したくなる男ではなかったが、
それにしても、この男を殺そうという男がいるのだろうか？　それが不思議だった。

「庭に誰かいた？」

と立子が訊く。

「いや、暗くて何も見えないんで……。ただ、屋根にね――」

「屋根？　誰か逃げて行ったの？」

「猫がね。真っ赤な猫が」

立子がまさか、といった顔になる。そこへ、庭のほうからホームズの鳴き声が聞こえた。

「何か見付けたな、あいつ。――懐中電灯はないかな」

「捜して来てあげるわ」

と立子が立ち上がって小走りに駆けて行くと、すぐに大きな懐中電灯を手に戻って来た。

「台所にあったわ」

「やあ、ありがとう」

片山は庭へ降りると、懐中電灯の光を、声のした辺りへ向けて歩いて行った。

「ホームズ、どこだ？」

「ニャーオ」

ともう一度鳴き声がして、木立ちの陰からヒョイとホームズが顔を出した。

「そこか。どうした？」

木の根元を照らして、「おい！　やったな！」

と思わず声を上げたのは、黒光りする拳銃が落ちていたからだった。ハンカチを出してそっとつまみ上げ、銃口の臭いを嗅ぐ。かすかに硝煙が臭った。

「凶器に間違いないぞ。お手柄だ」

と言って、ふと銃を見直し、「こいつは……大変だぞ！」

と呟いた。銃把《じゆうは》から太い紐《ひも》が、五センチほどぶら下がって、その先は、鋭い刃物で切られたようになっている。

「どういうことだ、これは？　こいつは警官の銃だぞ」

片山は頭をかかえた。奪われたものに違いないが、そうなると、どこかで警官が襲《おそ》われていることになる。

あの三人の女と石沢をとっちめるだけのはずが、殺人事件、警官襲撃にまで広がってしまった。

「こりゃとんでもない夜になったな……」

と片山は呟いた。

捜査一課へ連絡を入れた片山が、死体を見下ろしてため息をついていると、電話が鳴った。

「はい」

と受話器を取ると、聞き慣れた声が、

「もしもし、そちらはどなたですか？」

と訊いてきた。

「晴美か？」

「お兄さん！」

二人は感涙にむせんだ――はずはない。

「お前、どこからかけてるんだ？　ずいぶん声が近いぞ」

「アパートよ」

「嘘つけ。この近くだろう。石津のとこだな？」

「だからアパートだって言ったでしょ」

「屁理屈を言うな！　石津を出せ！　ぶん殴ってやる！」

「電話じゃ殴れないでしょ」

「分かるもんか。こっちで殴る真似をするから、そっちで引っくり返れと言え」

「馬鹿言わないでよ。今いるのはね、上野絹子さんの部屋」

「上野？　あの上野か？　どうしてまた――」

「いろいろあってね。話せば長いのよ。お兄さんはどうしてそこにいるの？」

「石沢常夫が殺されたんだ」

「何ですって？」

「撃たれた。それも警官の拳銃でだ。大騒ぎだよ」

「まさか林田さんが――」

「何だって？」

「待ってて。電話じゃ話ができないわ。今からそっちへ行く」

「お前が来たって……」

「何よ、邪魔だっていうの？」

「そ、そうじゃないけど……。ともかく要点だけでも話してくれよ」

「行ってから話すわよ。石津さんにも連絡してそっちへ行ってもらうわ」

「一緒じゃないのか？」

「絹子さんを病院へ運んで行ったの」

「病院？」

「ええ。誰かに暴行されたのよ。ホームズ、見なかった？」

「ここにいるぜ」

「まあ！　林田さんを追いかけて行ったのよ。どうしたのかしら」

「林田を？」

「そう。林田さん、絹子さんが赤い猫の夢を見てうなされるんで、ここにいたのよ」

「赤い猫だって？　それは――」

「ともかく、行ってから話すわ。大体のところは分かったでしょ。じゃあね」

とさっさと電話を切ってしまう。

「暴行……病院……林田を追跡……赤い猫。何がどうなってるんだ？」

片山は狐につままれたような顔で呟いた。


晴美は病院へ電話をしようと思ったものの、さて、石津が絹子をどの病院へ連れて行ったのか、見当がつかない。

「どこへ訊きゃ分かるのかしら……」

石津が戻るのを待っていたら相当時間がかかるだろうし。「——そうだわ」

交番だ。交番へ行って、この辺の救急病院はどこなのか訊いてみればいい。そうすればすぐに連絡もつくし、巧くいけば、猫屋敷までパトカーで送ってくれるかもしれない。

「何て頭がいいのかしら」

と自分で感心して、善は急げとアパートを出た。鍵はかけられないが仕方ない。緊急の場合だ。交番までは大した距離じゃなかったはずだわ……。

夜の道を、晴美は交番へ向かって急いだ。

五分足らずで、交番に着く。

「今晩は」

少し息を弾ませながら、中を覗き込んだが、警官の姿が見えない。「あら、いやだわ。どこへ行ったんだろう？」

猫屋敷のほうへ駆り出されて行ってしまったのかしら？　それにしても誰もいないなんて……。どこかへ泥棒でも入ったらどうなるんだろう。

「誰かいませんか？」

奥に一つ部屋がある。返事がないのだから、いるはずはないと思ったが、万一居眠りでもしているかも……と、そっと覗いて、

「あの……」

と言いかけ、ギョッと立ちすくんでしまった。制服姿の警官が床に倒れていた。帽子が転がって、頭に傷があり、血が少し流れている。

「大変だ！」

と晴美は慌てて、「お巡りさーん！」

と大声を上げてから、当の「お巡りさん」がのびていることに気付いた。これじゃだめだ。かがみ込んで、手首の脈をみる。——大丈夫だ。気を失っているだけらしい。きっと手ひどく殴られたのだろう。

そのとき、晴美は、拳銃がなくなっているのに気付いた。紐が切断されている。きっと拳銃を奪《うば》うのが目的だったのだろう。

「そうだわ……。さっきのお兄さんの話で……」

石沢常夫が、警官の拳銃で撃たれた、と言っていた。するとこの警官の銃に違いない。晴美は急いで机の電話へ駆け寄ると、受話器を上げて――さて、どこへかけようか、と考えてしまった。一一〇番なら簡単だが、他の事件とのからみを説明するのが厄介だ。それなら猫屋敷へかけて、片山から連絡してもらうほうがいい。

「ええと、電話帳は……これか。猫……〈ね〉……〈ね〉……あ、いけない！〈石沢〉で引くんだったわ！」

晴美も少々混乱しているらしい。「あった、あった」

受話器を上げてダイヤルを回すと、すぐに女の声。

「はい。石沢でございます」

「あの、片山刑事をお願いします」

「どちら様でしょう？」

「妹です」

「あ、晴美さんですか。刈谷立子といいます」

「あら、どうも。兄がいろいろお世話になりまして」

そばで警官がのびているというのに呑気《のんき》な挨拶を交わしている。

「いいえ私のほうこそ。今後ともよろしくお願いします」

「はあ」

「ちょっとお待ちになってくださいね」

今後とも？　どういう意味だろう？

すぐに片山が出た。

「何だ、どこにいる？」

「交番よ。病院の電話を訊こうと思って。そうしたら——」

と晴美が説明すると、

「分かった、すぐそっちへ行く！　そこにいるんだぞ！」

「いいわ。早く来てね」

「あの、林田のいた交番だな？　よし、待ってろ！」

やれやれ、何だか忙しい夜ね、と晴美は息をついて、椅子へ座り込んでしまった。

ウーン、と低い呻《うめ》き声に振り向くと、のびていた警官がよろよろと立ち上がって出て来た。

「あら、気が付いたのね。大丈夫ですか？」

と晴美が立ち上がって訊くと、警官は突然ぐっと晴美の腕をつかんで、

「貴様！　おとなしくしろ！」

と怒鳴った。「逮捕する！」

さすがに晴美も仰天した。

「何言ってるの！　しっかりしてよ！」

「うるさい！　傷害罪の現行犯で逮捕する！　抵抗するな！」

そう言いながら、左手で晴美の手首をしっかり握って、右手で手錠を取り出してきたから、晴美も焦った。

「冗談じゃないわよ。私はあなたのことを知らせて――」

「つべこべ言うな！　この野郎！」

「野郎とは何よ！　これでも女ですからね！」

と言うなり、晴美はいきなり膝頭で、思い切り警官の股間《こかん》を蹴《け》り上げた。

ウーンと唸って、警官はまた床へ引っくり返ってのびてしまった。

5

「なあ、晴美……」

片山は苦り切った顔で言った。「お前の立場も分からないじゃない。だけどな……。もうちょっと何とかできなかったのか？」

「じゃ、お兄さんは私がおとなしく手錠をかけられりゃよかったって言うの？　そんなのごめんよ！」

と晴美はむくれている。

「いや、そうじゃないけど……。何も、急所を蹴飛ばさなくても——」

「あっちが悪いのよ。私を犯人だなんて思い込むのがどうかしてるわ」

「まあ、やっと意識を取り戻したばかりで、混乱してたんだろう。それでも説明してやれば何とかなったんじゃないのか？」

片山としては、妹が警官をKOしたことを誇りにできる立場ではない。

「その場にいなかったくせに、無責任なこと言わないでよ！」

と晴美はかみついた。

「分かったよ」

片山は諦めて、「石津には連絡ついたのかい？」

「ええ。まだ絹子さんの意識が戻らないらしいの」

「ふーん」

片山は考え込みながら、交番の中を歩き回った。「——どうも妙だな。林田の恋人が襲われて……石沢が殺された。すると石沢が上野絹子を襲ったっていうのか？　あのだらしない男が？」

「分からないわよ。男なんてみんないやらしいんだから」

「それとも、石沢殺しと暴行事件は全く関係がないのかもしれないな。——それにしても林田の奴はどこへ行っちまったんだろう？」

「何だか大変な夜ね」

と晴美はくり返して呟いた。

「病院へ行ってみよう」

「どうして？」

「上野絹子が意識を取り戻すのを待つんだ。犯人が石沢かどうか、本人に訊くほかはないかな」

「でも、たとえ石沢が暴行犯人だったとしても、林田さんだってそれは知らないはずよ」

「うん。しかし笹の葉を見ただけで、あの屋敷のほうへ走って行ったというのは……。やはり犯人が石沢だと考える根拠があったんだよ、きっと」

「それはそうね」

「病院はすぐ近くなんだろ？　じゃ、パトカーを使って行ってみよう」

片山は表にちょこんと座っているホームズへ、「おい、行くぞ」

と声をかけた。

「でもホームズ、林田さんを追いかけて行ったのよ。一体どうしたの？　見失っちゃったの？」

晴美の問いなどまるで耳に入らない様子で、ホームズは大欠伸をした。

「いやねえ！」

「だめだよ、無理に訊いたって」

と片山が笑いながら言った。「名探偵は答えたいときしか答えないことになってるからな」

ホームズともどもパトカーへ乗り込み、運転の巡査へ病院の場所を告げると、片山は、ゆっくりシートにもたれた。何だか、今日一日、働きづめだったような気がする。

「——でも、例の三人の女のほうはケリがついて、よかったじゃないの」

「全く、巧い具合に集まっててくれてね。手数が省《はぶ》けたよ」

「石沢はどういうつもりだったのかしら？」

「うん……。よく分からないんだ。はっきり言わないうちに死んじまったんでね」

「そう。でもずいぶん妙なことをしたものね」

と言ってから、「そうだわ、さっき電話に出た刈谷立子って人……」

「ん？」

「あの人とどういう関係なの？」

「どういうって……」

「私に『今後ともよろしく』って言ってたわ。どういう意味？」

「そりゃまあ、お付き合いすることになるかもしれないからってことさ」

「今後、ずっと？」

「そ、そんなに真剣に考えなくたっていいんだよ。ただの挨拶なんだから」

「何だか怪しいわね」

と晴美は片山の顔をじっと見て、「また惚《ほ》れてるのね？」

「何言ってるんだ！　あれはただ殺された石沢常代の遺志で——」

「何なの、それ？」

片山がその事情を説明すると、晴美は興味津々《しんしん》といった顔で、「——へえ。じゃ、あのとき、顔を見ただけで、お兄さんが気に入っちゃったわけなのね？」

「そうらしいな」

「物好きもいるもんね」

晴美はあっさりと言った。


「そりゃいろいろ大変だったんですねえ」

病院の廊下で、片山の話を聞いた石津が肯きながら言った。

「そうなんだ。上を下への大騒ぎってところかな。——上野絹子の意識はまだ戻らないのか？」

「まだのようです。戻ったらすぐに教えてくれと言ってあるんですが」

「そうか。林田の行方が分からないのが、いちばん気にかかるな。心当たりないか？」

「さてねえ……」

と首をかしげて、「林田だから林だってこともないだろうし……」

そこへ、白衣の医師が、絹子の意識が戻ったと言ってきた。

「ただし、まだ興奮状態にあるようですから、充分気を付けてください」

と病室のドアを開けながら、医師は付け加えた。

「――どう、絹子さん？」

晴美がまずベッドの傍《そば》に寄って、そっと声をかけた。絹子は目を開いて晴美を見ると、微笑んだ。

「晴美さん……」

「もう大丈夫よ。安心して休んでらっしゃい」

絹子の視線が、片山と石津のほうへ移った。

「片山刑事さんに……石津さん」

「やあ。気分はどうです？」

「ええ……。何とか……」

と弱々しい声で言った。「あの……林田さんは……」

「もうすぐ来るわ」

と晴美が言った。

「とんでもないことになったわ。……私、あの人に顔向けできない……」

「何よ、馬鹿なこと言って」

と晴美が励ます。

「そうだよ。そんなこと忘れちまうに限る」

と石津が、いささか無神経な慰《なぐさ》め方をする。

片山が一つ咳払いをして、

「こんなときに申し訳ないんですがね」

と前へ出る。「――あなたを襲った犯人は分かりますか？」

絹子はちょっと目を閉じて、それから静かに言った。

「石沢だと思います」

「石沢常夫？」

「そうです」

「どんな事情だったんです？」

「私が馬鹿でした。……あの男、前からよく私に色目を使ったりしていたんです。それが……電話がかかってきて、この間の殺人事件の犯人が父ではない、と言うんです。で、その証拠を見付けたから、人目を避けて会いたい、と……」

「で、猫屋敷へ行った」

「はい。でも、奥さんに見られては困るからでしょう、最初から裏手の竹やぶの中に来いということでした。——当然怪しいと思わなくちゃいけなかったんですが、父が無実だという証拠があると聞かされて、つい夢中になってしまって……」

「何て卑劣《ひれつ》なことを！」

と晴美が思わず言った。

「行ってみると、どこにも石沢の姿はありません。……竹やぶのなかでぼんやり待っていると、いきなり後ろから襲われて……」

絹子は絶句して目を閉じた。目の端から涙が一滴こぼれ落ちる。

「——分かりました。石沢だというのは、はっきり分かってるんですね？」

絹子はちょっとためらって、

「そうだと……思います。でも、真っ暗でしたし、首を絞められて、少し気が遠くなっていましたから……」

「顔は見ましたか？」

「いいえ。見ていません」

すると、犯人が石沢でないという可能性もある。

「電話をかけて来たのが石沢だったというのは確かですか？」

「それは……」

絹子が一瞬戸惑《とまど》ったように言葉を切った。

「どうです？」

「はっきり言えません。――私もそんなによくあの男の声を知っているわけじゃないし、それに電話ではずいぶん低い声でしゃべっていたものですから」

「分かりました」

「石沢じゃなかった、と？」

「いや、それは何とも分かりません。そうでないかもしれないというだけです」

「石沢に会わせてください。白状させてみせますわ」

絹子は、まだ涙を浮かべたままの目を激しい憎しみに燃え立たせながら、言った。

「それが残念ながら――」

と石津が言いかけるのを、片山は慌てて遮《さえぎ》って、

「その……林田君は、あなたが行くのを知ってたんですか？」

「いいえ！　知っていれば止めてくれたはずですわ」

「じゃ、電話があったときには？」

「ちょうどタバコを買いに出ていて、いなかったんです」

「なるほど。それで、あなたは出かけて来るとだけ言って――」

「ええ。石沢が――電話の声が誰にも言わずに、一人で来いと言ったものですから……」

「林田君は、石沢があなたに色目を使っていることを知っていましたか?」

「ええ。ひどく腹を立てていましたわ」

「そうですか」

片山はため息をついた。

片山や晴美の沈んだ表情に、絹子は何かを感じ取ったらしい。

「――何があったんですか? 林田さんがまだ来てくれないのは……あの人、死んだんですか?」

「いや、とんでもない!」

と片山が打ち消すと、石津が、

「死んだのは石沢のほうだよ」

と口を出した。

「石沢が死んだ?」

絹子が息を呑んだ。一瞬にして事情を悟ったようだ。

「じゃ……林田さんが?」

「いや、それは何とも分かりません。今、林田君を捜しているんですよ」

「ああ、何てことかしら……」

絹子が両手で顔を覆った。医師が進み出て、

「もう、今はこれぐらいに」

「分かりました」

「絹子さん、心配しないでね」

晴美が絹子のほうへかがみ込んで、「また明日、お見舞いに来るわ」と声をかけたが、絹子は、クルリと背を向けてしまった。

病室を出ると、石津が言った。

「暴行犯人が誰にせよ、石沢を殺したのは林田のようですね」

「そうらしいが……どうもひっかかることがある」

「何なの、ひっかかることって？」

晴美が訊いた。

「まず、林田は元警官だ。いくら石沢が犯人だと思ったにせよ、いきなり拳銃で射殺するというのは、ちょっとおかしい」

「あら、恋人を犯されたら、カッとなるわよ。お兄さんは平気なの？　へえ、冷たい人なのね」

「話をそらすな。ともかく、まず銃を突きつけて白状させるぐらいのことはしただろうと思うんだ。それに警官を殴って銃を奪ったというのも、林田らしくない。どうだろう、カッとなって駆けつけるのに、途中でUターンして交番で警官を襲って拳銃を取ろうなんて考えるだろうか？」

「そりゃ、どうしても殺してやろうと思えば……」

「そうだなあ」

と片山は腕組みをする。「しかし警官は後ろからいきなり殴りつけられて気を失ってるから、犯人の顔は見ていないんだ。林田じゃなかったのかもしれない」

「じゃ誰がやったの？」

「それが分かりゃ苦労しない」

と渋い顔で言った。

石津が口を出して、

「やっぱり、こういう場合に取るべき道は一つしかないと思うんですが」

「何だい？」

「林田に直接訊いてみるんです」

「そいつは名案だ」

片山は皮肉をこめて言った。「で、林田はどこにいるんだい？」

「片山さんなら分かるでしょ。名探偵だから」

「こいつめ、おだてたってだめだぞ」

片山は苦笑した。「そうだ、それにもう一つ妙なことがある」

「何です？」

「赤い猫だ。あのとき、屋根の上を歩いて行った……。あれは一体何なのかな」

「本当に赤かったの？」

と晴美が怪しむように訊いた。「赤く見えただけじゃないの？」

「確かに赤かったんだ！　いくらぼんやりしてたって、そんな見間違いはしないぞ！」

「分かったわよ。そうむきにならないで」

「やれやれ……。もう夜中だぜ。疲れたな」

「腹が空きませんか？」

と石津が言った。「この近くに、いわゆる郊外レストランってやつがあります。午前三時ぐらいまで開いてますから」

「そいつはいいや。腹は空かないけど一息入れたい。ちょっと猫屋敷のほうへ電話しとくよ」

「ねえ、待ってよ。そういう場所にはホームズは入れないのよ」

「そうか。そうだったな。——ま、仕方ない。ほら見ろよ、居眠りしてるじゃないか。車の中へ置いとけばいいさ」

ホームズは、廊下の端のほうへ座ったまま、こっくりこっくりと船をこいでいる。猫の居眠りは人間よりもずっと「船をこぐ」という表現がぴったりで、じっと座った姿勢のままで、右へ左へ、ゆらりゆらりと揺れ動く。晴美がつい吹き出しそうになった。

「いいわねえ、猫は平和で」

ホームズがうっすらと目を開けて、何言ってんだい、人の気も——いや猫の気も知らないで、と言いたげに晴美を見ると、また目を閉じてしまった。

深夜だというのに、国道沿いのレストランは、ドライバーたちで結構賑わっていた。

「深夜族が多いのね」

と言ったのは刈谷立子である。晴美が、

「せっかくお近づきになったんだから、一緒に呼んであげなさいよ」

とたきつけたのだ。

結局、片山と立子、石津と晴美という二組のペアでテーブルを囲むことになった。

「あの人のことはちっとも好きじゃなかったけど、死んだとなると、やっぱり気分の沈むものね」

と立子が石沢のことを言った。

「あの家はどうなるのかしら？」

と晴美が言い出す。「石沢さんの奥さん一人になっちゃうわけでしょう？」

「さっき、私に一緒に住んでくれって頼んでいたけど……。伯母があんなふうに殺された所ですもの。何だか気が進まなくて」

「そりゃそうでしょうね」

と石津が肯きながら言った。

「あの夫婦、子供はいないの？」

「ええ。子供でもいればあの人ももう少ししっかりしてたんでしょうけど」

片山はゆっくりとコーヒーを飲みながら、

「ともかく林田の行方が分からないことには……」

「そうね。気の毒にね。逃げ回ってるのかしら？」

「さあ。——何といっても元警官なんだ。きっと潔《いさぎよ》く自首して出てくれると思うんだが」

と片山は言った。「それに逃げ切れやしない。この辺一帯、道路は全部封鎖して検問してるはずだし」

「でも、この辺なら、隠れる所には事欠かないわ」

「しかしこの団地の近くにいる限り、いつかは見付かる。林田だってそれぐらいのことは分かって——」

と言いかけて、ふっと広いガラス窓から、夜の国道を見た。

「何だ、あれは？」

遠くから、何十もの灯が、揺らぎながら近付いて来る。そして同時に、低い唸るような響きが……。

「——オートバイよ」

と晴美が言った。

二台、三台と、皮ジャンパーを黒光りさせた若者たちが大型のオートバイで窓の外を駆け抜けて行った。——と見る間にオートバイは十台、二十台と数を増し、爆音は耳をつんざくばかり。

「暴走族ね！」

と立子が言った。

「凄い！　何十台いるのかしら？」

何十台どころではなかった。まるで魔法のように次から次へとオートバイが闇から飛び出して来る。百台——いやそれ以上の群れだ。レストランの客たちも、みんな立ち上がってその壮大な光景に見入っている。

——ホームズは、オートバイの音が近付いてくるのを、大分前から気付いていた。

車の中で眠っていたものの、鋭敏な耳は、何かえらくうるさい物がやって来るのを聞き取っていたのである。

起き上がって、ホームズは前肢《まえあし》を窓枠にかけて外を見た。先頭のグループが目の前を駆け抜けて行く。

ホームズは運転席のほうへ移ると、窓を上げ下げするボタンを押した。ブーンとモーターが唸って、窓が少し開く。ホームズは頭が通るだけの隙間ができたと見ると、ヒョイとそこへ飛びつき、スルリと外へ抜け出した。道へ降りると、目の前を、オートバイの群れが奔流のように駆けて行く。

人間なんて、つまらないことにエネルギーを浪費するものだ。

ホームズは、歩道を少し歩き始めた。——国道へ向かって坂を下って来る狭い道がある。その手前へ来たとき、ホームズは足を止めた。

一台のオートバイが、ゆっくりと坂を下りて来て、停まった。そして国道を突っ走って行く暴走族のオートバイの流れを慎重に見定めていたと思うと、その流れが一瞬途切れた瞬間に、エンジンが唸りを立てて飛び出した。

そのオートバイが、何百台ものオートバイの中へ埋もれてしまうのに、数秒とはかからなかった。

ホームズはじっとその後を見送っていたが、やがて車のほうへと戻って行った。

第三章　化け猫

1

「すると林田って奴に逃げられたのか？」

と栗原はジロリと片山をにらんだ。

「はあ。どうやら、ちょうど団地を通り抜けた暴走族に紛れ込んだようです。何しろ三百台からのオートバイで、いちいち検問しちゃいられないというので、目をつぶって通してしまったらしいんです」

「全く、だらしがない！」

と栗原は文句を言った。「その中に林田がいたのは確かなのか？」

「確かとは言えませんが、団地内の商店でオートバイが一台盗まれているんです。暴走族の一人の仕業かと思いましたが、盗まれるのを見ていた住人がいて、その犯人の身なりから言って、どうも林田らしいんです。暴走族の連中は大体決まったスタイルですから」

「そうか。——すると、林田の恋人の……何といったかな？」

「上野絹子です」

「ああそうだ。その女が暴行されて殺されたので——」

「課長！　彼女は殺されちゃいません！」

と片山は慌てて遮った。

「そうか、暴行されただけだったか」

と栗原は、なんだ、という調子で、「ま、ともかくそれを恨んで、石沢常夫を殺した。交番の警官を襲って奪った拳銃で、だ。そして盗んだオートバイで、暴走族に紛れて逃げた、と……」

そこで、片山の顔を見て、

「間違いないな？」

と念を押した。

「はあ、一応は」

片山はちょっと曖昧に肯いた。

「何か引っかかることでもあるのか？」

「いえ……。ただ、どうも巧くできすぎているような気がするんです」

「どういう意味だ？」

と栗原は椅子にそっくり返った。

「前の石沢常代殺しは、上野の自殺で結着しました。今度は林田の逃亡――。なんだか簡単すぎるように思いませんか？」

栗原は肩をすくめた。

「結構じゃないか。犯人が分かっているだけ、われわれの手間が省ける」

「そりゃそうですが……」

「何かお前に意見でもあるのか？」

「いいえ、そういうわけじゃありません」

「それなら、なにも好んで事件を複雑にすることはあるまい。そうでなくたって忙しいんだぞ」

「はあ……」

片山は席へ戻ったものの、どうも面白くなかった。片山にしても殺人事件などというしろものに関わり合っていたいというわけではない。できることなら血なまぐさい事件のことなどすべて忘れて、家へ帰って眠りたいぐらいである。

しかし、片山としては、この一件と全く縁が切れたわけではない。だからこそ気にかかるのだ。――このまま林田が捕まって終わってしまうのなら、こんなありがたい話はないのだが……。

考え込んでいると、電話が鳴った。

「はい、片山です」

「片山さん？　私よ」

「ああ、立子さん」

「あら、なんだかがっかりしたような声ね。誰かほかの女性の電話を待ってたの？」

「いや、そうじゃないですよ」

と片山は慌てて言った。ちょっと軽い口調で言っただけなのだが、これが片山にとって一大変化であることは、立子には理解できないのである。

実のところ、片山を石沢常代、常夫殺しと結びつけているのは、立子の存在なのだ。

「何か用ですか？」

と片山は、まるで借金取りでも相手にしているような、味気《あじけ》ない言い方をした。

「用がなきゃ電話しちゃいけないの？」

「いえ……。そんなこともありませんが。電電公社が喜ぶでしょうし。人を喜ばせるのはいいことです」

自分でも、なんと馬鹿なことを言っているのか、と半ば感心しながら、片山は言った。

「分かったわよ！」

立子がプンとした調子で、「お願いしたいことがあったけど、もう頼まない！」

「立子さん、それは——」

ガン、と叩きつけるように受話器を置いたらしい。片山は耳がツーンとして、頭を振った。

やれやれ、あれじゃ電話機が壊れたかもしれない。電電公社が喜ぶどころか、苦情がくるかしら……。

しかし、片山としても、立子がどういうつもりか、よく分からないので、どうしていいものやら見当がつかない、というのが正直なところなのだ。

ホテルで食事をしたとき、何かをしてくださいと頼まれたのは確かだが、その「何か」が分からないままにオーケイしてしまった。その後、ついにそれを確認できないままにきてしまったのだ。一体、彼女は何と言ったのだろうか？

その後、石沢常夫が撃たれる直前、立子は片山にキスしてきた。あれはどう考えても、恋人へのキスという感じだった。いや、片山とてキスのエキスパートではないから、どの程度の圧力が加えられた場合を恋人同士とするのかといったことは知らないのだが、日本では、通常、恋人か夫婦以外はキスしないことぐらいは分かっている。

まあほかにペットの動物にキスする愛好家もいるようだが、片山はどう見ても人間だから、それも当てはまらない。

そうなると、どう考えても立子は片山のことを恋人として扱っていることになる。

「どうなってんだ？」

と片山は首をひねった。——もてないことに自信を持っているせいで、つい、何か裏があるのではないかと考えてしまうのが、片山の哀《かな》しいところである。

しばらく、ああでもない、こうでもないと考えているうち、何がなんだか分からなくなってきて、諦《あきら》めて仕事にかかろうとすると、また電話が鳴った。

「——あ、片山さんですか」

と石津の威勢のいい声が聞こえてきた。

「やあ。どこからかけてるんだ？」

「署からですよ」

「仕事の話か？」

「いえ、そうじゃないんですが……」

「じゃ、何だ？」

「実は、今、刈谷立子から電話がありまして」

「お前のところへかけたって？」

と片山はびっくりして訊いた。

「そうなんです。——どうしたんですか、一体？」

「こっちが訊きたいよ。何だって、彼女？」

「いえ、今度の日曜日に引っ越しを手伝ってくれって……」

「引っ越し？」

「ええ。なんでも、石沢牧子が、とてもあそこに一人じゃ住めないから、一緒に住んでくれと頼んだそうでして……」

なんだ、頼みたいことと言ったのはそんなことだったのか。——まあ、石沢常代の遺志から考えても、立子が猫屋敷へ移り住むのは、いいことかもしれない。石沢牧子にしても、二度も殺人があった——それも目の前で夫を殺された——家に一人でいたくはないだろうし。

「それで、片山さんに頼もうと思ったら、冷たく断わられた、と」

「おい、彼女がそんなこと言ったのか？」

「ええ。あの人は冷酷で、不親切で、自分勝手で、極悪非道《ごくあくひどう》で——」

「そ、そんなことまで？」

「今のは僕の創作です」

「馬鹿！　勝手に付け加えるな！」

「へへ……」

と石津は笑って、「でも、こう言ってましたよ。『石津さんは、女性の頼みなら絶対に断わらないし、力強くて、とっても頼りになる人』だって」

と得意気に言った。要するにすぐおだてに乗って、力仕事に向いているという意味なのであるが、その辺の微妙なところは、石津には幸い分からないのである。

「ともかく、俺も行くよ」

「そうですか。一応お知らせしといたほうがいいと思って」

「ありがとう」

「あ、それから……」

「何だ？」

「できれば晴美さんにも来ていただきたい、と」

「彼女が言ったのか？」

「いえ、これは僕が」

片山は思わず吹き出した。——どうにも憎めない男である。

「分かったよ。そう言っとこう」

「よろしくお願いします」

石津のニヤついた表情が目に見えるようだ。片山が、受話器を置こうとすると、

「あ、そうそう、忘れるところだった」

と石津がまた言い出した。

「まだ何かあるのか？」

「今夜の夕食は外で食べます。それから、帰りは少々遅くなります」

片山は、

「そいつはどうもご丁寧に」

と言ってやった。「しかし、それが俺とどういう関係があるんだ?」

「いえ、今のは晴美さんからの伝言でして」

「晴美の?」

「はあ。さっきお電話がありまして、今日帰りに上野絹子を見舞うつもりだから、ということで」

「ふーん。しかし、どうしてそれをお前に言ったんだろう。俺のところへかけてくりゃいいのに」

「僕も一緒に行くことになっているからです」

「それを先に言え!」

「すみません。ですから片山さんはホームズへやったアジの残りでも食べて……」

「何だと!」

「いえ、それは晴美さんが言ったんです」

あいつ、兄のことを何だと思ってるんだ! 片山は頭にきた。

「じゃ、ひとつ俺も行ってみるかな」

「どこへですか?」

「上野絹子の見舞いだよ、もちろん」

「な、なるほど。……結構ですね」

石津のガッカリした様子を想像して、片山は思わずニヤリとした。


「そんなのないわよ！」

と晴美が眉を逆立《さか》てた。

「俺に怒ったって仕方ない」

と片山は肩をすくめて、「ともかくこれで林田さえ捕まれば一件落着ってわけさ」

「それにしたって……」

晴美は至って不服そうだ。

二人は石津の運転する赤いスポーツカーの後ろの座席に並んでいた。車は、暮れかけた道を、上野絹子の入院している病院へと向かっている。

「問題はまだいくらも残ってるじゃないの」

と晴美は、物価高に文句をつける主婦のような口調で言った。「どうして猫が沢山殺されたのか。生き残った猫はどうしたのか。それに、そうよ、子供たちが次々に災難にあったのも、分かってないのよ」

「あれは事件とは関係ないかもしれない」

「そんなことないわ」

と晴美は断固たる口調。「女の直感に間違いはないって、偉い人も言ってるわ」

「誰だい？」

「私よ」

石津が愉快そうに、

「片山さんのところは女性上位ですか」

「もちろんよ。私とホームズがいるんですもの」

片山は、やぶへびにならぬよう、聞こえないふりをして外を見た。

「――あと、どれくらいだ？」

「十五分もあれば着きますよ」

「様子はどうなのかしら？」

「まあ、もともと外傷は大したことはなかったわけですからね。問題はやはり精神的なショックで」

「暴行されたうえに、恋人が殺人罪で追われてるんじゃね……」

「――もうすぐですよ」

と石津が言った。

病院へ着くと、受付へ面会を申し込む。

「もう面会時間は終わりなんですけどねえ」

口やかましそうな看護婦が面倒くさいという表情を隠そうとせずに言った。

「まだ十五分あるじゃないか」

と石津が言うと、

「もう十五分しかないんですよ」

と看護婦はニュアンスを変えて言い直した。「定刻までに出てくださいよ」

石津はムッとした様子で、

「われわれは——」

と警察手帳を出そうとした。片山がそれを抑《おさ》えて、

「ちょっと会うだけでいいんです」

と前へ出た。

「それじゃ、ここへ名前を……」

ノートに記名して、病室へと歩きながら、

「いいか、いくら刑事でも、これは公用じゃないんだ。やたらに警察手帳を見せびらかすもんじゃない」

と片山は石津へ意見した。晴美はそれを聞きながら笑いをこらえるのに懸命《けんめい》だった。お兄さんも説教する立場になったのか。——悪口は言っても、兄が少しずつ刑事らしくなってい

くのが、晴美には心強いようで、それでいて心配なのだった……。

「その部屋ですね」

石津が歩み寄ってドアをノックする。「失礼します」

「――返事ないわね。眠ってるのかしら?」

「どうしましょう?」

「まあ、それならそれでいいが。ちょっと顔だけ覗《のぞ》いて行こう」

「そうですね」

ドアを開けて入ると、「――あれ」

と石津は足を止めた。狭い個室である。一目で中は見渡せるのだが……。

ベッドは空っぽだった。

「どこへ行ったのかしら? トイレにでも行ったのかもね。待ってみる?」

「そうだな」

三人は病室の中をぶらぶらしたが、そのうち、石津が、

「窓が開いてますよ。冷えちゃうんじゃないかなあ」

と言った。

「本当だわ。――変ね。ちゃんと看護婦さんが閉めるはずよ」

片山は窓へ歩み寄り、首を出してみた。病棟の二階である。すぐ下に、一階の窓のひさし

が突き出ていて、その上に――。

「おい、あそこにスリッパが」

「え？」

三人は狭い窓へ押し合いながら頭を突っ込んだ。――ひさしの上にスリッパが片方、のっかっているのだ。

「あれは……」

晴美が呟くように言うと、石津が、

「ゴキブリでも引っぱたこうとして落としたんでしょうかね」

と楽観的な見解を述べた。そこへ、

「何をしてるんです！」

と背後から声がかかった。三人がギュウギュウ押し合いへし合いしてやっと頭を抜くと、さっきの受付の看護婦である。

「もう定刻ですよ！」

ときつい目つきでにらむ。「早く出てください」

「ちょっと待ってくださいよ」

片山は空のベッドを指して、「患者がいないんです」

「そりゃお気の毒に。大方、トイレへでも行ったんでしょ。さあ、ともかく帰ってください」

「でもスリッパが――」

と晴美が言いかけたが、相手は取り合わない。

「さあさあ、早く帰って！　規則なんですからね」

「しかし、病人がどこかへ――」

「そんなことを言ってると、先生を呼びますよ」

と看護婦は有無《うむ》を言わさず三人を病室の外へ出してしまった。

「しかし、万一――」

「また明日いらしてください」

あれよあれよという間に、三人は病院の外へ出されてしまう。

「――畜生！　なんて分からず屋だ！」

と片山は頭へきて、「規則一点張りってのはいかん！　分かったか！」

と石津のほうへとばっちり。晴美は不安げな様子で、「あのスリッパが気になるわね」

と言った。

「あの窓の下へ行ってみよう」

片山の提案で、三人は建物の外側を回って、上野絹子の病室の下へとやって来た。

「――あの窓から下のひさしへ降りれば、楽に地面へ降りられるわね」

「そうだ。下は植込みで土も柔らかいからな」

「片山さん、ほら！」

石津が声を上げて植込みの中へ足を踏み入れた。「ここに——」

と拾い上げたのは、スリッパのもう一方だった。片山と晴美は顔を見合わせた。

「やっぱり、絹子さんは——」

「間違いない。窓から降りて出て行ったんだ！——どこに行ったんだろう？」

「心配だわ。何しろお父さんが殺人を犯して自殺、自分は暴行されて、恋人は行方不明……」

晴美は首を振って、「私だったら、生きていられないかもしれないわ」

「何を言うんです！」

石津が急に大声を出した。「晴美さんには、僕がついてるじゃありませんか！　たとえ片山さんが殉職しても——」

「誰もそんな話をしちゃいないぞ！　それに、俺を勝手に殺すな！」

片山がカッとして言った。

「ともかく、なんとかしないと……」

「よし、じゃ、手分けして捜すんだ。おい、石津、お前この辺なら詳《くわ》しいだろう？」

「ええ、まあ……」

「自殺しようとする人間が選びそうな場所、ないか？」

「さあ」

石津は首をひねった。「あんまりしたことがないもんですから……」

「ここから、団地は遠いの？」

「いえ、わりと近くですよ。歩いても三十分くらいかな、彼女の棟まで」

「女はたいてい自殺するときには遺書を残すものよ。——絹子さんも、いったん自分のアパートへ戻ったかもしれないわ」

「よし、車で行ってみよう。急げ！」

三人は百メートル競走よろしく一斉に駆け出した。

2

石津の車が、上野絹子の棟の前へ着いたのは、七時半ごろだった。——さすがにまだ会社から戻って来るサラリーマンの姿がそこここに見える。

「二〇六号室よ」

晴美が先頭を切って階段を駆け上がった。ドアは鍵がかかっている。晴美はドアを叩いて、

「絹子さん！——いるのなら返事をしてちょうだい！」

と呼びかけた。

「いないようですね」

「表へ回って、明かりが点《つ》いてるかどうか見よう」

三人は階段を降りると、建物のわきを回って、ベランダの側のほうへ出た。

「——暗いままですね」

「すると、ここへは戻ってないのかな」

「無駄足でしたか」

「じゃ、どこへ行ったのかしら？」

と晴美は少し息を弾ませながら言った。

「分かりゃ世話ないさ」

片山はちょっと考えていたが、「——よし、こうなったら、この辺の警官を動員して捜索だ。池や、林の中なんかを重点的に捜すんだな」

「この広さですよ！」

と石津が目を丸くした。

「見殺しにするわけにはいかない」

「そうよ。すぐに手配して——」

「分かりました」

石津も晴美の言葉にはすぐ従うのである。

「じゃ、石津、お前、車で交番へ行って、手配してくれ。俺たちはもう少しこの辺を調べてみる。上野絹子が、これからやって来ることも考えられる」

「はい」

と車のほうへ駆け出す石津へ、片山が声をかけた。

「おい！　病院にも電話して事情を話すんだ！　病院の周辺を調べてもらえ！」

「了解！」

と石津は敬礼して、車へ急いで乗り込むと、エンジンの音もけたたましく、走り出して行った。

――片山は苦笑いしながら言った。

「あいつ、一体、真面目なのか不真面目なのか、さっぱり分からん」

「善良で素直な性格なのよ」

「単純なんだ」

「お兄さんったら」

晴美はちょっとにらんで、「あの人は誠意の塊《かたまり》なのよ」

とかばってみせた。

「まあいいや。ともかく、もしかすると上野絹子はいったんここへ来て、また出て行ったのかもしれない。いつ病院を抜け出したか分からないんだからな」

「そうね。もう遺書も書き終えて……」

「そうなると、この近くで、死に場所を捜すとすれば――」

「前に子供が溺《おぼ》れかけた池は？」

「あそこか。しかし、大人じゃ溺れないだろう」

「死ぬ気なら分からないわよ」

「それもそうだ。よし、ともかくぼんやり待ってるよりいいかもしれない」

「一人、ここに残る？」

「いや、ここからすぐだったろう？　ちょっと調べれば分かるさ」

二人は棟の間を抜け、人気のない公園へ出た。――夜の公園といえば不用心な暗がりが多いものだが、明るい水銀灯がきちんとした間隔で並んでいて、中はかなり明るく、池の面も見渡せた。

「池の周囲をぐるりと回ってみよう。お前、反対側から回れ。何か見えたら大声を出せよ」

「分かったわ」

二人は反対の方向へと歩き出した。

晴美は、池の縁《ふち》に沿って歩きながら、水面に何か見えないかと目をこらした。見えてほしくはないのだが、じっと暗い水面に目を向けていると、今にも絹子の死体がひょっこり顔を出しそうな気がする。

半分ほど進んだところで、晴美は足を止め、ちょっと息をついた。そのとき、目の前を白い影が音もなく横切った。

「キャッ!」

と思わず悲鳴を上げた。――が、それは、白い猫だった。晴美の悲鳴を耳にとめたのか、ピタリと足をとめ、晴美のほうへ光る目を向けた。

「ああ、びっくりした」

晴美は胸を撫で下ろした。「――お前、どこの猫?」

と、そっと声をかけながら近づこうとしたが、白い猫は、晴美が一歩足を踏み出すと、弾《はじ》かれたように砂利を蹴って、走り去ってしまった。

「嫌われたわね……」

と晴美は呟いた。しかし、団地内で犬猫を飼うことは禁じられているのだ。すると、今の猫はどこから来たのだろう?――どう見ても、野良猫には見えなかったが。

「おい、晴美!」

と声がして、片山が急ぎ足でやって来る。

「ああ、お兄さん、どうだった?」

「それらしい跡もないし、何も見つからなかったよ。――お前、さっき何か言ったか?」

晴美は猫のことを話して、

「もしかしたら、猫屋敷から逃げた猫の一匹じゃないかと思うんだけど」

と付け加えた。

「なるほど。しかし、猫に職務質問するわけにもいかないしな」

と片山は真面目くさった顔で言った。「ともかく、さっきのところへ戻ろう」

二人が、上野絹子の棟のほうへ戻って行くと、石津の車が戻って来ているのが見えた。近付いて行くと、石津が窓から顔を出した。片山が、

「どうした、手配は済んだのか？」

と訊くと、石津は頭をかきながら、

「それが、とんだ恥さらしで」

「どうした？」

「病院へ電話したんです。上野絹子が行方不明になったから捜索してくれ、と」

「それで？」

石津はため息をついて言った。

「上野絹子はちゃんと病室で寝てるそうです」

「あなた方ですか」

もう一度病院へやって来た三人を、うさんくさそうに眺め回したのは、さっき三人を追い

立てた看護婦だった。「患者が行方不明だなどといい加減なことを言って」

「だって、確かに――」

と言いかけた晴美を制して、片山は、例のスリッパの件を説明した。

「そんなことですか」

看護婦はあっさりと、「機嫌《きげん》の悪い患者が窓からスリッパを放り投げるぐらい、ちっとも珍しいことじゃありませんわ。それに、病人というのは大体、機嫌の悪いものです」

「はあ……」

片山としても、しゃくにさわるが、言い返しようがない。

「上野絹子さんに会わせてください」

と晴美が粘る。

「今、眠ってますよ」

「構いません。この目で確かめたいんです」

「じゃどうぞ」

看護婦も根負けした様子で、「ついて来てください。その代わり、患者を起こしたりしないでくださいよ」

と嫌味《いやみ》たらしく念を押した。

上野絹子の病室のドアをそっと開けて、看護婦が肯く。――片山たちは病室へ入って行った。

上野絹子は、ベッドで静かに寝息をたてている。

「取越し苦労だったようね」

と晴美が呟いた。

「まあ、無事でよかった」

と片山が肯く。

「静かに！」

と看護婦がドアのところから声をかけた。「もういいでしょう？」

「分かりましたよ」

片山は素直に答えて、三人は病室を出ようとした。そのとき、急に絹子が、

「猫が――」

と言った。三人は驚いて振り向いた。

「猫が……赤い猫が……」

「寝言を言ってるんですよ」

と看護婦は、「さあ、早く出てください」

と促《うなが》した。

「待って」

晴美はベッドへ駆け寄った。「――お兄さん、見て！」

晴美は、毛布をつかんでいた絹子の手を取った。手のひらが土で汚れている。

「ほら、手に土が。爪の間にも土が入ってるわ」

「本当だ。左の手を見ろ」

「——こっちもよ」

二人は顔を見合わせた。片山は絹子が眠っているのを確かめると、毛布の足のほうをめくった。看護婦がびっくりして、

「何をするんです！」

と声を上げた。

「静かに！　患者が起きますよ」

と片山はやり返した。「足の裏を見るだけです」

足も、たった今まで裸足《はだし》で外を歩いていたように、土で汚れ、指の間や爪に、土がこびりついていた。

「——間違いない。彼女、外を歩いて戻って来たんだ」

と、片山は肯いた。看護婦も入って来て、手と足を見ると、

「まあ、本当に……」

と言ったきり絶句した。

「どこへ行ってたのかしら？」

「さあね。本人に訊くほかないだろうな。しかし、目が覚めてからにしよう」

「そうね」

「明日、朝ここへ来てみるよ」

絹子が急に胸苦しそうに身悶《もだ》えして、

「猫……赤い猫……」

と呻くように言った。晴美が首を振って、

「可哀相に。きっと怖い夢を見てるんだわ」

と言った。

「あの……」

と看護婦が言い出した。「このことは、先生には黙っていてくださいませんか?」

さっきとは打って変わって下手に出ている。患者が勝手に外を歩き回っていたと知れたら、お目玉を食うのだろう。

「分かりました。それより患者の手足を、お湯か何かで拭いてあげてくださいよ」

「今すぐに」

と看護婦は病室を飛び出して行く。

「いい気なもんだな」

と石津はドアのほうへ、ベーと舌を出した。

「よせよ、おとなげない」

「はあ。——しかし、分かりませんね」

「何が？」

「外を歩くにしたって、どうして手にまで土がついてるんです？」

「それは……きっと地上へ飛び降りたときに、下へ手をついたんだろう」

「なるほど」

片山は一つ息をついて、

「さあ、われわれは引き揚げようか」

と言った。

「そうね。ともかく無事なのが分かったんだし」

「もう出て行かないように、病院のほうも気をつけるだろうさ」

三人がそっとドアを開け、病室を出ようとしたとき、

「ウーン」

と絹子が苦しげな呻き声を上げた。

「またうなされているんだわ」

と晴美が言った。——突然、

「ニャーオ」

と鋭い猫の鳴き声がした。いや、猫ではない。絹子だった。急にガバッとベッドへ起き上がると、

「ニャーオ」

とかん高く鳴いたのだった。片山は背筋が凍りつくような恐怖を感じた。絹子の目が一瞬、猫のそれのように輝いたように見えた。

絹子はまた急に体の力が抜けたように、ドサッとベッドへ倒れた。

――しばらく誰も動かなかった。

「お兄さん……」

晴美の声もさすがに震えていた。

「な、何だい？」

片山の声は晴美以上に震えている。

「絹子さんの手が汚れてたのは……」

「ま、まさか……彼女が四つん這いで歩いたからだとでも言うのかい？」

晴美は答えなかったが、片山と同じことを考えているのはよく分かった。

絹子は、さっきの呻きが嘘のように、静かな寝息をたてている。

片山がそっと冷や汗を拭っていると、

「あら」

と声がした。さっきの看護婦が、洗面器とタオルを手に、立っている。

「どうぞ、きれいにしてやってください。僕らは引き揚げます」

「それはいいですけど……」

「まだ何か？」

「この方、どうなさったんです？」

見れば、石津が廊下で大の字になって気を失っているのだった。

およそ食欲はなかったが、夕食抜きというわけにもいかず、三人は、またあの郊外レストランへ寄った。

「――いや、面目ありません」

石津はすっかりしょげている。

「無理もないわよ。猫好きの私だって、一瞬真っ青になったくらいだもの」

「一体、どうしたんでしょうね？」

「夢にうなされただけさ」

「そうかしら？」

「そうでなきゃ、何だって言うんだ？」

「うん……。まさかねえ、殺された猫の怨念《おんねん》が彼女に乗り移って――」

「よせよ、怪談じゃあるまいし」

片山が渋い顔で言った。「また石津が卒倒するぞ」

「どうも……。大丈夫ですよ」

石津が引き攣《つ》ったような笑顔を見せた。

「何にしても、薄気味が悪いわ」

晴美は水のコップを取り上げて、「——このままじゃ終わらないわよ。きっとまた何かが起こるわ」

片山も今度は女の直感を否定する気にはなれなかった。——上野絹子が、病室の窓から外へ出て、また戻って来たのは確かなのだ。一体、何のために？　彼女は外で何をしていたのか？

そして、手までが土で汚れていたのは、どうしてなのか……。

注文した食事が運ばれて来たが、みんな何となく食が進まない。

「早く帰ってホームズの晩ご飯を作ってやらなきゃ」

晴美はハンバーグを切りながら言って、ふと床のほうへ目を向けた。「まあ、猫！」

石津が、キャッと叫んで飛び上がった。

「大丈夫よ、ほら、普通の猫だから」

ごくありふれた灰色の日本猫だった。何か食べたそうに晴美たちのほうを見上げている。

「お腹が空いてるのかしら？」

験《ため》しにハンバーグの一切れを投げてやると、あっという間に平らげてしまった。「やっぱりね」

「飼い猫だな。毛並みがいい」

「ねえ、もしかしたら猫屋敷の――」

「うん、俺もそれを考えてた」

晴美がもう一つハンバーグをやろうとしてナイフを使っていると、ウエイトレスの一人が猫を見つけて、

「こら！　入って来ちゃだめじゃないの！」

と追い立てた。猫は渋々、という感じで店を出て行った。晴美はそのウエイトレスを呼ぶと、

「ねえ、今の猫、よく来るの？」

「あれだけじゃないんです。毎晩四、五匹は来ます。調理場のほうで、余《あま》ったものをやってるんですが、ときどき店のほうへも入って来て。申しわけありません」

「いいえ、いいのよ。――どこの猫か分かる？」

「さあ……」

「いつごろから来てるの？」

「つい最近ですね。以前は、猫なんか全然見かけなかったんですが」

「そう。——ありがとう」

片山は肯いて、

「やっぱりそうらしいな」

「猫屋敷の猫ね。でも、四、五匹ですってよ。残りはどうしたのかしら？」

「さあね。死んじまったのかもしれないじゃないか」

石津がそわそわしながら立ち上がって、

「ちょっとトイレへ行って来ます」

と歩きかけたが、ふと片山のほうを振り向いて、おずおずと言った。「片山さん。一緒に行きませんか？」


「ごめんね、ホームズ。はいはい、今、アジを焼くから……」

晴美が、足へまつわりつくホームズに言い聞かせて、「その代わり、後でお前の意見も聞かせてよ」

と付け加えた。

「やれやれ、まだそう遅くないのに、疲れちまったよ」

と片山は大きく伸びをして、ネクタイを外《はず》し、上着ともども畳の上へ放り投げて、座り込んだ。

「明日、病院へ寄るんでしょ？」

金網へ魚を載《の》せながら、晴美が訊いた。

「うん。課長はいい顔しないだろうけどな」

「いいじゃないの、どうせ出世しやしないんだから」

と晴美は言いにくいことを、いつもながらはっきり言った。

「しかし、何と言って訊くかなあ。あなたは化け猫とお知り合いですかって訊くわけにもいかない」

「またたびでも持って行ったら？」

晴美は真面目とも冗談ともつかぬ調子で言った。

ホームズがせっせと魚を食べている間に、晴美は風呂に湯を入れに行った。戻ってみると、片山は電話に出ている。

「——はい。——分かりました。すぐ行きます」

顔つきが緊張している。

「事件なの？」

「うん」

片山は受話器を置いて、「おい、石津のアパートの電話番号、何番だったかな？」

と訊いた。

「手帳に書いてあるわ。——どうしたの、一体?」

「殺人だ」

片山は言った。「あの村の人間が殺された。猫屋敷のすぐ近くでだ」

3

「これで三度目か……」

パトカーが深夜のニュータウンへと滑り込んで行くと、片山は呟いた。

「え?」

と隣りに座っていた晴美が片山を見た。「今、何て言ったの?」

「いや、これで三度目だと言ったのさ。夜、あの村へ行くのがね」

「そのたびに人が殺されて……」

「うん。石沢常代、石沢常夫、そして今度は……」

「三人目ってわけね。——上野さんの自殺、絹子さんの奇妙な様子、赤い猫……。なんだか怪談じみてくるわねえ」

「やっぱり猫のたたりかな」

　と片山が言うと、晴美の膝からニャーオと抗議の声が上がった。もちろんホームズである。

「猫のたたりなんてあるかって怒ってるわよ」

「それじゃ、一刻も早く真相を暴《あば》いて疑いを解いてくれよ」

　とは、刑事にしてはちょっと頼りない言葉である。

「大丈夫よ。ホームズが出馬して来たからには、難事件もたちどころに解決してくれるわ」

「猫でも出馬っていうのか？」

「あそこですね」

　パトカーを運転していた刑事が言った。例の、村へ入る谷間の道の端に、パトカーが数台並んで、赤いランプが目まぐるしく点滅して見える。

「ああ、そこで停めてくれ」

「お兄さん、ほら、石津さんが——」

　石津が、パトカーの陰から姿を見せ、駆け寄って来た。

「早かったですね」

　とドアを開けて、晴美を見ると顔を輝かせた。「晴美さんもご一緒で！」

「ええ。ホームズもね」

　ホームズがヒョイと石津の足下に降り立つと、

「ワッ！」

と石津が三十センチも飛び上がった。

「おい、ホームズを踏み潰《つぶ》すなよ」

と片山が苦笑する。

「はあ。いえ、前もって、おいでになると分かっていれば……そうびっくりしないんですが……」

と石津はハンカチを出して汗を拭《ぬぐ》った。「暑いですねえ」

「そうか？　ちょっと肌寒いくらいだぞ」

「そ、そうですね。——寒さが厳しいですね、この春は」

「いい加減だな」

と片山は笑って、「どうだい、現場の状況は？」

「ええ、片山さんから電話をもらって、すぐ駆けつけたんです。ご案内しますよ」

三人と一匹は、また草むらを分けて、村の通りへと入って行った。

「被害者は？」

「堀口安彦《ほりぐちやすひこ》といって、年齢は六十七歳」

「何をやってるんだ？」

「雑貨屋をやりながら、野菜なんかを細々と作っていたようですね。でも、ずっと代々この村に住んでいるせいか、村ではかなり人望のある爺さんだったようですよ」

「ふーん。じゃ、一体、誰が……」

「それが分かりゃ世話はないです」

「それは俺のセリフだぞ」

——村は静まり返っていた。忙しげに駆け回っているのは、警察の人間か報道陣で、それ以外はほとんど人影もない。

現場は猫屋敷の門から、ほんの数メートル手前だった。

「来たな」

と振り向いたのは、根本刑事だった。

「根本さん。この件を？」

「ああ、なんだか知らんが課長の命令だ」

「死体は……」

「そこだ」

と布で覆《おお》った死体を顎《あご》でしゃくって、「お前はやめといたほうがいいかもしれんぞ」

「ど、どうしてです？」

「喉《のど》をやられて、かなりひどく血を出してるからな」

血を見ると貧血を起こすという持病はかなりよく知れ渡っているのである。

「あらかじめ分かっていれば、大丈夫です」

片山は度胸を据えて、死体のほうへ歩み寄った。「——おい、石津」

「はあ」

「めくってみろ」

石津が言われるままに布をめくった。——なるほど喉に無残な傷口が開いて、血潮が胸から腹のほうにまで広がっている。

「ひどいですねえ」

と石津はわりに平気な顔で首を振る。猫には弱いが死体には強いのである。

「全くだな」

片山は辛《かろ》うじて目を開いていたが、ともすれば自主的に閉じようとする瞼《まぶた》を必死で引っ張り上げなければならなかった。

「まあ……」

晴美もさすがに顔をしかめた。——ホームズは別に卒倒するでもなく、昼寝している飼い主にでも近づいて行くような軽い足取りで、死体の周囲を一巡りすると、足や手に鼻をすり寄せるようにして調査を始めた。

「妙な傷だ」

と言ったのは根本だった。「そう思わないか?」

「そ、そうですねえ」

と片山は肯いたが、正直なところ、そう目をこらして見たわけではないのだ。

「刃物でやったとしても、あんまり切れ味のいいやつじゃないぜ。傷口がかなり広がってる。何度も斬りつけたみたいだ」

「発見したのは？」

「被害者の女房さ。帰りが遅いんで捜しに出て見つけたんだ」

「犯人の目星は？」

「そいつはまだこれからさ」

そこへ、

「ちょっとどきな！」

と声をかけながら、検死官の南田《みなみだ》がやって来た。片山たちに気づくと、

「やあ、片山一家の総登場か！　例の猫君が先に調べてくれてるようじゃないか」

と軽口を叩いた。ちょっと変人だが、死体を相手の職業では、そうでもならなければノイローゼになってしまうのかもしれない。

「おい、ホームズ、邪魔するなよ」

と片山が声をかけると、南田は、

「いいさ、猫のほうが人間より鋭敏な感覚を持ってるんだ。こっちの気がつかないところを補《おぎな》ってくれるかもしれんよ」

と言って、死体のほうへかがみ込んだ。

少しほっとして片山が後ろへ退がると、

「片山さん」

と呼ぶ声がした。振り向いて、

「やあ、立子さんじゃないですか」

と片山は目を丸くした。

「よかったわ、あなたが来ていて」

刈谷立子は微笑んだ。

「どうしてここに？」

「牧子さんに呼ばれたのよ」

「ああ、こっちへ引っ越して来るとか」

「ええ、でも、今夜、また人殺しがあったんでしょ？　怖くてたまらないから、すぐ来てくれって泣きつかれちゃって」

「じゃ、今、来たんですか？」

「そうよ。牧子さんには会った？」

「いいえ。この事件には関係ないと思いますがね」

「だといいけど。——亭主は虫が好かなかったけど、牧子さんはそう悪い人でもないし。だいぶ神経が参ってるみたい」

「無理もないですよ。そばについていてあげてください」

「そうするわ。明日でも、ここへ電話してくれる?」

「分かりました」

「じゃ、また」

と猫屋敷の門のほうへ歩きかけて、立子は思い直したように戻って来ると、いきなり片山の頰へ唇を触れた。「おやすみなさい」

と行ってしまって……片山のほうは、しばらくしてから、そっと冷や汗を拭った。

振り向くと、晴美と石津がニヤニヤ笑いながら立っている。片山は咳払いして、

「検死のほうはどうだ?」

と訊いた。

「お兄さん、暑そうね」

「片山さん、今夜は暑いでしょう」

「うるさい!」

と片山は怒鳴った。

南田は立ち上がると、

「どうも妙だよ」

と言った。「この傷口は、何か動物にでもかみ切られたように見える」

「まさか！」

と根本が言った。「この辺に鮫《さめ》は出ないぜ。映画館でもなきゃね」

「冗談で言っとるんじゃないぞ」

と南田がムッとした様子で、「詳《くわ》しいことは解剖《かいぼう》に回してからでないと分からんが、普通の刃物の傷でないことは確かだ」

「分かったよ。ほかに何か？」

「これは当然お分かりのことと思うが、この被害者はここで殺されたんじゃない」

「何だって？」

「おや、気がつかなかったのか？」

南田は気持ちよさそうに言った。「流れた血が地面へほとんど落ちていないのを見りゃ、一目瞭然《りょうぜん》だと思うがね」

「そうか、畜生！」

根本は苦い顔で舌打ちした。「すると、まず現場を捜すのが第一だな」

「殺されてから、ここへ運ばれたってわけですね」

と片山も加わって言った。「血の跡を辿って行けば……」

「この闇夜にか？　地面に落ちた血の滴《したた》りなんか見分けがつかんぞ。明日、明るくなってからだな」

「じゃ、俺はもう帰らしてもらうぞ」

と言って、南田はふと足下を見た。「な、何だ、ニャン公？」

ホームズが南田のズボンの裾を爪で引っかけていたのだ。

「何か知らせたいことがあるようですよ」

と片山が言った。

「ふむ。何だ？」

南田がかがみ込んで訊くと、ホームズは死体の右手のところへ行って、ニャーオと鳴いた。

「手がどうかしたのか？」

ホームズは死体の手へ鼻をすりつけるようにして、しきりに匂いを嗅いでいる。南田が不思議そうに、

「手に何か匂うのか？」

と近寄って行き、死体の手を取って匂いを嗅いだ。「——何も匂わんが」

ホームズはさらに高い声で鳴いた。南田は肯いて、

「よしよし。猫の鼻は人間様とは比べものにならんぐらい鋭いからな。きっと何か匂うんだろう。後で必ず調べるよ」

「魚の匂いでもするんじゃないのか？」

と根本がからかうように言った。ホームズは今度は被害者の足のほうへ回り、また短く鳴いた。

「次は足か？」

と南田もついて行く。

ホームズは被害者の靴の底へ爪を立て、なにやらガリガリやっていたが、そのうち、コロリと何かが落ちた。南田は拾い上げて、

「石ころだ」

と言った。「かかとの付け根のところに挟まってたらしいな」

「ホームズがわざわざ取り出したんだ。きっと何か特別な石なんですよ」

と片山は言った。

「ふむ……。こいつは玉砂利だな」

「玉砂利というと、神社の境内なんかに敷いてあるやつか？」

と根本が訊いた。

「そうだ。地面を見ろよ。こんな石は道路にはないぞ。この被害者、きっと玉砂利のあるところから来たんだ」

片山は南田から、黒い、丸い小石を受け取って、

「玉砂利のあるところ、か……」

と呟いた。

堀口安彦の妻、敏子《とし こ》は、放心したように、自宅の居間に座っていた。

「――すると、ご主人が出かけたのは、夕方だったんですね？」

と根本が訊くと、しばらくは何の反応もない。根本が訊き直そうかと口を開きかけると、やっと肯いて、

「そうです」

と答えた。ずっとこの調子なのである。いかに夫を失ったショックが大きかったかを、涙なしで、雄弁に物語っていた。

「何のご用で？」

「――さあ、存じません」

「何もおっしゃらなかったんですか？　どこへ行って来るよ、とか、何しに行くよ、とか」

「ええ、何も」

「誰かと会うようなことも？」

「何も言いませんでした」

「ただ、黙って出かけられたんですね？」

「すぐ戻る、とだけ言いました」

「すぐ戻る。──それが夕方の五時ごろ」

「はい」

「で、帰りが遅いので、捜しに出られたのは何時ごろでした?」

「……九時を過ぎた時分だと思います」

「ずいぶん遅くまで待っておられたんですね」

「え?」

「いや、つまり、もっと前に心配にはならなかったんですか?」

「誰かと飲んでくると、いつも八時ごろにはなりましたから……」

「ああ、なるほど」

「それで、飲み仲間の方のお宅へ電話をしてみますと、今日は会っていないと言われまして……」

「で、心配になって捜しに出られた」

「そうです」

「猫屋敷のほうへ行かれたのは、なぜですか?」

「出かけるとき、主人があっちのほうへ歩いて行ったものですから」

「なるほど。──ご主人は誰かと争ったり、恨まれたりしていましたか?」

「いいえ。──人の好い、善良な人です」

「犯人の心当たりは全くないんですね」

「ありません。とっても親切で……優しい人です」

「分かりました。――お子さんは？」

「息子は名古屋へ行っております。娘はもう嫁いで、孫も三人おりまして」

「連絡されましたか？」

「いいえ、主人と話し合って決めていますから。子供たちの世話にはなるまい、と……」

「しかし、今は別ですよ。娘さんでもお呼びになっては？」

「そうですね。……主人に相談してみませんと」

「何ですって？」

「主人が戻りましたら、相談してみます……」

――表へ出ると、根本はため息をついた。

「全くやりきれんな」

「気の毒ですね」

片山もほかに言葉がない。「おい、石津」

「はあ」

「ここの娘の家ってのを調べて連絡してやれ」

「分かりました」

片山はふと周囲を見回して、

「あれ？」

と呟いた。ホームズと晴美の姿が見えないのだ。またきっと独自の捜査をやらかしているのに違いない。——困ったもんだ。殺人事件の捜査なんだぞ、これは！


「ええ、堀口の爺さんとはときどき飲んでましたね」

と、関谷《せきや》という村の住人は肯いた。

「今日は一緒じゃなかったんですね？」

と片山は訊いた。根本と手分けして当たっているのである。

「そうです。今日は一度も会いませんでしたよ」

「堀口さんはどんな人でした？」

「そうですねえ……。村のことを本当に思ってる人だったね。よく人の面倒を見たし。みんなに好《す》かれてましたよ。あの人を殺すなんて奴が村にいるとは思えないですね」

「なるほど。じゃ、犯人の心当たりは全然ないというわけですね？」

「まるでありませんね」

「——死体は猫屋敷の前あたりで見つかったわけですが、堀口さんがあっちのほうへ行く用はあったんでしょうか？」

関谷は首をひねった。

「さあ……。あっちはもう村の外れですからねえ。何もないし。団地のほうへ出るのも、買い物へ出るのも逆方向ですからね。どうしてあっちへ行ったのか、見当がつきませんねえ」

これではまるで取っつきようがない。

「最近、堀口さんの様子に変わったことはありませんでしたか?」

「別に」

「何かに怯えていたとか、落着きがなかったとか」

「そんなことなかったですよ」

「よく考えてください。飲みながらの話や何かで、変わった話題はありませんでしたか?」

と片山は食い下がった。相手が腕組みして考え込む。——テレビの刑事物ドラマでは、こういうとき、必ず相手が、

「ああ、そういえば——」

と言い出して、重要な手がかりを話してくれる。すると、それを聞いた刑事たちが顔を見合わせ、

「おい!」

「うん!」

と訳の分からないやりとりをして走り出すのである。——片山はじっと待った。関谷はし

ばらく考え込んでから、言った。

「やっぱり何もなかったね」

表の通りへ出て、片山は欠伸をした。疲れて、眠りたかった。もう真夜中である。

しかし、不思議な村だ、と片山は思った。村で誰からも好かれていたはずの老人が何者かに無残《むざん》に殺されて、老いた妻が一人、取り残された。それなのに、村の人たちが悔やみの一つも言いに来るでもない。

村中が、まるで息をひそめているかのように、ひっそりと静まり返っているのだ。まあ、殺人などという異常な事件が、この小さな村の中で、立て続けに三件も起ったのだ。村人たちが怯えて家に引き籠《こも》ってしまうのも無理はないのかもしれないが……。

片山はまた欠伸をして、目をさすった。そして、何気なく頭をめぐらして――ぎくりとして目を見開いた。

猫が――白い猫が、道の真ん中に座って、じっと片山のほうを見ている。

あれは琴ではないだろうか、と片山は思った。いや、白い猫というだけで、全く別の猫なのかもしれないが、どうも見憶えがあるように思えてならないのである。

実際には、ほんの数秒間だったに違いない。白い猫は片山が近寄ろうとする気配を感じたのか、急に走り出した。

「おい！　待てよ！」

と呼びかけて足を踏み出したとき、突然、

「キャーッ！」

という悲鳴が、夜の静寂を貫いて耳へ突き刺さった。

あれは……晴美だ！

片山は声のしたほうへ向かって駆け出した。

晴美とホームズは、数人の男たちに取り囲まれていた。片山が、

「おーい！　何をしてる！」

と叫びながら走って行くと、男たちはぎょっとして立ちすくんだ。村の連中らしい。手に手にバットや包丁《ほうちょう》を持っている。

「何だ、君たちは！」

片山も妹のためなら、かなりの度胸を発揮するのである。素早く晴美の前へ立ちはだかった。

「貴様こそ何だ！」

と男の一人が突っかかって来る。

「警視庁の者だ」

片山は警察手帳を見せた。男たちは顔を見合わせた。

「その娘と猫は？」

「これは……特別捜査員だ」

と片山は勝手な名称をでっち上げた。

「猫は？」

「警察猫だ」

男が目を丸くした。

「警察犬ってのは知ってるけど……」

「最近は猫も使ってるんだ」

片山のでたらめな説明も、一応、男たちは信用したらしい。

「猫の鳴き声がしたからよ……」

「そうさ。てっきり怪しい奴だと思って」

「何しろ、こう人殺しが続いちゃ……」

と口々に言いわけをする。

「待ってくれ」

と片山は遮《さえぎ》った。「――どうも妙だな。いくら気になるとは言っても、たかが猫の声ぐらいに、この騒ぎは何だ？」

と一人一人を見回し、

「バットに包丁まで持ち出して来るとは、どう見ても普通じゃないね。——一体、どういうわけで、そうびくついているんだ？　話してもらおうか」

男たちは急にはっきりしなくなって、

「別に何も……なあ？」

と互いにボソボソ呟いている。

「いいか、石沢常代さんが殺されるまで、猫屋敷には二十匹以上の猫がいた。当然、村の中を自由に歩き回ってたはずだ。猫の姿や鳴き声には、きみら、慣れてるはずじゃないか。それなのに、なぜ今は猫の声ひとつにそんな大騒ぎをするんだ？　何か理由があるはずだぞ。どうだ？　誰か話してくれ」

男たちは黙りこくってしまった。そこへ、

「片山さん！」

と声がして、石津が駆けつけて来た。

「やあ、どうしたんだ？」

「どうしたはこっちですよ。遠くで悲鳴を聞いて……走って来たんです。晴美さん、大丈夫ですか？」

「ええ、ちょっと誤解したらしいのよ」

と晴美は穏やかに言ったが、石津のほうは、男たちへ向き直ると、

「こいつらが襲おうとしたんですね？」

と腕まくりして、「待っててください。今みんなすめにしてやりますから」

と足を踏み出した。何しろ体が大きいし、目は怒りに燃えているから、その迫力たるやキングコング並みである。男たちは慌てて、

「逃げろ！」

と散って行ってしまった。

「ふん、だらしのない連中だ」

と石津は鼻を鳴らして、「片山さん、もう大丈夫ですよ」

と得意気に言った。

「せっかくしゃべらせようとしてたのに……馬鹿！」

と片山は石津をにらみつけた。

4

「面白くないな」

——翌日、根本と片山から報告を受けた栗原警視は、しばらく考え込んでから、そう言った。

「小さな、忘れられたような村で、続けざまに三つの殺人か。——気に入らん」

「しかし、前の二つは解決済みです」

と根本が言うと、

「片山はそう思っていないようだぞ」

と栗原は片山を見て、「そうだな?」

と念を押した。

「いえ……それは、まあ……」

と片山が口ごもっていると、

「俺もそう思う」

と栗原が言った。「こうなったら、前の二つの事件についても見直す必要があるぞ。今度の一件は一応、前の二つとは無関係に見える。しかし、偶然、別の殺人が起こったと考えるのはどうも無理に思える。前の二つの件の結果として、今度の殺人が起こったという仮定で捜査を進めるんだ」

「分かりました」

と根本が肯いた。「では差し当たり——」

と言いかけたとき、栗原の机の電話が鳴った。

「待て。——ああ、栗原だ。——誰?——ふん、そうか。——よし、応接室へ通しておけ」

栗原は受話器を置くと、「下坂《しもさか》って奴が来ている」

「誰です？」

「不動産屋だ。例の村をごっそり買い占めようとしている奴さ。一緒に来い。面白そうだ」

栗原は楽しげに言って立ち上がった。

応接室に仏頂面《ぶっちょうづら》で座っていたのは、一見、商店のおやじ風の、頭の禿《は》げた五十がらみの男だった。

「下坂さんですな」

と栗原は言った。「ご用件を伺いましょうか」

下坂は、相手が三人も出て来たので、ちょっと気後れした様子だったが、一つ咳払いをして口を開いた。

「ええ……つまり、私どもは石沢常代さんが所有しておられた土地を一刻も早く買い取りたいのです」

「なるほど」

「ところが、肝心の常代さんは殺されてしまった。当然、息子の常夫さんが土地を受け継ぐものと思っていると、常夫さんまで殺される始末で。一体、これはどうなっとるんですか？」

「私どもも、それを知りたいので捜査しているんですがね」

「聞けば昨日またあそこで殺人があったとか。――そんな具合では土地の価値はどんどん下がっていきます。早く犯人を見つけていただきたい」

「その点は私どもも同感ですな」

栗原は軽く受け流して、「しかし、分かりませんね。なぜ犯人が捕まる必要があるんです？　土地の所有権を継いだ人間とすぐに交渉すればいいじゃありませんか」

「それがそうはいかんのです」

と下坂が渋い顔で、「土地は石沢常夫さんの未亡人と、もう一人の共同名義なのです」

「ほう。誰です？」

栗原の目が光った。

「石沢常代さんの姪で、刈谷立子という女性です」

片山はアングリと口を開けた。立子があの土地の……。

「その刈谷立子という女性が、交渉に応じる条件として、この事件が解決してから、と言って譲らないのです」

「つまり、犯人が見つからないと、交渉に応じないというわけですか。しかし、どういうわけで――」

「なんでも、片山とかいう刑事のためらしいです」

片山はキュッと口を閉じた。

「恋人なのか、婚約者なのか知りませんが、ともかく片山という奴が、事件を解決したら、土地の売買の相談に応ずる。それまでは電話にも出ない、と、こうなんです」

片山は栗原にジロリと見られて、首を縮めた。

「分かりました。極力努力するように、その片山刑事に伝えておきましょう」

「よろしくお願いします。あの土地は、今がチャンスなんですよ。時期を逃《のが》すと、ガクッと値が落ちます」

下坂は、立ち上がると、「どうでしょう、あそこへ建売り住宅ができたら、ひとつお買いになりませんか?」

とちゃっかり売り込みながら帰って行った。

「——おい、片山」

栗原は冷やかすような目で、片山を眺めながら言った。「お前、いつ、土地付きの娘を射止めたんだ?」

「と、とんでもないですよ」

片山は慌てて言った。「彼女とは……その、何でもないんです。本当です!」

「さては刑事稼業に見切りをつけたな」

と根本がからかった。

「そうか、お前からは辞表が出とったな」

と栗原が膝を叩いた。「あれはどこへやったかな?」

「課長……」

片山が唖然として、「前から何度もお訊きしたじゃないですか! それじゃあ、あれはまだ——」

「いや、確か捨ててはないはずだ。まあ、暮れの大掃除のときまで待っとれ。探してやるから」

片山は言葉もなかった。——応接室の電話が鳴って、近くにいた根本が受話器を取り上げた。

「はい。——ああ、いるよ」

と片山のほうへ受話器を差し出して、「お前だ」

「すみません」

と受け取った片山へ、根本はちょっとウインクして見せて、

「刈谷立子さんだとさ」

まずいところへかかってきたもんだと思ったが、仕方ない。

「片山です」

「あ、私、立子よ。昨日は遅くなったの?」

「え、ええ、まあ……」

「今日はこっちへ来る?」

「まだ猫屋敷にいるんですか?」

「ええ、そうよ」

「まあ、たぶん捜査で村へは行くと思いますが」

「よかった。ぜひ寄ってちょうだいね」

「それは仕事の都合次第で――」

「そこをなんとかしてちょうだい」

と一方的に言って、「じゃ、待ってるわね」

と切ってしまった。

「おい、片山、その刈谷立子って女、例の屋敷にいるのか?」

「そうです」

片山が事情を説明すると、栗原は肯いて、

「それは好都合だ。そこへ本部を置かせてもらえ」

と言い出した。

「しかし、課長――」

「いいじゃないか」

と根本が愉快そうに言った。「お前もフィアンセのそばにいられるしさ」

片山は諦めて、

「分かりました」

とため息とともに言った。――もてないくせに女難が降りかかるというのは、一体、どういうことなんだろう？

席へ戻ると、検死官の南田が退屈そうに待っていた。

「やあ、応接室で昼寝でもしていたのか？」

「口が悪いな、相変わらず」

と栗原は苦笑した。「何か分かったか？」

「大ニュースだ」

「ほう？」

「昨日殺された男だが」

「どうした？」

「今朝、目を覚まして家へ帰った」

栗原は渋い顔で南田をにらんだ。南田はクスクス笑って、

「俺だって冗談ぐらい言えるぜ」

「趣味の悪い冗談だぜ。――見ろ、片山なんか本気にして青くなってる」

「いえ、そんな……。ただ、どうも今度の事件は怪談じみているものですから」

「死因は何だ？」

「喉の傷さ」

「凶器は？」

「正確なところは分からん。鋭い歯か爪で引き裂かれたような傷だが、そう見せかけてあるだけかもしれん」

「まさか虎かライオンが出たわけでもあるまい」

「出たとすりゃ猫だな」

「何だと？」

「被害者の右手に、ごくわずかだが、こびりついてたものがある。——ほれ、お前さんの三毛猫が教えてくれたやつさ」

「何でした？」

「い、い、」

「またたびさ」


「——ふむ。厄介だな」

ニュータウンへ向かう車の中で、栗原は片山の話を聞いて苦々しい口調で愚痴《ぐち》った。

「何がです？」

と根本が訊いた。

「村人が猫に怯えているとか、被害者がまたたびを持っていたとか、傷口は動物にかみ切られたようだとか……。そんな話をマスコミが嗅ぎつけてみろ、たちまち化け猫騒ぎで大勢押しかけて来る。今のところは、強盗か個人的に恨みを持つ人間の犯行ってことにしておくんだ」

「分かりました。しかし、片山、その昨夜囲まれたという連中の顔は憶えてるのか？」

「ええ、もちろんです」

「そうか。お前にしちゃ珍しいな」

片山は咳払いをして、

「妹も見てますし……」

と付け加えた。——片山は内心迷っていた。まだ栗原にも話していないことがある。それは上野絹子が病院を抜け出していた件であった。

とても話せたものではない。絹子が、窓から抜け出して、猫みたいに四つん這いで歩き回ったらしいなんて言っても、笑われるだけだろう。そして、彼女が猫にとりつかれたように鳴いたこと……。

きっと軽いノイローゼか何かなのだ。栗原に話すほどのことではない。

そう言えば、晴美が石津と一緒に絹子を見舞いに行っているはずだが、どうしたかな……。

「絹子さん」

晴美が声をかけると、ぼんやり天井を見つめていた絹子は我に返ったように、

「あ、晴美さん」

と言った。「石津さんも」

「お邪魔するよ」

石津は精いっぱい愛想のいい笑顔で言うと、手にした花束を差し出した。

「まあ……ありがとう、石津さん」

「いや、晴美さんが買ったんだよ」

晴美がグイと石津の足を踏んづけた。「いてて……」

「どうしたの」

「なんでもないわよ。花びんはある？」

「ええ。そこに前の人が置いて行ったのが……」

と絹子は、小さな戸棚の上に置かれた古ぼけた花びんを指さした。

「じゃ、早速さしましょうね」

晴美は花びんを取り上げて、「ずいぶん汚れてるわ。洗って来てあげる」

「晴美さん……。親切にしてくださってありがとう」

「何を言ってるの。もうすぐ退院できるわよ」

「ええ。——でも、退院したら何をすればいいのか、分からなくて」

絹子は弱々しい声で言った。

「急ぐことないわ。ゆっくり考えるのよ」

「そうだよ」

と石津も励ますように、「僕らもすぐ近所にいるんだし」

と言った。晴美が聞きとがめて、

「僕らって誰のこと？」

「え？——いや、つまり、僕と、片山さんと……。まあ同じ東京都内ですからね」

「ずいぶん広いご近所ね」

と絹子も微笑んだ。

「そう。片山さんのアパートからだって、ジェット機ならすぐだ」

「むちゃ言ってるわ」

と晴美が笑った。

「——ずっと寝てたのに、妙なのよ。手足が痛いの。なんだか運動した後みたいに」

と絹子が何気ない様子で言うと、晴美と石津はチラリと視線を合わせた。

「ずっと寝てると体が痛くなるものよ」

と晴美が言うと、絹子は、

「そうかしら？　でも、手や膝をすりむいたみたいになってるのよ。どうしてか分からなくて……」

　と首をひねっている。

「そりゃそうだよ。窓から出入りすれば——」

　と言いかける石津を晴美は突っついて黙らせると、

「昨夜はよく眠れた？」

　と訊いた。

「それが……夢を見るの」

「夢？　——どんな夢？」

「昨日は、団地をさまよっている夢だったわ」

「元気になったから帰りたいのよ」

「でも……なんだか気味が悪いの。赤い猫が出て来て……目が緑色に光って」

「夢がカラーだなんていいねえ」

　と石津が場違いなことを言い出した。「僕なんかテレビが白黒のせいか、夢まで白黒だよ」

「受信料を払ってないんじゃないの？」

　と晴美が冷やかした。「——さ、ともかくお花を活《い》けて来るわ。石津さん、花びんを持って来てくれる？」

「はい」

「じゃ、絹子さん、すぐ戻るわね」

二人は病室を出た。

「石津さん、せっかく話を聞いているときに変なこと言わないでよ」

「すみません」

「でも、絹子さん、昨夜のことはまるで憶えていないのね。それだけは確かだわ」

「そうらしいですね。——あ、その先が給湯室ですよ」

「要するに夢遊病患者みたいなものなのね」

「でも、夢遊病ってのは、何かこう、ふらふら歩いてるって感じじゃありませんか。二階の窓から飛び降りて来るってのは……」

「それはそうね。でも、そういう人もいるのかもしれないわよ。調べてみないと」

晴美は流しに花を置いて、「花びんをここへ置いて。洗うから」

「はいはい」

と石津が花びんを置こうとして——ツルリと手が滑った。

「あ！」

と二人が同時に叫んだが、残念ながら落ちる物体を止める力はない。花びんは重力の法則に従って床まで一気に落下。ガン、という音とともに砕けた。

「あーあ」

「すみません、手が滑って……」

石津はすっかりしょげ返っている。

「仕方ないわよ。何かその辺で買って来ましょ。ともかく今は破片を片付けなきゃ」

「僕がやります！」

「じゃ、看護婦さんに言って、箒《ほうき》と塵取《ちりと》りを借りて来てちょうだい」

「分かりました」

石津が急いで出て行くと、晴美は、大きな破片だけでも拾っておこうと、かがみ込んだ。

——晴美の手が止まった。

花びんの中には水が入っていなかったが、口が広いせいか、丸形の剣山《けんざん》が入れてあった。

剣山は針の並んだ面を下にして落ちていたが……。

「まさか——」

晴美は思わず呟いて、そっと、剣山に手を触れると、針のほうを上に返してみた。


「昨夜の続きを聞かせてもらいましょう」

片山は、昨日バットや包丁を持って晴美とホームズを取り囲んだ連中の一人、山本《やまもと》という男を前にして言った。

「別に話すことなんか……」

「あんまり手間を取らせないでほしいですね」

と片山はちょっと凄《すご》んで見せた。大して迫力はないが、一応、刑事であるというのを相手も承知しているから、なんとか効《き》き目があったらしい。

「まあ……どうってことない話ですが……」

と渋々口を開いた。「確かにね、猫も以前は珍しくなかったですよ。猫屋敷のお婆さんが生きてる間はね」

「村の人間は猫を嫌いなのかな?」

「いいえ。あそこの猫は何しろ贅沢《ぜいたく》してましたからね、別にほかの家の魚を盗むでもなし、みんな、可愛がるってとこまでいかなくても、別に迷惑がっちゃいませんでした」

「それで?」

「ところが、例の不動産屋が土地を買いたいと言って来て……」

「下坂って男ですね」

「ええ、下坂さんです。気前のいい、話のよく分かる人でね」

大体、商売人ってのはそういうものだ。しかし、あの下坂がそうそう人がいいとは思えなかった。

「土地を買って、われわれには優先的に店舗や住宅を持たせてくれるという、願ってもない話だったんですよ。それを――」

「石沢常代さんは蹴った」

「ええ。しかも、その理由が、猫の居る所がなくなるからだってんです。私たちもさすがに頭へきましてね」

「なるほど、それで猫嫌いになったわけですね?」

「いや、別にそういうわけじゃないです。しかし……どうしても猫を見る目が変わってくる。そうでしょう? あいつらさえいなけりゃ、と思うのも無理ないでしょう」

片山は苦笑して、

「ちょっと単純すぎるような気もしますがね。ともかく、話を続けて」

「ええ。――子供たちが、親の話を耳にしたりするもんで、そのうち猫をいじめたりするようになったんです。見かけると石を投げたり、追い回したりね。以前なら地主さんの猫ですから、親も止めたでしょうが、事情が変わったので、見て見ぬふりで」

「そんなことすりゃ、ますます常代さんが意地になるだろうに」

「――そうなんです」

と山本という男は肯いた。「お婆さんも腹を立てて、絶対に土地は売らない、不動産屋にも会わない、と言い出したんで……」

「それから?」

「そして、お婆さんが殺されて……。まあ、私どもも複雑な気持ちでしたよ。土地のことじゃ手を焼いてたが、悪い人じゃなかったし、地代の払いが遅れても待ってくれたし……。亡くなって、悲しいようなホッとしたような……」

山本は、極力、石沢常代が死んで喜んだという印象を与えまいと気をつかっている様子だった。

「分かりますよ」

と片山が肯くと、安心したように続けた。

「息子の常夫さんはもともと土地を早く売るべきだといつも言ってましたから、母親の葬儀や何かが一段落したら、早速、不動産屋と交渉してくれるだろうとわれわれも期待していたんです。ところが……」

と言いかけて、山本はちょっと言葉を切り、ためらった。

「何です？」

「はあ。……お婆さんが死んで、一緒に猫も半分ぐらいは死にました。残りの猫は、まあ、野良猫になるかどうかするだろうと思っていたんです。ところが、葬儀が終わって、三日ほどたった晩から、猫の鳴き声が、村のあちこちで聞こえるようになったんです」

「不思議はないじゃありませんか。逃げてた猫が戻って来たんでしょう」

「最初はみんなそう思いました。餓死させるのも可哀相だというので、庭へ食べるものを出してておいてやったんです。しかし、翌日になっても、どれ一つとして口をつけていない。で、夜になると、またニャー、ニャーとあちこちで聞こえて来ます」

「警戒してるんじゃないですか、前にいじめられたから」

「それにしても、夜中に来て食べるぐらいのことはしそうなもんです。——それに、昼間は全く姿も見せないし、声もしないというのも妙でしょう。この近くにいるなら、一匹や二匹の姿を見てもよさそうなもんです」

「それはそうですね」

「で、夜中になると、またニャー……です。いい加減、気味が悪くなりましたよ。また、そんな気で聞くせいかもしれませんが、その鳴き声が、ただ腹を空かしてるとか、そんな声じゃなくて、なんとも恨めしそうな……」

と大の男が情けなさそうに言う。

「それで、猫の声に神経を尖らせているんですね？」

「そうなんです。——それに常夫さんは殺されるし、今度は村の堀口さんまで……」

そう言ってから、山本は探るような目で片山を見て、「堀口さんの傷は、猫にかみ切られたらしいって噂ですが、本当ですか？」

「誰がそんなことを？」

「みんなそう言ってますよ。——猫屋敷の猫のたたりだって」

「この現代にですか？」

「馬鹿らしいとは思いますが……怖いことはやっぱり怖いですよ」

「確かに堀口さんの傷が何でつけられたのかはまだ不明です。しかし、猫が人を襲って殺すなんて話は聞いたことがありませんね」

　そう言ってから、片山はふと思いついて、「堀口さんが特別に猫に恨まれるような理由があるんですか？」

　と訊いた。山本は慌てて目を伏せた。

　どうも隠しごとをしたり、嘘をついたりするのは苦手《にがて》なようだ。

「隠し立てはしないほうが賢明ですよ」

「はあ……」

　山本は諦めたように肯いて、「堀口さんは、選ばれてたんです」

「何に？」

「あのお婆さんを説得する役にです」

「なるほど。土地を売ってくれるように、ですね？」

「そうなんです。村のみんなで集まって相談しましてね。――誰が頼みに行くか、というわけです。あまり若い者や、比較的最近、村へ来た者は、お婆さんにあまり馴染《なじ》みがないので、どうしても古顔ばかりが選ばれることになって……」

「するると、堀口さん以外にも？」

「全部で、堀口さんを含めて十人が選ばれたんです。で、何度も足を運んで頼み込んだのですが……」

「無駄だったというわけですね」

「そうです」

「堀口さんがそのなかの代表だったわけですか？」

「選んだわけじゃありませんが、あの人はどことなく、そういうリーダーになる資質みたいなものがあって……。自然、そういう形になっていたようです」

「なるほど。それで猫の恨みを受けたというわけですか」

「まあ、話を聞けば馬鹿らしいとお思いになるでしょうが、やはりあまり気持ちのいいものではありませんよ」

「それは分かりますがね。——堀口さん以外の、九人は誰です？」

片山は山本のあげた名前を手帳へメモした。

「じゃ、今はこれで失礼します」

と片山は山本の家を出ようとして、振り返り、「ほかの方にもよく言っておいてください。猫を見ても、やたらにバットや包丁を振り回さないように、とね」

と念を押した。

いったん猫屋敷へ戻ることにする。栗原の図々しさに負けて、石沢牧子が、猫屋敷を捜査の仮本部にするのを承知したのである。

「あ、片山さん！　ちょうどよかったわ」

玄関で靴を脱いでいると、刈谷立子が出て来た。「晴美さんからお電話が入ってるの」

「そりゃどうも」

急いで上がり込み、電話へと走る。「――ああ、晴美か？」

「お兄さん？　そっちはどう？」

「まだ捜査を始めたばかりだ。上野絹子の様子は？」

「え、ええ……。元気そうよ」

「昨夜のことは？」

「何も憶えていないみたい」

「そうか。――実はその件をまだ課長へ話してないんだ」

「そう。でも、事件とは関係ないでしょう」

「そう願ってるがね。こっちはまだ犯人の目星はつかないよ。お前、勤めはどうするんだ？」

「これから行くわ。どうしても休めないの。石津さんが車でそっちへ行くから。ホームズも一緒よ」

「分かった。じゃ、今夜はたぶん遅くなると思う」

「ええ、分かってるわ」

電話を切ってから、片山はちょっと首をかしげた。晴美の話し方が、どうもいつになく重苦しくて、すっきりしない。何かが胸につかえてでもいるようだ。

「あいつのことだ。食べ過ぎかな……」

「片山さん」

と立子がやって来る。「お昼、まだでしょ?」

「そうだ。そういえば腹ぺこですよ」

「台所へ来て。お昼を作っといたわ」

「そりゃどうも。——課長たちは? もう済んだのかな?」

「ほかの方には、おそばを取ってあげたわ」

「そば?」

「ええ、ざるはもったいないから、もりそばをね。後で請求書を警視庁へ送るわ」

と立子は澄まして言った。

5

「すると、堀口って男を恨んでたのは、猫ぐらいだったというんだな？」

と栗原は言った。

「そのようです」

「馬鹿らしい！　猫を逮捕できるか？」

「猫の手じゃ手錠から抜けちまいますね」

と根本が笑いながら言った。

「しかし、全く猫が無関係とも言い切れません」

と片山は言った。「被害者の手には、またたびがついてたんですから」

「それが不思議だな」

と栗原も肯いた。「もし、石沢常代を殺したのが上野でなく、常夫を殺したのが林田でなかったら……」

「まさか、そんなことは――」

と根本が首を振って、「現に上野は自殺しているんですよ」

「殺されたとも考えられる」

栗原はあっさりと言った。すでに片付いてしまった事件について、こんなことを言うのは、滅多にない。片山と根本は驚いて顔を見合わせた。

「すると三人——いや四人が殺されたというわけですか？」

と根本が言った。

「考えてみろ、石沢常代も常夫も、まるで別々の動機で殺されている。しかし、犯人はどちらも自ら罪を認めるかのように一人は自殺して果て、もう一人は逃亡している。巧くできすぎていると思わんか」

あれ、と片山は思った。俺が課長に言ったの、そのままじゃないか。あのときは、まるで問題にもしなかったくせに。ずるいや！

「なるほど、そう言われてみれば……」

と根本は感心している。同じ意見も、言う人間が違うと、与える感銘の度合いに格段の差が出るらしい。

「おい、片山」

と栗原は片山を見て、「例の被害者の靴に挟《はさ》まっていたという玉砂利はどこのだか分かったのか？」

「いいえ。まだです」

「すぐに当たってみろ。ここからそう遠くはないはずだ」

「分かりました」

片山は、課長ったら、人の意見を自分の発見みたいに、いい気なもんだ、とブツブツ言いながら、玄関を出た。

そこへ石津がやって来るのが目に入って、片山は手を上げた。

「ちょうどよかった。片山さん、ホームズをお願いします」

と石津が後ろを指さした。ホームズが悠々とした足取りでついて来る。

「晴美は？」

「仕事に行かれました。電車のほうが早く着くからとおっしゃって。駅まで車でお送りしました」

「そうか。おい、石津、この辺に、玉砂利のあるところ、思い当たらないか？」

「ああ、昨夜の件ですね？　そうだなあ……」

「神社とか、公園とか……」

「この近くにはあまりありませんがね」

「あの老人が行ったとすれば、そう遠いはずはないからな」

「そうですね」

石津が腕組みをして考え込んでいると、ホームズがトコトコと玄関へ入って行った。

「ホームズ、勝手に入るなよ。断わってからにしろ」

と片山が無理なことを言っていると、ホームズが、婦人物のサンダルをくわえて出て来た。

「おい、犬じゃあるまいし、そんなもの持って来ちゃだめじゃないか！」

と片山はかがみ込むと、そのサンダルを手に取った。かかとに、玉砂利が挟まっていた。


「ええ、私のサンダルです」

石沢牧子が不思議そうに言った。

「このかかとに玉砂利が挟まってたんです。この辺にはないようですが、どこで挟まったか分かりますか？」

「ああ、それなら神社でしょう」

「神社？」

「ええ。このすぐ近くです」

片山は石津のほうをジロッとにらんだ。石津は頭をかいて、

「いや、神社があるとは知らなかったなあ」

と言った。

「団地の方はご存じないでしょうね」

と牧子は肯いて、「この先へ林の中の道を行くと、高いところにあるんです。石段があるからすぐ分かりますわ」

「村の人はよく行かれるんですか？」

「いいえ。もうほとんど行かないでしょう。小さな神社で、今は誰もいないんです」

「失礼ですが、そこへ何をしにいらしたんですか？」

「主人が亡くなった後、一人になりたくて、行ってみたのです。すぐに戻って来ましたけれど。——あの神社が何か？」

「いや、なんでもないんです」

片山は石津を引っ張って表へ出ると、「おい、その神社ってところへ行ってみよう」

と言った。

「それはいいですけど……」

「何だ？」

「僕は目黒署の刑事ですよ」

「おや、特に編入を許されたんじゃなかったか？」

林の中の道、といっても、それは踏み分け道に近い、狭い、くねくねと曲がった道で、片山のような方向音痴には、今どっちへ向かって歩いているのか分からなくなりそうだった。

しかし、確かにそう遠くはなく、五分ほどで、雑草のはびこる三十段ほどの石段の下へやって来た。

「ここか」

「こんなところに神社があるとはねえ」

と石津はしきりに感心している。

「何をやってるんだ。さ、上がってみよう」

「はい。エスカレーターがあればもっといいのに」

二人は石段を上がり始めた。ホームズがいとも軽快にさっさと二人を追い抜いて、たちまち上に着いてしまった。

「猫は身軽だな」

と片山が言うと、石津が応じて、

「僕も身軽です。独身ですから。——でも、不思議ですね。男は結婚しても身重とは言わない……」

——さびれきった神社だった。鳥居の色はもうすっかりはげ落ちて、ただの木の柵みたいだし、玉砂利がなければ奥の社《やしろ》も、掘立《ほった》て小屋に見えるところだ。

「さて、何を調べるんです?」

「それが分かってりゃ世話ないよ」

と片山の口ぐせである。「ホームズの鼻を頼ろうぜ」

と、ホームズが社の周囲を嗅ぎ回っているのを眺める。

ホームズは縁の下へと潜《もぐ》り込んで見えなくなったと思うと、少しして、何やら赤い棒きれのようなものをくわえて出て来た。

「何だ？」

駆け寄った片山は、ホームズが地面に落としたものを拾い上げた。「こいつは……」

「刷毛《はけ》ですね。ペンキを塗るやつじゃありませんか」

「そうだ。赤いペンキだな。すっかり乾いて固まってる」

片山ははっとした。「そうか！　赤い猫！　あれは……赤いペンキを塗られた猫なんだ！」

「じゃ、化け猫じゃないわけで？」

「決まってるじゃないか。誰かが、わざと赤い猫を仕立てたんだ。しかし、何のためなんだろう？」

片山は首をひねった。ホームズがニャーアと鳴いて、建物の床下のほうへと目を向けた。

「まだ何かあるんだな？——おい、石津」

と振り向くと、石津は慌てて、

「僕はだめです！」

と首を振った。

「どうしてだ？」

「この背広、まだ月賦《げっぷ》が終わってないんです！」

「何言ってるんだ。早く見て来い！」

「でも……僕は大きいですから、入りにくいですよ。片山さんはスマートだから――」

「おだてたってだめだ。お前が入るくらいの余裕は充分あるよ」

どうも互いに譲り合うというより押しつけ合っているのは、みっともいい光景ではない。

ホームズは呆れたように大欠伸をして、

「早くしろよ」

とは言わなかったが、ギャーオと、少しおどかすような声をあげた。

「じゃ、入りますよ……」

石津は渋々言って、「背広が破れたら、警視庁で弁償《べんしょう》してくださいね」

と未練がましく、床下へと這うようにして潜り込んで行った。

五分ぐらいたって出て来たときは、石津の頭は埃《ほこり》とクモの巣で真っ白。さながら浦島太郎のごとき有様だった。

「大丈夫か？」

「なんとか……ゴホン」

とむせて、「これで晴美さんに嫌われたら、恨みますよ」

「何だ、手に持っているのは？」

「これだけですよ、あったのは」

大きな金属の器だった。中には、魚の骨やら、残飯の類《たぐ》いが入っている。

「これはまだ古くないぞ。腐ってもいない」

と片山は匂いを嗅いで言った。

「片山さん、食べてみたら？」

石津が背広の埃をたたきながら言った。

「さっき昼を食べたばかりでね。――これはきっと猫の餌だ。しかも、かなりの量だからな、一匹や二匹じゃあるまい」

「すると、猫屋敷で生き残った猫たちがここに？」

「たぶんな」

石津は青くなって周囲を見回し、

「今は、ど、どこにいるんでしょう？」

「さあ、会社から帰らないんだろう」

と片山は真面目な顔で言った。「夜にきっと食べに来るんだ」

「なるほど」

「よし、ここを張ってみよう」

「猫が来るのを見張るんですか？」

「馬鹿、この餌をやりに来る人間を張るんだ！」

「ああ、なるほど」

と石津は納得《なつとく》して肯いた。

「この器を元どおりの場所へ置いておかないと怪しまれるな」

「そうですね」

と言ってから、石津はげんなりした表情になった。


「じゃ、お先に失礼します」

晴美はエレベーターに乗ると、勤め先の、新都心教養センターのある四十八階から、一階へと降りて行った。

仕事の処理が残ったので、そろそろ六時になるところだ。どこかで夕食を食べて帰ろう。片山からは、張り込みで今夜は帰らないという電話があった。ホームズも一緒である。晴美は少しぶらぶらと歩いてから、よく友達と入るスパゲッティの専門店へ入った。

いつもならスパゲッティをペロリと平らげ、ケーキも追加するところだが、今夜は食欲がなかった。――気が重いのである。

その原因は、晴美のバッグの中に入っている、ハンカチに包んだ丸い剣山だ。尖った針にこびりついた黒いものが血であることを晴美は疑っていなかった。相当な量であった。

堀口という男の喉の傷は、動物がかみ裂《さ》いたもののようだという。もしかしたら、あの剣山でつけた傷ではないのか。それとも、刃物で殺しておいて、後から剣山で傷口をめちゃくちゃにしたのかもしれない……。

その剣山が、上野絹子の病室の花びんの中にあった。それは何を意味しているのか？　犯人は絹子なのだろうか？

しかし、もし絹子がやったのなら、晴美が花びんを運んで行くのを平気で見ているだろうか？　花びんを壊したことも絹子は知っている。それなのに、別に慌てるでもなかった……。

二とおり考えられる。むろん一つは花びんへ剣山を入れたのが絹子でないということ、もう一つは絹子が自分で入れておきながら、全く記憶していないということである。

そのどちらなのか？

晴美はスパゲッティを食べていたが、まるで味は分からなかった。いつもふりかける粉チーズさえ忘れていた。

この剣山のことを兄に隠したのはなぜだろう、と晴美は自問した。とっさの、全くの衝動で、石津の目に触れないようにハンカチでくるみ、そして電話で片山に話すつもりが、ついに言わずじまいになってしまった。

それは、父親と婚約者を、二人ながら失った絹子への同情だったのかもしれない。晴美自身も、愛する男性が自殺する悲しみを味わっていたから……。

しかし、このまま隠しておいていいものでないことは、晴美も承知していた。真相は明らかにしなくてはならない。

晴美は腕時計を見た。そして、半分ほどしか食べていないスパゲッティを残して立ち上がった。今からなら、間に合うかもしれない。

電車とタクシーを乗り継いで、晴美が、病院へ着いたのは八時少し前だった。

例のやかましい看護婦にでも見られては困るので、病院の少し手前でタクシーを降り、急ぎ足で歩く。

昨日と同じように、建物のわきを回って、絹子の病室の窓が見えるところまで来た。——まだ窓は閉まっている。

どうだろう? 今夜も出て来るだろうか? 晴美は、近くの生垣《いけがき》の陰へそっと身を沈めた。絹子の病室の窓がよく見える位置だ。

看護婦が気をつけているので出てこられないのかもしれない。ともかく、もうしばらく待ってみよう、と晴美は思った。

——八時半、九時、と何事もなく過ぎた。

「待《ま》ち惚《ぼう》けかな」

と晴美は呟いた。いつまでもこうしていて、夜明かしするわけにもいかない。——よし、あと一時間粘って、何もなければ帰ろう、と決心する。辛抱強く待つのは父譲りの血統なのかもしれない。晴美より、むしろ兄のほうへ伝わればよかった血統である。

しかし、そう決めてから、十五分と待つ必要はなかった。ガタッという音を耳にして目を向けると、絹子の病室の窓が開けられるところだった。

晴美は緊張して頭を下げ、息を殺した。実際には充分離れているから、見られる心配はなかったが、それでも心臓が急に鼓動を速めた。

窓から、絹子の顔が覗いた。素早く左右へ目を向けて、窓のしきいを、ネグリジェ姿のままでまたいで、一階の窓のひさしへと降り立った。そして、晴美が思わず目を見張った身の軽さで、下の地面へ、ひらりと飛び降りたのだ。全くそれは――まるで猫を思わせる身のこなしだった。

あれはどう見ても、夢遊病患者ではない。――晴美はいっそう緊張した。

絹子は少しあたりの様子を窺《うかが》っていたが、やがて――今夜はスリッパをはいて――歩き出した。

晴美は充分に距離を取って、絹子の後を尾《つ》け始めた……。

「じゃ、行くか」

と片山は石津を促した。

「はあ。どこへですか?」

「何を言ってるんだ、例の神社じゃないか」

「あ、僕も行くんですか」

「当たり前だろ。ちゃんと課長にも断わってあるから心配するな」

「いえ、そんなことは心配しちゃいませんが……」

「じゃ、何だ？」

「猫がいっぱい集まって来るんじゃないですか？」

「そうかもしれないな。しかし、任務だぞ、諦めろよ」

「分かりました」

石津は深々とため息をついて、「ひと目、晴美さんに会ってから死にたい」

と呟いた。

片山と石津、それにホームズは、刈谷立子の作ってくれた夕食で満腹になり、猫屋敷の居間で一服していたのである。ホームズなどいい気持ちでスヤスヤと眠り込んでいた。

「おい、ホームズ、行くぞ」

と片山が指でチョイと突っつくと、ホームズは不機嫌そうな唸《うな》り声を上げて、フーッとかみつきそうにした。

「おい！　寝ぼけるなよ、俺だよ。仕事の時間だぜ」

と片山が慌てて手を引っ込めると、ホームズは大欠伸をして、やれやれという様子で起き上がり、前肢をいっぱいにのばして、ウーンと伸びをした。

立子が顔を出して、

「片山さん、コーヒーでもどう？」

と訊いた。

「いや、もうすっかり遅くなっちゃった。出かけないと」

「あら、もう行くの？」

と不服そうだ。

「仕事ですからね」

「じゃ、ちょっと待ってて」

と姿を消すと、すぐに何やら大きな紙袋をさげて現われた。「——はい、これ」

「何です？」

「夜食」

「夜食？」

「徹夜じゃお腹空くでしょ。ほら、このポットがお味噌汁、この三段のがお弁当。上二段がおかずで、下がご飯ね。こっちの小さい箱がフルーツ。このポットがお茶」

「はあ……」

「じゃ、気をつけてね」

「どうも……」

玄関を出ると、立子が、

「行ってらっしゃい」

と手を振ってくれる。石津が歩きながら言った。

「片山さん」

「ん？」

「ハイキングに行くみたいですね」

「全くだ。——おい、お前持ってくれ、重くてかなわないよ」

「いいですよ。その代わり半分ずつにしましょう」

「張り込み中に、そんなに食ってばかりいられるか！」

「でも、彼女の親切を無視しちゃ悪いですよ」

「大体、夕飯だって食べすぎだ」

「そうですか？　僕はちょうどよかったけどな」

「満腹になると眠くなる。張り込みのときは、少し腹が空いてるくらいがいいんだ」

「なるほど」

と石津が肯いた。「でも、ご心配なく。もう一時間もすりゃ、またお腹が空いてきます」

片山は目を丸くして石津を見た。

——静かだった。片山の手にした懐中電灯の光だけが、林の中の暗闇に踊って、二人の足音——ホームズはほとんど足音をたてないので——が、静寂へと刻み込まれていく。

「さあ、着いたぞ」

片山は石段へと明かりを向けた。石津がキャッと飛び上がる。猫が一匹、石段に寝そべっていたのだ。光を向けられると、迷惑そうに顔を上げ、素早く姿を消してしまった。

「ああ、びっくりした」

「しっかりしろよ。そんな大声出したら、誰か来たって逃げちまうぞ」

「すみません」

「さ、上がろう」

上には猫の姿はなかった。それとも足音を聞きつけて逃げてしまったのかもしれない。

「さて、じゃ、その辺の茂みにでも隠れよう」

「猫、いませんかね?」

「知らないよ。ホームズ、どうだい?」

ホームズは、珍しくいやな顔もせずに、茂みの中へゴソゴソと入り込んで行くと、少しして顔を出し、

「大丈夫だよ」

とでも言うように、ニャンと短く鳴いた。

「よし、大丈夫らしい。さて、入ろう」

「お風呂みたいですね」

二人は茂みを分けて中へ入って行った。

「さて、何が出るかな……」

「猫以外なら何でも歓迎です」

と石津は言った。「今、何時ですか？」

「お前、時計持ってないのか？」

「持ってるんですが、壊れていて」

「ちゃんと直しとけよ。――今、九時少し過ぎだ」

風もなく、あたりは咳払い一つでも響き渡るような静かさだった。

――そのころ、病院の窓から、上野絹子が抜け出していた。

第四章　美人猫

1

晴美とてマラソンの選手ではないが、といって、決して運動能力に関しては同世代の中で劣るほうではなかった。しかし、その晴美にしてからが、上野絹子を見失わないようについて行くのは容易なことではなかったのである。

夜、それも暗い林や木立ちの合間の道を尾行するというのは、むろん難事ではあるのだが、それにしても絹子の足取りの速さは驚くばかりだった。晴美も息を切らしつつ、何とか尾行を続けていた。

あの絹子が、こんなに敏捷《びんしょう》で身軽だとは全く意外と言うほかはない。決然としたその様子は、あの穏やかで控え目な印象とは、到底一致しないものだった。

「裏に何かあるんだわ」

晴美は追跡の足取りを緩めずに呟いた。

一体、絹子がどこへ向かっているのか、晴美には見当もつかなかった。ともかく、団地を避けて、まだ開発されていない、その周縁《しゅうえん》の雑木林を抜けているらしいことは察しがついたが、何しろ道はくねくねと曲がって、どの方向へ向いているのか、兄と違って方向音痴ではないが、やはり分からない。

わずかに木の枝の間を洩れ入る月明かりだけが頼りだから、一瞬も目を離すことができない。晴美は一心に絹子の後をついて行った。そして――ふっと絹子の姿が消えてしまった。

晴美は急いで木立ちの間の細い道を進んで行った。誰もいない。息を弾ませながら、足を止め、じっと耳を澄ましてみたが、かすかな足音一つ聞こえてはこなかった。

どこへ行ったのだろう？　晴美は周囲を見回したが、何しろ夜の暗がりの中である。全く見通しはきかない。

せっかくここまで追って来たのに……。残念だったが、諦めるほかはなさそうだ。それとも、この道をこのまま行ってみようか？

どこへ出るのか分からなかったが、別にアマゾンのジャングルというわけではなし、まさか迷子《まいご》になることもあるまい。晴美はそう考えて、足を進めた。

突然、足が空中に踏み出していた。

「あ――」

悲鳴にもならない。晴美は暗い穴の中へと落ちて行った。

「——片山さん」

石津が低い声で言った。

「何だ？」

片山は、じっと夜の静寂《せいじやく》の中に、何かの気配を感じ取ろうと、注意力を集中させていた。

「何か聞こえたのか？」

「いえ、そうじゃありませんが……」

「じゃ何だ？」

「弁当が冷《さ》めますよ」

片山は石津をにらんだ。

「花見に来たわけじゃないんだぞ」

「それは分かってますが……せっかく作ってくれたのに悪いでしょう」

「いいか、この弁当は俺に作ってくれたんだ。食べたくなったら食べる！」

「はあ」

石津は、まだ思い切れない様子だ。

やがて九時半になろうとしていた。人気のない神社には、相変わらず人っ子一人、猫の子

一四、姿を現わさない。——もちろん、張り込みというものは、三十分や一時間で諦めるというものではないから、いくら刑事に不向きな片山でも、まだまだ頑張りはきく。
「何か来ますかね？」

と石津が言った。

「それが分からないから、張り込んでるんだろ」

「それもそうですね」

二人は沈黙した。——風が起こって、木々の枝がざわついた。

「か、片山さん」

石津の声は、やや震《ふる》えていた。

「何だよ」

「お、お化けが出たらどうしましょう？」

「そんな季節じゃないだろ。今は春だぞ」

「でも——最近は果物や野菜も温室栽培《さいばい》で一年じゅう出回ってますよ」

「お化けと野菜を一緒にする奴があるか！」

片山だって、そんなことを言いながら、正直、いい気持ちではないのである。しかし、先輩としてのプライドが、辛うじて平然たる様子を保たせているのだった。

「ニャン」

とホームズが短く鳴いた。「シッ！　静かに」という感じである。

「おい、ホームズが何か聞きつけたらしいぞ！」

片山は押し殺した声でそう言って、茂みの陰でじっと身を低くしながら、息をつめて、耳を澄ました。

「——足音だ」

「誰か石段を……」

「うん」

石段を上って来る足音があった。——石津が囁《ささや》くように言った。

「足があるなら、お化けじゃありませんね」

別に、人目を忍ぶという足音ではない。タッ、タッとごく当たり前の調子で上って来る。

急いでいるのでもなさそうだ。その当たり前の調子が、かえって薄気味悪い。

月明かりが、ちょうど石段を上り切った人影を浮き上がらせた。

「あれ？……」

石津が思わず呟くように、「誰でしょう？　どこかで見たような……」

若い娘だった。ジーパンにセーターというラフなスタイル。確かに、片山も何となく見たことのある顔だった。しかしどうにも思い出せない。

「どうします？」

と石津が低い声で訊いた。

「様子を見ていよう」

「そうですね——誰だったかなあ。晴美さんじゃないですね」

「当たり前だろ」

その若い娘は、何やら大きなビニール袋を抱えていた。神社の前で袋を地面に降ろすと、ポケットからネッカチーフを取り出し、頭にかぶる。そして布の手袋をはめた。

「大掃除でもやるんですかね」

石津の言葉に、片山はただ黙って首を振った。どこかで見た顔だが……どうしても思い出せない。——見ていると、娘はビニール袋を手に、床下へと潜り込んで行った。

「猫の餌をやりに行くんですね」

「そうらしいな。埃《ほこり》になってもいいように、ちゃんと仕度して来てるんだ」

「あの袋の中は——」

「残り物か何かだろう」

「それにしちゃ多いですね。あんなに出るなんて食堂か何かでもなきゃ——」

「そうか！」

片山はハッとして、「思い出したぞ。あの女の子——ほら、郊外レストランで猫のことを訊いたウエイトレスだ」

「ああ、そう言えば」

「思い出したか？」

「いいえ」

――ほどなく、娘は床下から這い出して来て、フウッと息をつくと、ネッカチーフと手袋を取って、膝や腕の埃を払った。それから、玉砂利を踏んで、片山たちが隠れているのとは反対側の茂みのほうへと歩いて行くと、そこにあった大きな石の陰へかがみ込んだ。

「何してるんでしょ？」

「俺に分かるわけないだろ」

娘は、すぐに立ち上がったが、不審気《ふしんげ》な顔つきで、周囲を見回し、それから腕時計を見た。

そして、ヒョイと肩をすくめると、石段のほうへと戻りかける。そこへ、ホームズが茂みから飛び出して、娘の行く手を遮るように、ピタリと身構えた。

「キャッ！」

突然のことで、娘は短く悲鳴を上げたが、すぐに胸を撫でおろし、「びっくりさせないでよ。――食べる物は床下に置いて来たわよ。でも、今日はお金が置いてないけど……」

片山は立ち上がって、

「誰に頼まれたんだ？」

と声をかけた。娘が今度こそ、

「キャッ！」

と悲鳴を上げて飛び上がった。

片山と石津は警察手帳を見せた。

「君はあの郊外レストランのウエイトレスだね？」

「そ、そうです」

娘はまだ手を胸に当てたまま言った。

「猫たちに餌をやりに来てるのかい？」

「ええ……。いけませんか？」

「いや、悪くはないけど。——一体どうしてここまで残り物を運んで来たりしてるんだね？」

「頼まれたんです」

「頼まれた？　誰に？」

「分かりません」

「初めから話してくれないか」

「別に——大した話じゃないんです。一週間ぐらい前かな、私、夜、九時までの勤務で、帰り仕度をして店の裏から出たら、どこかの猫が三匹、お腹を空かしたみたいにうろついてたんです」

「飼い猫らしかった？」

「ええ。野良猫なら人の顔を見たら逃げますけど、甘えるような声を出して、すり寄って来るんです。私も前に猫を飼ってたことがあるし、好きなもんで、放っておけなくて、調理場から残り物を持って来て食べさせてやったんです。夢中になって平らげてましたっけ」

「それで？」

「その日はそれで帰ったんです。そうしたら次の日に、お店に電話がかかってきたんですの」

「誰から？」

「分かりません。私を名指しで呼んで——あ、私、笹村史子《ささむらふみこ》と言います」

「あ、そう」

片山は慌ててメモを取った。名前も訊かないとは何とも怠慢《たいまん》である。

「で、君を名指しで呼んで——」

「若い女の声でした。『昨晩は猫たちに食べ物をくださってありがとう』と言うんです。面倒なこととは思うけど、ほかにもお腹を空かしてる猫たちがいるので、この神社の床下に毎晩餌を置いてやってくれないか、って」

「で、君はどう答えたんだ？」

「いくら何でも、私、そんなことまでできません、と断わろうとしました。そしたら、『お礼は毎晩、玉砂利の道のわきの石の陰に置いておくから』って……。一回に一万円くれるっていうんです」

「猫に餌をやって一万円？」

「凄いなあ」

と聞いていた石津がため息をついた。「僕が代わりたい」

「で、私……あんまり気は進まなかったけど、一日一万円なんて、そう簡単に稼《かせ》げないでしょ。それに、残飯を持って行けばいいんだから、元手もいらないし……。あの、私、何か悪いことしたんでしょうか？」

と不安げに片山を見上げる。

「いや、そんなことはないよ」

レストランのウエイトレスといえば、かなりの肉体労働である。やっとの思いで稼ぐ給料よりずっといい金を払ってくれると言われれば、飛びつくのも無理からぬことだ。別に法律に触れることをしていたわけでもない。

「で、結局、その電話の相手は名乗らずじまいだったんだね？」

「そうです。電話で話したのも、その時だけで、この場所を詳しく聞いて……」

「約束の金はちゃんと？」

「ええ――昨日まではね。でも、今夜は置いてないんです」

「今夜だけ？」

「ええ、初めてですわ」

「時間が早いとか、そんなことはないのかい？」

「いいえ、いつもより遅いくらいなんですが」

すると、その奇妙な猫の〈代理人〉は、今夜に限って金を置きに来なかったわけだ。それとも、片山たちが見張っているのに気付いて、引き返してしまったのだろうか？

「か、か、片山さん……」

石津が震え声を出した。

「どうした？」

「猫が……」

と指さすほうを見ると、なるほど、四、五匹の猫が、片山たちのほうを、ちょっと警戒するように眺めて、床下へと潜り込んで行った。

「そろそろ集会の時刻なんだ」

と片山は言った。「猫は大体、その地域で集会のようなものを開く習性がある。時計もないのに、不思議と同じころに同じ場所へやって来るんだな。きっと前から、ここが例の猫屋敷の猫たちの集合場所だったんだろう」

「猫屋敷って、あの……」

たっていう……」

と笹村史子が、目を見張って、「人殺しがあった所ですか？　猫がいっぱい一緒に殺され

「そうだよ。このすぐ近くだ。あの猫たちはたぶん、その生き残りだ」

「そんなこと——知らなかったわ！」

と青くなって、「もう二度と来ません！」

と震えている。

「大丈夫だよ。猫は人殺しなんかしない。人間のほうが、よほど怖い動物さ」

と片山は微笑んだ。

「私……失礼します」

と言うなり、笹村史子は石段を駆けおりて、行ってしまった。

「怯えさせちゃったらしいな」

「こっちも怯えてるんですが……」

石津が冷や汗を拭いながら、言った。「もう引き揚げませんか？」

「そうはいかない。その電話の女が、遅れて金を持って来るかもしれないぞ」

「そ、そうでしょうか？」

「もう少し待ってみよう」

「はあ……」

石津は今にも泣き出しそうな顔で肯いた。――見ていると、新たな猫が二匹、三匹と床下へ入って行く。

「夕食会ですかね」

「そんなところだ」

「何をしゃべってんでしょう？」

「知るもんか」

片山はふと思い出して、「そうだ。俺たちも夜食にするか？」

「そうですね」

石津の顔に生気がよみがえった。

「俺はそんなに食べられないけど」

「ご心配なく。僕がついています」

「急に元気になったな。現金な奴だ」

と片山は苦笑した。「じゃ、さっきの場所へ戻ろう」

と茂みのほうへ歩いて行く。――と、急に茂みから、二、三匹の猫が飛び出した。

「ワッ！」

と石津が飛び上がる。「こんな所にもいたのか」

「おい……」

と茂みの奥を覗き込んで、片山が言った。

「やられた！」

立子が作ってくれた弁当は無残に食い散らされて、味噌汁がぶちまけられ、惨憺《さんたん》たる有様だった。


「あら、お帰りなさい」

と立子が玄関を開けて言った。「お疲れさま」

「どうも」

片山と石津は玄関を入ると、ぐったりと座り込んだ。ホームズだけは元気にヒョイと部屋へ上がって行く。

「もう十二時過ぎよ」

「刑事って商売は二十四時間勤務でしてね」

「で、何か成果はあって？」

「ないこともない、って程度ですね。課長たちはもう……？」

「根本って刑事さんが残ってるわ。もう寝ちゃったけど。何しろ広いから、部屋はいくらでもあるもの」

「そうですか。じゃ起こすのも気の毒だな」

「私の作ったお弁当、食べてくれた？」

訊かれて、片山と石津はチラリと視線を交わした。まさか猫がおいしかったと言ってました、なんて言うわけにもいかない。

「ええ、とてもおいしかったですよ。石津と二人で食べたんです。なあ、石津？」

「ええ、そりゃもう旨かったですよ！」

例によって、石津はオーバーに声をはり上げる。「特に、あのトンカツなんか、何とも言えない味だったなあ」

立子が不思議そうに、

「私、トンカツなんて入れたかしら？」

と首をかしげる。片山は慌てて、

「おい、石津、もう帰ってもいいぞ。ご苦労さん」

と肩を叩いた。

「はあ、どうも――片山さんはどうするんです？」

「うん、お前、車が置いてあったんだな？」

「団地のほうの道路に停めてあります」

「じゃ、駅まで送ってくれないか」

「いいですとも」

二人のやりとりを聞いていた立子が、

「あら、片山さんは、ここに泊まって行くからいいのよ」

と口を挟んだ。

「ここに？　しかし、そういうわけにも……」

「もう終電は終わってるもの。駅に行ったって、むだよ」

「じゃタクシーでも――」

「いくらかかると思ってるの？　もったいないわ！　ここなら宿泊料ただよ」

「しかし……晴美の奴が心配するから……」

「子供じゃあるまいし。電話一本入れておけば済むじゃないの。ね？」

「そりゃまあ……そうだけど……」

「じゃ、石津さんはご苦労様。気を付けて帰ってね」

と立子は玄関から石津をぐいぐい押し出しながら、「この辺はまだ狸が出るそうだから、化かされないように気を付けて」

と真面目な顔で付け加え、はい、さよなら、と玄関をピシャリと閉めてしまった。

「さあ、これで二人になったわ！」

と立子は楽しげに微笑んで、「お風呂、沸いてるわよ。入ってはいかが？」

「ど、どうも……」

片山は何だかわけの分からないうちに上がり込んで、廊下を引っ張って行かれた。

「ここが浴室——広いのよ、古い家だから。ちょっとした温泉気分でしょ」

「温泉もいいけど、晴美の奴に電話しないと」

「あ、そうね。じゃ廊下の電話を使って」

「それじゃ——」

「湯上がりに冷たいビールでもいかが？」

「僕は、からきしアルコールはだめなんです」

「あ、そうだっけ。じゃ冷たいミルク？」

「ホームズじゃあるまいし」

と片山は苦笑して言った。

廊下の電話でアパートにかけてみたが、一向に誰も出ない。

「変だな……」

「出ないの？」

「こんなに遅くなることはないはずだけど……」

「妹さんだって年ごろよ。きっとどこかお友達の所にでも泊まってるのよ」

まあ、晴美も、片山が朝帰りとか泊まり込みとか分かっているときには、たまに女友達の所へ泊まって来ることがある。しかし、そういうときは、一応必ず片山へ何とか連絡をして来るのが普通であった。その辺は父の躾《しつけ》が厳しかったせいでもあるだろう。

「大丈夫よ。何なら、また後でかけてみたら?」

「そうします——でも、本当に僕が泊まっていっても構わないんですか?」

「当たり前じゃないの」

立子は、ちょっと色っぽい目になって、片山の前に両腕を回し、「ぐっすり眠れること、請《う》け合いよ」

それはいささか怪しいな、と片山は、にわかに高鳴ってきた鼓動に耳を傾けながら思った。

2

晴美はざらつくような舌の感覚と、ひじの痛みで、意識を取り戻した。

奇妙なことだったが、自分が穴らしいものに落ちて気を失ったのだということは、すぐに思い出せた。——それでいて、何も見えないことが不思議で、まだ私、気絶しているのかしら、と思ってみる。

そうか。穴の中、しかも夜なのだから、何も見えないのは当たり前だ。そう思い付くと、かえってホッと落ち着く。落ちた拍子に口の中に土が入ったらしい。袖を舌でなめて、舌についた土を拭った。

こういうときにも冷静でいられるというのは、晴美がこれまでも何度か生命の危険にさらされた経験を持っているからだろう。

まず、どの程度のけがをしているのか、調べなくてはならない。――恐る恐る体を動かしてみる。別に大きな傷や骨折はないようだ。手やひじ、膝はすりむいていたが、それは仕方がない。額も少し切ったらしく、ずきずきと痛んだ。

「美貌《びぼう》が台無しね」

と呟いてみる――自分を元気づける冗談というところだ。

まず、けがはたいしたことはない。それでは、次はここがどれくらいの深さの穴なのか、ということである。だが、それを知るには、頭上は暗すぎた。穴の縁《ふち》らしきものが、浮き上がって見えないのだ。

どれくらいの間、気を失っていたのだろう？　腕時計を探ってみると、ガラスが割れて、針が飛んでなくなっているのが分かった。これでは時間の知りようもない。

病院で、絹子の出て来るのを待っていたのは九時ごろのことだから、絹子をここまで尾行し、穴へ落ちたのは九時半か、少し過ぎぐらいということになる。それから……何時間たったのか？　一時間？　二時間？

正確に知るすべはないが、まず三時間以上ということはないだろう、と晴美は得意の直感で考えた。すると、まだやっと十二時前後ということになる。――外が明るくなるのは五時ごろだろう。

それまでは、この暗い穴の中でじっとしていなくてはならない。晴美は肩をすくめた。

――ま、こうなったら、じたばたしても始まらないのだ。度胸を決めて、地面に腰を降ろし、膝をかかえこむようにした。

――でも、一体、この穴は何だろうか？　自然の穴ではない。はっきりはしないが、ずいぶん大きな穴だという気がする。下の地面が何か掘り返した跡のように柔らかく、平らになっているのを見ても、誰かが掘ったものに違いない。

しかし、誰が？　何のために、こんな雑木林の中に穴を掘ったのか？――罠《わな》か何かにしては妙である。こんな大きな穴に落とさなくてはならないような動物など、この辺にはいないはずだ。人間を除いて、の話だが……。

晴美を目当てに作られたものではない。今夜、絹子を尾行して来たのは、急に思い立ってのことなのだから。すると――。

そのとき、何かが闇の中で動いた。晴美はその気配《けはい》を感じて、一瞬心臓が停まるかと思うほど驚いた。突然のショックで、身動きもならない。

じっと暗がりの奥へ目をこらすと、少し目が馴れてきたせいもあるのか、何か、盛り上がった物の形がかすかに判別できる。そして、低い呻《うめ》き声がした。女の声だ。

「――絹子さん！」

晴美は思わず言った。絹子が急に見えなくなったのは、この穴へ落ちたからだったのだ。

「絹子さん。──晴美よ。大丈夫？」

と声をかけてみるが、返事はなかった。

「絹子さん」

と晴美は手探りで、声のしたほうへと進んで行った。やがて手が柔らかい布に触れる。倒れている体の輪郭《りんかく》をつかむと、そっと顔のほうへとかがみ込んでみた。

短く、喘《あえ》ぐような息づかい。

「絹子さん！」

と呼びかけてみるが、答えはなかった。そして苦しげな呻き声──どこかひどく打ったか、けが、をしているのだろう。

「困ったわ……」

晴美は頭上を見上げて呟いた。相変わらずの暗闇が頭上を包んでいる。

「助けて！　──誰か！」

無駄とは思ったが、精いっぱいの声をはり上げてみる。「誰か！　──聞こえないの！」

静寂。ただ、かすかな虫の音《ね》だけが耳に届いてくる。

晴美は立ち上がると、こわごわ、手を伸ばしてみた。ざらざらした土の壁に触れる。それを辿《たど》って、ゆっくりと穴を一周してみた。その丸みや、わずかながら、闇の中に浮かび上がる穴の底の様子から、穴の直径はせいぜい三メートルぐらいのものらしいと見当がつく。しかし、肝心の深さのほうはさっぱり分からない。落ちたときの感じから言って、かなりの深さと思えるのだが、運が良かったとはいえ、自分が骨折もしていないのは、実際にそれほどの深さではないのかもしれない。

自分一人なら、明るくなるまで待つのだが、絹子が負傷しているらしいとなると、そう呑気にはしていられない。晴美は、馬鹿げているとは思ったが、腰を落とし、エイッと声をかけて、力いっぱい飛び上がってみた。——むろん、精いっぱい伸ばした手は、空しく土の壁を引っかいただけだった。

バラバラと土砂が落ちる音がして、やがて止《や》んだ。土はかなり柔らかい感じだ。よじ登ろうとしても土が崩れて来るだけだろう。

晴美は肩で息をついた。苦しんでいる絹子には気の毒だが、朝を待つほかはなさそうだ。手探りで、相変わらず低い呻き声を上げている絹子を見付けると、その傍《かたわ》らへ座り込む。

「こういうときに助けに来てくれたら、石津さんと結婚しちゃうんだけどなあ……」

と呟く。

そのとき、ザザッと音がして、土砂が落ちて来た。はっと身をすくめる。細かい土や石が足に当たった——手を伸ばしてみると、思ったより多くの土砂が小さな山になっている。

この土は崩れやすいのだ。

晴美は一瞬ゾッとした——まさか、ここで生き埋《う》めになるなんてこと、ないでしょうね！

「いくらスマートになりたいって言っても、ミイラは行き過ぎよ！」

と情けない声で呟いた。


片山は、大きな木の湯船《ゆぶね》に浸《ひた》って、ゆっくりと手足を伸ばした。

「大きな風呂ってのはいいもんだな」

——アパートの、手足を縮めないと納まらないホウロウ浴槽に慣れているせいか、この昔風の風呂が、いやに大きく感じられる。こんな呑気なことをしてていいのかな、と考えつつ、つい鼻歌の一つも出る気分で……。

「ああ、いいお湯だ」

と目を閉じて、いい気持ちで浸っていると、風呂場の戸がガラリと開いて、

「湯加減はどう？」

と立子が顔を出した。片山は仰天《ぎょうてん》して、

「び、びっくりするじゃないですか！」

と慌てて湯船の端から目だけ出した格好になる。立子がいたずらっぽく笑って、

「いいお湯？」

「ええ、大変に結構で——」

「じゃ、一緒に入ろうかな、私も」

「も、もう出るところですから！」

驚いて片山がそう言うと、立子は笑って、

「冗談よ。どうぞごゆっくり」

と戸を閉めた。片山はフウッと息をついて、

「びっくりさせるよ、全く！」

——湯船から出て、体を洗いながら、あれで、俺が「どうぞ」と言ったら、彼女入って来たかな、と考えた。

入って来るかもしれない。何しろ今の女性にとって、男と寝るなんてことはテレビでも見るようなもので——いや、風呂へ入るのと、寝るのは違うが、それにしても……。

立子というのも不思議な娘である。そもそも、あの寝台車での出会いからして謎《なぞ》めいていたし、殺人が起ると偶然《ぐうぜん》そこへ現われて、片山と結婚するなどと言い出す。どう考えたって、まともではない。

そう言えば、あのとき、ホテルのレストランで、彼女は何を頼んで来たのだろう？　聞き損《そこ》なってそれきりになっているが、今夜あたり、折角のチャンスだ。確かめてみるかな……。

少々のぼせるほどの長風呂からやっと上がって、片山は、立子が出しておいてくれた浴衣《ゆかた》を着た。服が置いてないのだから仕方ない。

「これじゃ、まるっきり旅館だな」

と苦笑する。

「あら、上がったの？」

と立子がやって来た。「湯上がりに冷たいビールでも、って言いたいところだけど、あなたは飲めないのよね。じゃ冷たいジュースでもいかが？」

「いやもう本当に――」

「こちらへどうぞ」

と、立子は先に立って行く。仕方なく、片山もついて行った。

廊下を回って、かなり奥まった部屋である。入って片山は目を丸くした。十畳ほどの広い和室に、布団が二組、ぴったりとくっつけて敷いてある。そして傍らにはビールとジュースの仕度……。

「こ、こんな広い部屋でなくてもいいのに」

と片山は口ごもった。

「あら、いいのよ。どうせ部屋は余ってるんだもの。さあ、一杯飲みましょ。私はビール、あなたはジュースね」

と、さっさと栓《せん》を抜いてコップへ注ぐ。

「布団は一つでもいいですよ」

と片山は言った。

「あら、でも窮屈《きゆうくつ》じゃない？」

と立子がにっこり笑いかける。

「いや、いつもそうですから」

「いつも？」

「ホームズは座布団か何かで寝ますから」

立子はきっと片山をにらんだ。

「ホームズじゃなくて私が寝るのよ！」

片山とて、それが分からないほど鈍《にぶ》くはないのだが、ここはとぼけて怒らせるに限ると心を決めたのである。

「ああ、なるほど。でも僕は寝相《ねぞう》が悪いから蹴飛《けと》ばすかもしれませんよ。できれば布団は十メートルは離したほうが……」

「私はかみつくかもしれないわ」

と立子がにじり寄って来る。

「僕は——骨っぽくてまずいですよ」

と片山が慌てて後へ退《さ》がる。

「そんなの、食べてみなきゃ分からないでしょ」

「し、しかし、小骨が多いですから」

「じゃ、あなたが私を食べてみたら？」

とぴったりと寄り添って来る。片山は卒倒《そっとう》寸前だった。

「僕は……菜食主義で……」

「出家してる刑事さんなんて聞いたことがないわ」

立子の囁くような声が耳元で……夢なら早くさめてくれ、と片山は祈った。普通の男なら、さめないでくれ、と祈るところである。

「ホ、ホームズはどこにいるのかな？」

「気を利かして眠ってるわよ」

そう言うなり、立子の唇が片山の唇に押しつけられた。思わず片山が身を引こうとすると、そのまま立子がのしかかって来て、二人は畳の上に折り重なった。

どうなってるんだ、畜生！ ——片山は、目の回りそうな思いで考えた。〈これは夢だ。俺は狸か狐に欺《だま》されてるんだ。いや、猫かもしれない。ともかく現実じゃないんだ。この唇の柔らかさ、押しつけて来る胸の膨らみ……みんな錯覚《さっかく》なんだ〉

〈錯覚だっていいじゃないか〉

という声も一方から聞こえる。〈今、この快楽を味わえば。誰も文句なんか言いやしない。大体、女性のほうから言い寄って来るのを拒《こば》むのは、かえって女性を傷つけるぞ〉

〈それは男の勝手な言い分だ。きっと後悔《こうかい》すると分かっていることを――〉

〈自信を持て！　向こうはお前に惚《ほ》れてるんだぞ〉

〈そんなはずはない！　これにはきっと何か下心があるんだ〉

〈あったっていいじゃないか。それはそれ、お楽しみはお楽しみだ〉

〈いや、刑事が、担当事件の関係者とこういう仲になっては公正な捜査に差し支える〉

〈そんなことばっかり言ってるから、お前はもてないんだ〉

〈もてるとかもてないという問題じゃない。これは職業意識の問題で――〉

心の中の音声多重放送は続いていたが、立子のほうはもうすっかり片山を抱きしめて、布団へ引きずって行こうというところ。

「――ねえ、せっかく布団を敷いたのに、畳の上で寝ることないわ」

やっと唇を解放されて、片山は、

「そうですね。じゃ、おやすみなさい」

「今夜は二人の夜よ」

立子の唇がぐいと片山の言葉を封じる。一瞬、これは相手をキスで窒息死《ちっそくし》させようという、新しい殺人の手段じゃないかという考えが、片山の頭をかすめた。

窒息死しないまでも、息苦しくなってきたのは事実だった。それが立子の体重のせいか、それとも感激のためか、よく分からない。ともかく、こうなったら覚悟を決めるほかはない、と片山は思った。最近は男性のほうが覚悟を決めなければいけないのだ。

よし！　ここはひとつ死ぬ気で——と思ったときだった。ズーンという音と震動《しんどう》が伝わって来た。

立子が顔を上げた。

「何かしら？」

「何かがぶつかったような音ですね」

片山はこれ幸いと、急いで立子の腕から抜け出した。

「何だか門のほうから聞こえたみたいだったけど」

「行ってみましょう」

と立ち上がったとき、廊下をバタバタと駆けて来る音がした。

「立子さん！　立子さん！」

「牧子さんだわ」

立子が障子を開ける。「どうしたんですか？」

石沢牧子はガウンの前を手で合わせながら、震え声で言った。

「門のほうで凄い音が……」

「大丈夫。今、刑事さんが調べてくれるわ」

「ここにいてください！」

浴衣姿では、ちょっと冴《さ》えないかな、と思ったが、今はそんなことは言っていられない。

片山は廊下を走って行った。玄関へ出ると、根本がズボンにワイシャツだけのスタイルで、サンダルを引っかけ、外へ出ようとするところだった。

「根本さん、何か――」

「今から調べに行くんじゃないか！」

と言ってから片山の格好をジロリと眺めて、「何だそのスタイルは？」

「はあ、ちょっと寛《くつろ》いでいたもので」

「大分乱れてるぜ」

片山は慌てて浴衣の前を合わせた。

根本に続いて、サンダルをはいて表に出ると、片山は目を見張った。――大きな音がしたのも道理で、小型の乗用車が、門柱にぶつかって、前面は大きくへこみ、フロントウインドウが粉々になっている。柱のほうもぐっと傾いて、それに引っ張られて、板塀が裂《さ》けてしまっているのだった。

「こいつは大変だ」

根本が首を振って言った。

「誰か乗ってますか？」

「ああ、男が一人――この村の奴だろう。救急車を呼べ」

「はい」

片山は急いで屋敷の中へ戻ると、電話で連絡を取り、奥の部屋へ向かった。

石沢牧子と立子が手を取り合って座っていた。青くなっている牧子を、立子が元気付けていたのだろう。

「何事だったの？」

と立子が訊いた。

「車が一台、門にぶつかったんです」

「まあ、何てことでしょう！」

と牧子が声を上げた。「運転していた人は？」

「ここの村の人だと思いますが……。ともかく危険はありませんから。今、救急車やパトカーが来るので、ちょっとやかましいですから、部屋へ戻っていたほうがいいと思いますよ」

「そうしますわ」

牧子は立子のほうへ向いて、「立子さん、今夜は一緒にいてちょうだい」

と哀願するような調子で言った。

「ええ、大丈夫。ずっとついてますわ」

「本当にありがたいわ」

と牧子はホッとしたように微笑んで、「あなたがいなかったら、心細くて、私……」

「さあ、うるさくなる前に部屋へ行きましょう」

立子が牧子の肩を抱くようにして促した。そして部屋を出ようとして、ちょっと片山のほうを振り向くと、軽くウインクして見せ、そのまま行ってしまった。

片山は、またさっきの混乱が押し寄せて来ようとするのを、じっと目を閉じ、何度も深呼吸して抑えた。

「やれやれ……」

とため息をつくと、人殺しも苦手だが、女性より死体のほうがまだましだな、と思った。死体は抱きついて来たり、キスしたりしないから……。

「しまった！」

片山は思わず頭へ手をやった。服！　服をどこへやったのか、立子に訊くのを忘れていたのだ。

やっと洋服に着替えて玄関前へ出てみると、もう救急班が到着していた。

「どうです？」

壊れた車の傍らに立っていた根本へ声をかけると、根本は渋い顔で振り向いた。

「厄介なことになりやがった」

「どうしたんです？」

「男は死んだよ。名前は——戸田安夫《とだやすお》とかいうらしい」

「村の人ですか？」

「ああ。見憶えがあるかどうか、顔を見て来い」

と、地面に白い布で覆《おお》われた死体のほうを顎でしゃくって見せた。「今、家族を呼びにやってる。やって来たら愁嘆場《しゅうたんば》だ」

「それじゃ……」

気は進まなかったが、片山はそっと死体のほうへ近寄って、かがみ込んだ。いつも死体を見るときというのは嫌なものである。こわごわ手を出し、布をそっとつまみ上げようとして
——

「キャッ！」

片山は悲鳴を上げて飛び上がった。根本が驚いて駆けて来る。

「どうしたんだ？」

「う、動いたんです……布が」

「馬鹿言え！　気のせいだろう」

「だって——ほら」

確かに白い布が盛り上がって、モゾモゾと動いている。根本が素早く布をめくり取った
——ホームズが二人を見上げて、ニャーオと鳴いた。

「おい、おどかすなよ、ホームズ」

片山は額の汗を拭いながら言った……。

「飼い犬に手をかまれる、とは言うが、飼い猫におどかされるとはな」

根本が笑いをかみ殺しながら言った。

「からかわないでくださいよ」

「しかし、この男、死に際にな……」

「何です？」

「うわ言のように呟いてたんだ」

根本は真顔になって、死体を見下ろしながら言った。「猫だ。赤い猫だ、ってな……」

3

「片山さん！」

と呼ぶ声に振り向くと、石津がやって来るのが見えた。

「やあ、どうしたんだ、一体？」

石津はそれに答える前に、門柱にぶつかった車と、布で覆われた死体に気付いて目を丸くした。

「また何かあったんですか？」

「そうなんだ」

と、片山はため息をつきながら肯く。「別にこれを聞きつけて来たってわけじゃないのか」

「ええ。実は晴美さんのことで……」

「晴美？　晴美がどうかしたか？」

「アパートにいらっしゃらないんですが」

「ああ、さっき俺も電話したよ。きっと友達の所にでも泊まってるんだろう」

「いえ、そんなはずはありません」

片山は石津をじっと見て、

「いやにはっきり言うじゃないか」

「いえ……実は今夜、電話することになっていたんです」

「お前が？」

「そうです。捜査の様子も知りたいし、何か話したいことがある、とおっしゃってました。とても大事なことだと」

「大事なこと？」

片山は顔をしかめた。どうして〈大事なこと〉を石津に言って、俺には話さないのだろう？

「何の話か見当はつくか？」

「さあ……。たぶん僕を愛してるとか——」

「馬鹿言うな。ともかく晴美は電話を待ってると言ったんだな？」

「そうなんです。何時になってもいいから、必ずアパートへかけてくれ、と」

妙だ、と片山は思った。そういう点、晴美は至って几帳面《きちょうめん》である。うっかりして忘れるということは、まず考えられない。

「部屋へ戻ってから、すぐかけまして、出ないので、十五分おきにかけてるんですが、一向に……」

「分かった。しかし、いないものは仕方ないだろう。もう眠っちまってるのかもしれない」

「はあ……。しかし、万一のことでもあったら」

「万一のこと？——何もあるはずがないじゃないか」

と片山は強い口調で言った。

「ですが、若い娘一人でしょう。もし強盗《ごうとう》、空巣《あきす》、泥棒、殺し屋……そんな奴が部屋へ押し入っていたら」

「あいつはしっかりしてる。大丈夫さ」

「そりゃ片山さんとは違いますから」

「うん、俺とは——」

と言いかけて絶句。石津のほうは一向に構わず続けて、

「ですが、刑事の妹なんて、何かと逆恨《さかうら》みされたりして危険ですよ。どんな思いがけないことで――」

「分かった分かった」

片山もそこまで言われると気になってくる。「本庁に連絡して、パトロールの警官にでも寄ってみてもらおう」

「それなら僕が行きます！」

石津が断固たる調子で言った。

「お前が？――そりゃいいけど、遠いぞ」

「そんなことは構いません。晴美さんが無事だということさえ確かめられれば」

「じゃ、まあ好きにしろよ」

と言ってから、「それからな、晴美がいたら、ここへ電話しろと言ってくれ」

と付け加える。

「分かりました！」

石津が張り切って行ってしまうと、片山はつい苦笑した。――あいつ、ともかく晴美に会う口実さえあればそれで充分なんだ。

それにしても、晴美の奴、何してるのかな……。

石津と入れ違いに、寝巻姿の婦人が警官に伴《ともな》われて足早にやって来た。根本が進み出て、

「戸田安夫さんの奥さんですね？」

「はい。戸田幸子《さちこ》と申します」

婦人は青ざめて、今にも倒れそうに見えた。

「主人は……」

根本はちょっと目を伏せて言った。

「お気の毒です。ご確認願いたいのですが」

相手に嘆く間を与えず、死体のほうへ引っ張って行き、「どうでしょう？　ご主人に間違いありませんか？」

と問いかける。戸田幸子は、呆然自失の態《てい》で、こっくりと肯いた。それから急に体の中の張りつめていたものが切れたように、死体の前にペタンと座り込むと、ワッと泣き崩れた。

——根本のほうは死体の確認が済めば、もういいわけで、戸田幸子が泣くに任せておいて、

「しかし、片山、事故とは言え、〈赤い猫〉が出て来るってのは、どうも今度の一件と関わり合ってるってことだな」

「どういうことでしょうねえ」

赤い猫か——片山も少々怪談を信じたくなった。しかし、たとえ猫が化けて出るにしても、何の恨みもない人間にたたるはずはない。この戸田という男が死に際に「赤い猫」と言った

のは、何か猫に恨まれる覚えがあったのではないか……。

片山は急に上衣《うわぎ》のポケットをぐいと下に引っ張られてびっくりした。ホームズがポケットに前肢《まえあし》を引っかけてぶら下がっている。

「おい、よせよ！　これは唯一のよそ行きなんだぞ！」

片山が言うと、ホームズはストンと地面に降りたが、なおも前肢をポケットに引っかけようと飛びかかって来る。

「よせってば！　お前の好物なんか、入っちゃいないよ――よせって。入ってるのは手帳だけだぞ」

ホームズがやっと座り込んでニャウと一声。

「ん？　手帳かい？――これがどうかしたのか？　見ろっていうのか？」

手帳を取り出し、中をめくって、「……別に何も書いてないぞ――あ、晴美に頼まれたゴミ袋、買うの忘れた」

と妙なことを思い出している。

「ええと、この事件のメモ……」

ページをめくる手が止まって、「そうか！　うっかりしてたぞ」

「何だ、一体？」

と根本が寄って来て覗き込む。

「この名前の中に、ほら、戸田っていうのがあります」

片山は指さして言った。

「そう言えば戸田とも読めるな」

「そんなに読みづらいですか？」

「ま、いいさ。何だ、この連中は？」

「ほら、殺された堀口と一緒に、石沢常代に土地を売ってくれと頼みに行ったメンバーですよ」

「なるほどな。すると猫に恨みをかう覚えはあったわけだ」

「しかし、それだけじゃ、この説明には――」

と片山が言いかけたときだった。

「ワーッ！」

と凄まじい声に、片山は仰天した。今まで泣きじゃくっていた戸田幸子が、突然叫び声を上げると、目をつり上げ、形相も凄まじく片山たちのほうへと襲いかかって来る――と思うと、片山の傍らにいたホームズへ飛びかかろうとした。

「人殺し！　この――人殺し猫！」

とつかみかかるが、むろんホームズの敏捷《びんしょう》さには及ばない。あっという間にホームズは十メートルも遠くへ飛んで行ってしまう。

「奥さん！　落ち着いてください！」

と片山が戸田幸子の肩をつかんだ。

「猫が——主人を殺したのよ！　どうして猫を殺さないの！　早く撃ち殺して！」

ヒステリックに喚《わめ》く戸田幸子を片山が持て余していると、根本はつかつかと近寄って来て、勢いよく平手で戸田幸子の頬を引っぱたいた。——戸田幸子は、はっと我に返った様子で、

「すみません……」

と弱々しく呟くと、顔を伏せた。「つい……興奮して……」

片山はほっと息をついた。こういう荒療治《あらりようじ》も効果的だけど、到底《とうてい》、俺にはできそうにないな。

「中でお話を伺わせてください」

と根本が言った。


「すると、ご主人はずっとノイローゼ気味で？」

「はい。ここ何日か、ほとんど眠っていなかったのではないかと思います」

「猫の声のせいですね？」

「そうなんです」

——石沢邸の洋室の居間に戸田幸子は座っていた。根本と片山、それに戸田幸子にお茶を

淹《い》れてやった立子も、部屋の隅に、ホームズと並んで立っている。

「もともと猫嫌いでしたか？」

と根本が訊くと、戸田幸子は首を振って、

「いいえ、それが不思議ですの。主人は以前猫を飼っていたくらいで、こちらの猫も、ときどき家に入って来るくらいでした」

「それがいつごろから猫を怖がるように？」

「ここで常代さんが殺されてからです——夜になって猫の声が聞こえて来ると、真っ青になって、ひどく怯えていました」

「怯えて？」

「はい——どうしたのかと訊けば、何でもないと、強がって笑って見せるのですが、声がするたびにびくっとするのが、よく分かりました」

「ふむ。それで？」

「そのうちに、強がって見せるだけの余裕もなくなったんでしょう、近くで声がすると、バットを持って外へ飛び出し、『畜生、どこにいるんだ！』と怒鳴り散らしていました」

「それが昂《こう》じて今夜の——」

「はい」

「あれはお宅の車ですか？」

「そうです」

「この村には車の入れる道はないと思ってましたが」

「反対のほうから細い道があるんです。あれぐらいの小型車がやっと通れるだけで」

「そうでしたか――で、今夜も猫の声が？」

「はい。でも今夜は、ずいぶんと静かで、真夜中過ぎまで猫の声はしませんでした。主人も安心したのか、珍しくぐっすり眠っていて、私も安心して寝入ったのです。――そこへ、家の戸口のすぐ前で猫の声がして、主人ははね起きました。外へ出ると、赤い猫がこの屋敷のほうへ駆けて行くのが見えまして、主人が、『車でひき殺してやる』と言って、止めるのも聞かずに車を出しまして……」

「そして門柱に激突というわけか」

根本は首を振って、「奥さん。本来猫好きだったご主人が、どうしてそんなに猫を恐れるようになったのか、心当たりはありませんか」

戸田幸子は当惑《とうわく》した様子で首を振った。

「分かりません……。ただ……『猫が仕返しに来る』と呟いていたのを聞きましたが」

「仕返しに？」

「はい、でも、どういう意味なのか、分かりません」

警官を呼んで、戸田幸子を家へ送らせてから、根本は、

「畜生め」

と呟いた。「どうなってるんだ、この事件は？　おい、片山、お前の所の猫探偵に訊いてみてくれよ。同類だろ」

「ホームズは猫のたたりなんて信じちゃいませんよ」

「俺だって信じたくはないぜ」

「それに、戸田の言葉や振舞いは、どう見ても異様ですね。きっと良心にとがめることがあったのに違いありませんよ」

「何があったと言うんだ？」

「たぶん……ここの猫たちを殺した」

「何だと？」

根本は片山をにらみつけるように見た。

「じゃ、石沢常代を殺したのは戸田だとでもいうのか？」

「それは分かりませんが……」

片山は自信なげに言った。「でも、石沢常代を殺した犯人と猫を殺した犯人が一緒だとは限りませんよ。そうでしょう？」

「そ、そりゃまあ……そうだな」

根本はちょっと虚《きょ》を突かれた格好だった。

「しかし、凶器はあの日本刀だぞ」

「全部の傷がそうだったとは限りませんよ。刃物の傷で、そこにあの日本刀の鞘があったからそう考えただけでしょう」

「そうか……結局、上野の自殺で事件はケリがついちまったからな」

「それが犯人のつけ目だったのかもしれませんね」

「まあ分からんでもないな」

と根本は肯いた。

「そうだ、それに……石沢常代と猫たちが同じ時に殺されたとも限らない」

根本は苦笑して、

「お前もえらく名探偵っぽくなってきたじゃないか」

と冷やかした。「で、どういう結論になるんでしょうか、名探偵殿？」

「つまり……戸田安夫が、『猫が仕返しに来る』と言ってたことから考えて、少なくとも猫を殺したのは、戸田じゃなかったかと思うんです」

「どうして猫を殺すんだ？」

「あの猫のために、石沢常代は土地を売るのを拒《こば》んでいたからですよ」

「そうか。待てよ――猫だけを殺すつもりで行って、石沢常代に見つかり、やむを得ず殺したのかもしれんな。しかし、そうなると上野の自殺はどうなる？」

「他殺だったのかもしれませんよ」

「戸田が上野に罪を着せるために？　なるほど、それなら分かるぞ」

片山は、そう単純に総《すべ》てを戸田のやったことと極《き》めつける気はしなかった。

「でも、果たして戸田一人のやったことでしょうか？」

「というと？」

「石沢常代に村人を代表して土地を売ってくれと頼みに来たグループのみんなか、何人かが
……」

「十人でくり出して猫を殺したとでも言うのか？――一人で一匹やったとして、十匹。死んでいたのは十一匹だろう」

「ええ、そのグループの十人、プラス石沢常代殺しの犯人、なら十一人になりますよ」

「そう巧くいくもんか」

――廊下で電話が鳴った。立子が動きかけたが、片山がそれを止めて、

「僕が出ます。たぶん晴美の奴だ」

廊下を小走りに走って、受話器を上げる。

「石津ですが、片山さんを」

「ああ、俺だ。どうした？」

「今、アパートの前にいます。部屋は真っ暗で、呼んでも返事がありません」

「そうか」

片山もいささか不安になってきたが、といって、どうしようもない。

「どうします？　ドアを破って入りましょうか？」

「おい、よせ！」

片山は慌てて言った。「どこか他所《よそ》へ泊まってるだけかもしれないんだ。ドアを破るなんて無茶なことはするな」

「はあ……」

石津は不服そうな声を出した。「案外冷たいんですね、片山さんは」

「何だって？」

「晴美さんとドアと、どっちが大事なんです？」

「そ、それは……」

片山は面食らって、「おい、少し落ち着け」

「僕は決心しました」

「何をだ？」

「何としても部屋へ入ります。万一、晴美さんが重傷を負って――」

「しかし、よく考えてみろ。ドアをどうやって――」

「ご心配なく。ドアの代金は弁償します」

と言ってから、石津は付け加えた。「長期分割払いにしてください」

「おい、ちょっと待て！　おい！」

電話は切れていた。片山は受話器を戻すと、アパートのドアが無残にぶち破られているのを想像してぞっとした。ドアだけで済みゃいいが、何しろボロアパートのこと。一緒に壁や床まで壊れたらどうなる？

「全く、晴美の奴、どこをほっつき歩いてるんだろう？」

と思わず愚痴ったとたん、電話が鳴った。

「晴美かな？――もしもし」

「片山か？」

「あ、課長！」

「ちょうどよかった。そっちでまた、何かあったそうだな」

「そうなんです。いろいろとその――あれこれ、いろんなことが何しまして、その――」

「落ち着け。詳しい話は行ってから聞く」

「はあ。そのほうがいいと思います」

「電話したのはな、本庁のほうに病院から電話が入ったと連絡があったからだ」

「病院？」

片山はギクリとした。「妹が何か？」

「妹さん？　いや、そうじゃない」

「そうですか」

とホッと胸を撫で下ろす。「それじゃ、何のことで？」

「うむ、上野絹子の入院している病院からでな」

「上野絹子が――」

「病院から姿を消したそうなんだ」

と栗原は言った。「お前が面会簿に名前を書いたろう。それで本庁へ電話してきたらしい」

「そ、そうですか」

上野絹子がいなくなった。晴美もまだ帰らない――これは偶然だろうか？

「――どうしたの？」

立子がそばに立っている。片山はゆっくり受話器を置くと、電話の内容を話してやった。

「まあ。心配ね……」

「晴美はしっかりしてるから、まあ心配はないと思うんですがね。しかし、上野絹子と二人ともいなくなったというのが、ちょっと引っかかるな」

「妹さんは大丈夫よ。きっと遅くなってるだけだわ」

片山は肯いたが、表情のほうは裏腹に、不安を隠せない様子だった。

「病院から抜け出したとは怪しいじゃないか」

と話を聞いて根本が言った。

「猫のエサ代を払いに行くところだったのかなあ」

「何だそれは？」

片山が、神社の猫たちのことを話すと、根本は渋い顔で、

「ますます怪談めいて来るじゃないか、畜生！」

と舌打ちした。

「でも、考えてみれば、上野絹子は毎日一万円も払うほど金は持ってないはずですね」

「そうだ。すると――おい！」

根本は急に勢い込んで、「林田だ！　きっと奴に会いに行ったんだぞ」

「でも……林田は団地から逃げ出したんじゃありませんか」

「分かるもんか。上野絹子のことが心配で、また戻って来たのかもしれん」

それは考えられることだ、と片山は思った。林田が暴走族の一団に紛れて逃走してから、団地近辺の捜索は打ち切られている。そこへ戻って身を隠していれば、かえって安全とも言える。

そして晴美がもしかして……。

片山はじっと座って見上げているホームズのほうへかがみ込み、

「おい、どう思う？　晴美の奴、上野絹子が病院から抜け出すのを見張っていて、後を尾《つ》け

たんじゃないかな」

片山の推理も、必死になると当たることがある。ホームズが同意するように目を一回つぶって見せた。

「しかし、こんな時間になっても上野絹子が病院へ戻らないってのは変だ。どうだろう？　やっぱり何かあったのかもしれない。上野絹子に何かあったのなら、晴美の身にも何か……。どうしたらいいんだろう？」

ホームズがヒョイと立ち上がって——むろん四つ肢《あし》でだが——床に鼻をクンクンとこすりつけ、片山のほうへ顔を上げる。

「ん？　何か臭うのか？——臭い——そうか！」

片山は手を打った。「警察犬を使って上野絹子の跡を追わせればいいんだ！」

「おいおい」

根本が呆れた様子で、「何を独り芝居やってるんだ？」

「警察犬です！　すぐに連れて来ましょう」

「おい、一応そいつは課長の許可を得ないとまずいよ」

「緊急の場合です。根本さん、頼んでくださいよ」

「よし、分かった。じゃ病院へ来させりゃいいんだな？」

「お願いします。僕は病院へ行って待機してますから！」

片山は玄関へと駆け出した。

4

つい、うとうとしたらしい。

頭が前へがくっと落ちて、ハッと目が覚めた。もたれている土の感触、手に触れる砂利……。

「そうか——穴の中だったんだ」

晴美は頭を振った。こんな所でも眠れるとは、我ながらいい度胸だわ、と思って苦笑い。

そして、目の前に横たわっている絹子に気付いた。

「絹子さん……」

と呼びかけてみたが、相変わらず絹子は昏睡《こんすい》状態だ。手首の脈を取ってみると、心持ち弱いような気がする。

「困ったわ……」

そう呟いて、晴美はやっと穴の中が明るくなっていることに気付いた。「夜が明けたんだわ」

見上げると、穴の口が、まだほの白いだけの空と、そこへ突き出す木の枝を覗かせている

——三メートル近い深さの穴だ。とてもよじ登ることはできない。

空の感じでは、まだやっと五時を過ぎたころだろう。誰か近くを通らないだろうか?

「誰か!」

晴美は両手をメガホンにして、力いっぱい叫んだ。「助けて! 誰か!」

——答えるのは静寂ばかりだった。


「ああ、やっと来た!」

片山は病院の玄関から飛び出した。

「すまんね、遅くなって」

警察犬をつれて車から降りて来たのは、片山と同期で警視庁へ入ったが、生来の動物好きから、警察犬の飼育へ回った金井《かない》という男だった。

「やあ君か。待ってたよ」

「他の現場へ回ってたんだ。病人かい、行方不明になったのは?」

「それと妹なんだ」

「妹さん? そいつは心配だな。よし、その病人のベッドに案内してくれ」

医師に案内されて、上野絹子の病室へ急ぐ。ベッドのシーツと毛布の匂いを犬によく嗅がせて、金井は犬の首筋をポンと軽く叩いた。

「よし、頼むぞ！」

「その窓から抜け出したんだと思う。窓の下から始めてくれないか」

「OK。じゃ下だ」

いったん玄関から出て、窓の真下へ回る。犬が激しい鼻息を聞かせながら、金井のつかんだ紐をぐいと引っ張って歩き出す。

「よし、嗅ぎつけたぞ！」

片山は犬の後から歩き出した。できることなら駆け出したかったが、犬を追い越しては何にもならない。

「よしよし、その調子だ」

と声をかけていた金井が、顔を空へ向けた。

「まずいぞ。雨だ！」

晴美は顔に何か冷たいものが当たるのを感じて上を見た。パラパラと雨滴《うてき》が顔に当たる。

「やめてよ！」

晴美は青くなった。大雨にでもなったら……この柔らかい土が崩れて来るかもしれない。崩れて来ないにしても、もし水がこの穴にたまったら？

晴美は立ち上がって、

「誰か助けて！　助けて！」

と声を限りに叫んだ——雨の勢いが強くなった。

「だめだ！」

金井が首を振った。「この雨じゃ、匂いは洗い流されちまう」

「畜生！」

片山は舌打ちした。「仕方ない。病院へ戻ろう」

片山も、まさか雨が晴美たちの命をおびやかしているとは思ってもいないのだ。

病院へ戻ると、パトカーが停まって、栗原が降りて来たところだった。

「どうした？」

「雨で匂いが——」

「そうか——妹さんの行方も分からんのか？」

「それがはっきりしないんです。もし友達の所にでも泊まったのなら、後でひっぱたいてやります」

と、できもしないことを言っている。

「この付近を捜索させよう」

と栗原が言った。「と言っても、広いから大して意味がないかもしれんが……」

「それでも、もしお願いできれば」

「ああ、日野署へ話してやる」

「すみません」

「ところで、事件のほうはどうなんだ？」

片山は、昨晩の出来事を説明した。

「ですから、あのリストにあった十人――二人死んで、今は八人ですが、その連中を集めて調べようと……」

「よし。根本は屋敷のほうか？」

「そうです」

「先に行って手配しておけ。俺は捜索の段取りをつけてから行く」

「分かりました」

片山はパトカーへ飛び乗って、猫屋敷のほうへと向かった。腕時計を見る――午前六時だ。九時になったら、晴美が出勤しているかどうか、勤め先へ電話をしよう。出ていてくれればいいが……。

片山は不安な目を窓の外へ向けた。パトカーは、雨にけむる大団地の中を走っている。もう、出勤して行くサラリーマンたちを乗せたバスが目についた。

「ずいぶん早く出るんだなあ」

と片山が呟くと、運転していた警官が、

「都心までだと大分かかりますからね」

と言った。

「この雨はやみそうもないな」

片山はそう言って、座席にもたれた——そう言えばホームズはどうしたろう？　病院へ来るときにはついて来なかったが……。


「上衣を乾《かわ》かすわ」

立子が片山の上衣を取って、「じゃ、まだ晴美さんがどこにいるか分からないの？」

「そうなんです。全く困った奴で」

「無事だといいわね」

「ありがとう」

片山はちょっと微笑んだ。根本が応接間に顔を出した。

「おい片山、大丈夫か？」

「はあ」

「例のリストにある連中を訪問に出かけようぜ」

「分かりました」

「あら……」

立子がちょっとつまらなそうに、「上衣もまだ濡れてるし、熱いお茶でも淹《い》れようと思ったのに」

「帰ってからいただきますよ」

片山は濡れた上衣を着ると、「じゃ、傘を貸してください」

「ええ、どうぞ」

片山と根本は、借り物の傘をさして、雨の中へと出て行った。

立子は玄関に立って、一向にやむ気配のない、灰色の空を見上げていた。

「——まず、いちばん近いのが、〈大江《おおえ》〉って奴だ」

根本がメモを見ながら、言った。

「一人ずつ当たるんですか？」

「みんなまとめて、とも思ったんだがな、この連中、いわば素人だ。一人ずつのほうが素直にしゃべっちまうんじゃないかな」

「そうですね。でも、こんな朝っぱらから……」

「寝てるところを叩き起こすのが狙《ねら》いさ」

根本はニヤリと笑った。「向こうの頭が、まだ回転の鈍い間にびしびしやりゃ、ボロを出すよ。——ああ、この家らしいな」

〈大江〉と表札のある玄関のほうへと歩いて行き、呼鈴《よびりん》を押そうとしたとき、

「ニャオ」

と短い鳴き声。片山は足下にホームズが座っているのを見て驚いた。

「おい、ホームズ！　どうしたんだ、びしょ濡れで？　風邪ひくじゃないか」

とかがみ込む。ホームズはトットッと歩き出し、ついて来い、と言うように振り向いた。

「何かありそうですよ。根本さん」

「よし、猫君の後について行こう」

ホームズは何軒かの家の軒から軒へと、雨や水たまりもものともせずに走って行く。片山たちも小走りに、水をはねながら追いかける。

一軒の軒先《のきさき》でホームズは足を止めた。

「ここは……」

表札を見て、根本が肯く。「〈泉《いずみ》〉か。うん、これもメンバーに入ってたぞ」

「根本さん、ホームズが――」

と片山が言った。ホームズが家のわきを曲がって行くところだった。片山たちも、後について、その泉という家のわきを回り、裏手に出た。

「話し声が――」

「しっ！」

と根本は抑えて、「よし。中をちょっと覗いてみよう」

二人は、小さな張出し窓の下にいた。窓が少し開いていて、中から話し声が洩れてくる。一人二人ではないようだ。雨の音に邪魔されて聞き取りにくかったが、じっと神経を集中させるうちに、何となく聞き分けられるようになってくる。

「――結局、堂々めぐりじゃ」

と、かなりの年輩らしい声。

「方法は二つしかない。そうでしょう?」

苛々とした口調で言っているのは、若い男らしい。「このままじっと口をつぐんでいるか、それとも正直にしゃべっちまうか。二つに一つですよ」

「それは分かってるさ」

と、また別の声。「問題は、両方のメリットとデメリットを比較検討する必要があるってことだ」

「メリヤスだかデメキンだか知らんが、そんなことはどうでもいい」

「よかあない。しゃべったら、我々は現実にどうなるか、そこを考えておかなくては」

「逮捕されるか?」

「そりゃそうだろう」

「俺たちが何をやったって言うんだ? 猫を殺しただけだぞ」

「そうだとも。殺されそうなのはこっちなんだ」

「そうは言っても、問題は我々も殺人の共犯になるかもしれんってことだ」

「しかし、石沢さんを殺したのは、俺たちじゃないぞ」

「そうだ。しかし、それを知っていて黙ってれば共犯だろう」

「そんなもんかね？」

「さあ……」

「そうだよ。それに……わしらも一緒にそこにいたんだからな」

「それじゃ黙ってるほかないぞ」

「そうだ。殺人罪じゃ困る」

「しかし、黙ってて、殺されるのとどっちがいい？」

しばし沈黙が続く。片山と根本は顔を見合わせた。根本が肯いて、楽しげにウインクして見せる。こりゃ楽だ。どんどん自白してくれるんだからな、とでも言いたげだ。

「だから両方のメリットとデメリット――」

「デメキンは黙ってろ！」

「何だと！」

「まあ、落ち着いて。――仲間内で喧嘩してる場合じゃあるまい」

「そうだよ。堀口さんは明らかに殺された」

「それはどうかな。ともかく殺されたのは確かだ。そして今度は戸田さん……」

「しかし、あれは事故だ」

「奥さんの話を聞いたろう。猫を追いかけて行って死んだんだ」

「やっぱり殺されたようなもんだ」

「しかし、これきりで終わりかもしれん」

「終わりでなかったら？——次は誰の番だ？」

「よせ。縁起《えんぎ》でもない」

「ともかく、どうするか決めましょうよ」

「殺人罪は困るし、といって殺されるのもいやだしなあ……」

「残りの猫を何とかして皆殺しにすれば？」

「ますますたたられるばかりさ」

「——どうだろう、こういうのは」

「言ってみな」

「猫は殺したが、お婆さんは絶対に殺さなかったと、みんなで言い張るんだ」

「警察はそう甘くないよ」

「そうだ！　それだよ」

「何だ？」

「警察が堀口さんや戸田さんを殺した奴を捕まえてくれれば、それで安心じゃないか」

「捕まえてくれなかったら？」

「だから俺たちが協力を申し出て――」

「どうして協力を申し出たりするんだ？　かえって、石沢の婆さん殺しと関係があると見られて怪しまれるのがオチだよ」

「そうか……」

「つまりは可能性の問題だと思うんだ」

「というと？」

「自首して出れば、まず確実に殺人の共犯ってことになる。黙っていれば殺されるかもしれないが、百パーセントってわけじゃない」

「ふむ」

「しかし、殺されちゃ、それこそ一巻の終わりだ。殺人罪に問われても、有罪になるとは限らないし、自首すれば心証は良くなる」

「で、どっちがいいと思うんだ？」

「どっちにする？」

「何だ、決心がつかねえんじゃねえか」

「この場で決めるってのは無理かもしれないよ」

「しかし、ぐずぐずしてると、また誰かが犠牲《ぎせい》になるかもしれない」

「昼間は大丈夫さ。どうだろう、今夜もう一度ここへ集まることにして……」

「そうするか」

「よく、メリットとデメリットを研究して……」

根本が片山の耳へ口を寄せて、

「俺は表へ回る。お前、裏を固めろ」

と囁く。片山は肯いた。

裏庭へ出ると、片山は、開け放された部屋を、物陰からそっと覗いてみた。数えると八人いる。例のメンバーに違いあるまい。戸田の死を聞いて集まったのだろう。

「じゃ、一応引き揚げますか」

と、みんなが腰を上げたとき、表から、

「警察だ！　開けろ！」

と根本の声が響く。

「大変だ！」

「逃げろ！」

と裏庭のほうへ飛び出そうとしたところへ、どこにいたのか、ホームズが躍り出て、

「ギャーッ」

という、片山も聞いたことのないような凄味のある声で鳴いたから、八人は、ワッと腰を抜かしたように、ヘナヘナと座り込んでしまった。片山も、姿を見せて、

「話は全部聞きましたよ。もう逃げてもむだです」

と八人の顔を見回した。根本も威勢《いせい》よく飛び込んで来る。八人は諦《あきら》めた様子で力なく顔を見合わせた。

「すると、石沢常代を殺したのは――」

「堀口さんです」

八人の中では年輩の、この家の主人、泉が言った。

「本当か？　死人に口なしで、罪をかぶせちまおうというんでは……」

「と、とんでもない！　本当ですよ。なあ」

と他の面々を見回す。みんなが黙って肯く。

「ふん。まあ、そういうことにしておこう」

と根本は言った。「ともかく、そのときの様子を話してもらおうか」

「はあ……。我々は追いつめられていたんです。村の連中の期待を担《にな》っているのに、どうやってもあの婆さん――いえ、石沢さんを説得できない。そこで相談した結果、力ずくで、説

得に応じさせようということになったんです」

「ひどいじゃないか、それは」

「ですが、ここで機会を逃したら、一生この貧乏暮らしが続くのかと思うと、どんなことでもやろうって気になって……」

「人殺しでも?」

「そんなことまでは考えていませんでした。本当です!　——あの日、説明会があって、ちょうど村は空《から》になる。むろん我々も説明会には出ますが、昼に一時間休みがあるのは、前にもやっていて分かってましたから、そのときにあの猫屋敷の前へ集まろうと決めたんです。他の連中にも知れずに済むし、石沢さんもどうせ一人きりだし、ちょうどいいと思って」

「それで、どうやって承知させるつもりだったんだ?」

「はあ、堀口さんが、またたびの粉を持って行って、猫たちを酔っ払わせ、かっさらって来ようと……」

「かっさらう?」

「誘拐ですね、要するに。それで、承知しないときは猫の命はない、と」

「ひどいことを考えたもんだな」

と片山が憤然として言った。

「いや、本当に殺す気じゃなかったんですよ。そう言えば、必ず折れてくると思ったんです」

「それにしても――」

「まあ、先を聞こう」

と根本が片山を抑える。

「昼休みになったので、我々はそれぞればらばらに、猫屋敷の前に集まりました。ぞろぞろ行ったんじゃ目立ちますからね。ところが肝心の堀口さんが来ないんです」

「それで?」

「いつまでも待ってるわけにいかないので、ともかく我々は屋敷へ入りました。玄関で呼んでみたが返事がありません。で、上がって中を捜すと、あの奥の部屋に……」

と泉は身震《みぶる》いした。「堀口さんが日本刀を手にして立ってたんです。そして石沢さんの死体。猫も二匹死んでいて、あと、九匹が、またたびに酔ってふらふらしていました。他の猫は逃げたんでしょう」

「堀口は何と?」

「先に着いたので、猫への効き目を見ようとして、そっとまたたびをやっていたところへ、石沢さんが来て、口論になり、カッとなって、ということでした」

「そんなにカッとなりやすい男だったのかい?」

「いえ、それが不思議なんです。至って穏やかな人でして」

「ふむ。それから？」

「みんなで話し合いました。堀口さん一人の罪にしてはいかんということになり、お互い口外しないと誓い合ったんです。そして……ちょうど猫が九匹いるので、誰も裏切らないように、一人が一匹ずつ……」

「殺したのか？　――何てことを！」

泉は情けない顔で、

「その場の雰囲気だったんです。何しろ死体を目の前にしてるんですからね。みんなまともじゃいられませんでしたよ」

「それから？」

「引き揚げましたよ。あまり時間もありませんでしたしね」

「すると、上野が来たのはその後なのか？」

「さあ、我々は見ませんでしたから」

「ちょっと」

と片山が言った。「猫屋敷に入って行ったとき、もう石沢常代は殺されていたんだね？」

「そうです」

「じゃ、君らは堀口が石沢常代を殺したのを見たわけじゃないんだな」

「ええ、まあ。でも、堀口さんは自分でやったと……」

「じゃ、なぜ上野は自殺したんだ？」

と根本が言った。

「そこですよ。どうもおかしいな」

「まあともかく、話を聞こう」

「それだけですよ。後はもう、こっちは猫の鳴き声に怯えていただけで」

「自業自得《じごうじとく》だぞ」

片山が言った。

「他の殺しは？　石沢常夫殺しはどうだ？」

「と、とんでもない！」

泉は青くなった。「我々は猫を殺しただけです。本当ですよ！」

「ともかく全員出頭してもらうよ」

と根本がにらみ回すと、八人はしょげ切った様子でうなだれた。

「――おい」

と片山が言った。「上野の娘さんが行方不明なんだ。何か知らないか？」

しかし、八人は当惑したように顔を見合わすばかりだった。片山は諦めて、表へ目を向けた。――まだ雨は強く降っている。

5

晴美はもう膝まで泥に埋まっていた。雨は降り注ぐだけでなく、穴の縁《ふち》から細いいく筋もの滝となって流れ込んで来ている。しかも、泥を削《けず》り落として来るので、ますます泥がたまるのだった。

「助けて！」

もう声もかれていた。気を失ったままの絹子を背負っているので、身動きもままならず、腕や肩がしびれて、時として泥の中へ倒れそうになる。

「このまま生き埋めかしら」

と縁起でもないことを呟いて、「いくら泥が全身美容にいいっていっても、窒息は困るわね」

と愚痴った。

大きな土の塊《かたまり》が落ちて、水しぶきを上げた。たまった泥水が、晴美の腿《もも》まで上がって来ている。足は泥に埋まっていて、動かすこともできない。

「美人薄命《はくめい》か……。お兄さんも、石津さんもホームズも、何やってんのよ！　死んだら化けて出るからね！」

流れ込んで来る泥水の量が、また増えたようだった。

「もうだめか……」

諦めかけたとき、頭上で、

「ニャーオ」

と声がした。ハッと見上げると、一匹の猫が穴の縁から覗き込んでいる。晴美は、どこかでその猫を見たことがあるような気がした。

「お前……琴ね！　琴でしょう！」

と晴美は叫んだ。「誰か呼んで来てちょうだい！　お願いよ！　人でもホームズでもいいから！　早く！　急いでよ！」

猫の姿が消えた――あれは本当に琴だったろうか？　もしそうだとしても、救いを求めに走ってくれるかどうか。

しかし、今はそこへ望みをかけるほかはないのだった。

「お願いよ……。猫の神様って何だっけ？」

泥水は少しずつ、確実に増え続けていた。

片山と根本が、例の八人を従えて猫屋敷へ戻ってみると、栗原と石津が待っていた。

「やあ、石津、どうした？」

「部屋へ入ってみましたが、帰られた様子はありませんよ」

石津も深刻そのものという表情である。片山も、ドアがどうなったか、訊く気にはなれなかった。

「そうか――こっちもだめなんだ」

「ど、どうしましょう？」

「日野署のほうで捜索してくれるそうだ」

と栗原が言った。「しかし、何しろ小人数だからな」

「まるきり見当が付かないんじゃ、捜しようがない」

と片山はため息をついた。

「どうでしょう、団地の住民を総動員して――」

と石津が言い出した。

「無茶言うなよ」

「ともかくその八人の訊問《じんもん》を始めよう」

栗原が言った。「すると石沢常代殺しのほうは、その連中の仕業《しわざ》なんだな？」

「そのようです」

八人は、応接間のソファにギュウギュウと身を寄せ合って座っていた。栗原が自己紹介をして、

「まだ何か隠していることがあれば、この場でおっしゃることですな。我々はどんな隠しごとでも白状させてみせますぞ」

言葉は丁寧だが、聞く者を震え上がらせる迫力は、怒鳴りつけられるに倍するものがあった。

入口のところに控えていたホームズが突然鳴いた。白い猫が飛び込んで来る。

「ワッ！」

と八人が悲鳴を上げた。

「お前、琴じゃないか！」

片山が思わず駆け寄った。「どうしたんだ、そんな泥まみれの足で」

そこへ巡査が顔を出して、

「すみません！　止める間もなく駆け込んで来て」

片山は琴とホームズがしきりにこっちを見て、何かを促《うなが》すように鳴き続けるのを聞いていたが、

「おい、この猫、どっちのほうから来た？」

と巡査へ訊いた。

「林の中から飛び出して来ましたが」

「もしかすると、絹子さんと晴美の所から……」

ホームズが前肢の爪で片山のズボンを引っ張る。「そうらしいぞ。おい、石津、行ってみよう！」

「はい！」

石津が張り切って答える。そのとき、八人のメンバーの一人が、

「まさかあの穴に――」

と呟いたのが片山の耳に入った。

「穴？――何の穴だ？」

「いえ……森の中に踏《ふ》み分け道がありまして、例の猫の生き残りがその辺に出没するもんですから、落っことしてやろうと、三人で穴を掘ったんです」

「どれくらいの穴だ？」

「はあ……えらく張り切って、二メートルぐらいは掘りましたか」

「もしそこへ落ちたのなら……大変だ！」

片山は青くなった。「雨で穴に水がたまる。溺れ死ぬぞ！」

「か、片山さん！」

石津が青くなるのを通り越して白くなった。「早く助けに――」

「ロープがいる！　ロープ、あるか？」

「車に……」

「急げ！　おい、案内しろ！」

琴とホームズが飛び出して行く。片山と石津もその後から駆け出した。

「しっかりして……」

晴美は、ともすればずり落ちて行こうとする絹子の体を、必死に抱き止めていた。腕がしびれて、つい力が抜けそうになる。

「人間の体って重いものね」

晴美はため息をついた。——泥水は、もう腰の上まで達している。しかも流れ込む量は相変わらず多く、ほうぼうが崩れ始めていた。

生き埋めと溺死《できし》とどっちが苦しいかしら？　——晴美は情けない思いで、半ば本気に考え始めた。

ただ水がたまるだけなら泳いでいることもできるが、足は膝まで泥に埋まって、ほとんど動かすことができないのだ。

「苦しいだろうなあ、水がだんだん口の所まで上がって来て……泥水なんておいしくもないし。せめてコーヒーか何かならねえ……」

そうなったら、絹子をどうしよう？　泥水の中へ放り出すわけにもいかない。どうせ結果は同じなのだが。

晴美は力いっぱい、

「助けて！」

と叫んだ。頭上にホームズの顔が覗いた。——あれは幻《まぼろし》かしら？

「ホームズ！」

「ニャーオ」

ホームズが答えた。晴美は顔を輝かせた。

「来てくれたのね！」

「おい！　晴美！」

「晴美さん！」

片山と石津が次々に顔を出す。晴美は二人をにらみつけた。

「何をのんびりしてたのよ！　早く助けて！」

「今、ロープを投げるぞ」

「絹子さんがけがしてて、意識がないのよ」

「よし、ロープを輪にする。体にはめてくれ」

「絹子さんを先に」

「分かった。もう心配ないぞ」

「心配よ。お兄さんたちだけじゃ」

「こいつめ！」

片山は苦笑した。あの元気がありゃ大丈夫だ。

「晴美さん！」

石津が叫んだ。

「何か言った？」

「いざとなったら飛び込んで助け出しますからね」

「やめてよ！　石津さんが飛び込んだら、泥水が頭の上まで来ちゃうわ！」

と、晴美は慌てて言った。


「美女、台無しだわ」

晴美は、やっと穴の上へ引き上げられると、泥だらけの体を見下ろしてため息をついた。

「とってもすてきですよ」

と石津が慰める。

「そう？　ありがとう」

「泥の女王コンテストをやったら、絶対、優勝します」

「変な賞《ほ》め方ね」

晴美は思わず笑い出した。

巡査たちが絹子を担架で運んで行くのを見送って、

「琴のおかげで助かったわ。ウナギでもおごってやらなきゃ」

と見回したが、「——あら、どこに行ったのかしら？」

ホームズだけが、雨の当たらない木の下に、ちょこんと座っている。

「ともかく行こう。みんなずぶ濡れで風邪引きだらけになる」

と片山が促す。そのとき、ザザッという音がして、振り向くと、あの穴の縁の土が大きく削られて穴の中へと落ちて行った。

「十分遅かったら生き埋めね」

晴美は身震いした。「——あ、そうだ！」

「どうした？」

「ハンドバッグが泥の中だわ」

「いいじゃないか、諦めろよ」

「ええ……」

ハンドバッグの中に、あの血のついた剣山も入っているのだ。

三人とホームズは、降り止まぬ雨の中を、猫屋敷のほうへと戻って行った。

6

翌日は、素晴らしい上天気になった。

片山と晴美が病院の前でタクシーを降りると、石津が出迎えに姿を見せた。

「晴美さん！　大丈夫ですか？」

「ええ。このとおりよ」

「やっぱり泥なしのほうが美人ですね」

と近寄ろうとして何かに蹴つまずいた。ホームズがフーッと唸《うな》り声を上げる。石津は飛び上がって、

「失礼しました！」

と敬礼した。

「——彼女の容態は？」

病院の廊下を歩きながら、片山が訊いた。

「それがどうも……」

石津が顔を曇らせて、「穴に落ちたときに肋骨《ろっこつ》を折ったらしいんです。詳《くわ》しいことはよく分かりませんが——それに肺炎を併発《へいはつ》しているとかで」

「あれだけ泥水につかってたんですものね」

「危ないのか？」

「五分五分ってところらしいです」

晴美は胸が詰まって、何とも言えなかった。あの血まみれの剣山のことは、兄にも話していないのだ。どうすればいいのだろう？　話すべきだろうか、それとも……。

〈面会謝絶〉と札《ふだ》の下がった病室から、ちょうど医師が姿を見せた。

「警視庁の者です」

片山は手帳を見せて、「面会できますか？」

「片山さんですか？」

と医師が訊いた。

「そうです」

「ちょっとお待ちを」

医師が病室の中へ入って行った。待つほどもなく現われると、

「片山晴美さんというのは？」

「私です」

「あなただけに会いたいそうです。ああ、それに何とかという三毛猫」

「ホームズですね」

「そうそう。本来は入れてはいけないことになっていますが、何やら特別な猫だそうですな」

「ええ、そうなんです」

「では、どうぞ」

晴美は片山と石津のほうへ向いて、

「何か伝えることは？」

「お前に任せるよ」

片山は肯いて見せた。晴美とホームズは病室へと入って行った。

ベッドに横たわって、上野絹子は目を閉じていた。顔色は青白く、頬にも生気がなかった。眠っているのかと思ったが、そっと近寄ってみると目を開いて、

「——晴美さん」

と微笑みながら言った。

「よかったわ、元気そうで」

晴美はベッドの傍らの椅子に腰をおろした。医師が、

「では私は外にいますからね。何かあったら、すぐ呼んでください」

と言って出て行く。

「いろいろとご心配かけて……」

「そんなこといいのよ。早く元気になってね」

「もう今度はだめみたい」

「そんな気の弱いこと言って！」

と晴美は叱るように言うと、「あ、ひとついい知らせがあるの」

「何かしら？」

「石沢常代さんを殺したのは、あなたのお父さんじゃなかったのよ」

絹子はじっと晴美を見つめて、

「——本当なの？」

と囁くような声で訊いた。晴美が、例の泉を始めとする八人の話を聞かせると、絹子は大きく息をついて、言った。

「よかったわ！……これでもう死んでもいい」

「馬鹿言わないでよ。あなたには林田さんがいるじゃないの」

晴美は慌てて言った。元気付けるつもりで言ったのが逆効果になっては困る。

「ね、あなたにだけ聞いてほしいことがあるの。ほかの誰にも言わないと約束してくれる？」

「誰にも？」

「ええ。あなたのお兄さんや恋人にも」

晴美は、しばらくためらってから、

「分かったわ。約束する」

と肯いた。

「ありがとう!」

絹子は天井へ目を向けて、大きく呼吸をしてから、口を開いた……。


晴美が病室を出て来た。

「済みましたか?」

片山と立ち話をしていた医師が歩いて来る。

「ええ。少し眠ると言っていました」

「そうですか」

「先生、彼女、助かるでしょうか?」

「さあ……何しろ大分衰弱していましてね」

「そうですか」

「様子が変わったらお知らせしますよ」

——医師が病室へ入って行くと、片山が待ちかねたように、

「どうだった?」

「うん……弱り切ってるみたい。上野さんのことを教えてあげたら、ひどく喜んでたわ」

「それはよかった。——で、何か訊き出せたか?」

「あんまり興奮させちゃ悪いと思って」

「そうか。まあ仕方ないな。じゃ行くか」

玄関へと歩きながら、石津が言った。

「どうです? 僕のアパートに寄って行きませんか? どうせ午後から出ればいいんです」

「うん、そうするか。晴美は休暇だろう?」

「え、ええ」

晴美は曖昧に肯いた。

石津の、十一階のバルコニーから、あの公園がよく見えた。

「あそこから始まったのね」

「何だって?——ああ、下の公園か」

と片山もバルコニーへ出て来る。

「そう。ここへ遊びに来て、公園にパトカーと救急車が来たのを聞いて、見に行ったんだったわね」

「そうだ。あのとき、別に気にも留めなかったら、今度の事件にも、こう深く関わらずに終わったかもしれないな」

「お茶をどうぞ」

石津の声に、片山と晴美は室内に戻った。

「——ねえ、お兄さん、憶えてる？」

お茶を一口飲んで、晴美が言った。「あのとき、子供を池へ突き落としたと警察へ通報して来た犯人は、あの公園をただ〈北公園〉とだけ言ったたって」

「ああ。だから犯人は団地内の人間じゃないと言ったんだ」

「それはね、逆じゃない？」

「逆？」

「そう。この辺に住んでいる人にとっては、〈泉ヶ丘〉と付けなくても、ただ〈北公園〉と言えば、ここのことだと分かるでしょう。だから、〈泉ヶ丘〉を省略するのが癖になっていたと思うの」

「すると、犯人は団地の人間だって言うのか？」

「そう思わない？」

「うん……。そう言われてみると、そんな気もするな」

「もちろん、中には本当の事故もあったと思うのよ。でも、もしあれが仕組まれたものだとしたら？」

「仕組まれた？」

「そう。——あの日は、ちょうど不動産業者の説明会で、村には石沢常代さんしか残っていなかったわ。少し都合が良すぎると思わない？」

「うん、それは俺も考えたんだ。本当だぞ」

「嘘だなんて言ってないじゃないの」

「そうだな。——すると犯人は、その時間を狙って、子供の自転車に細工をして……しかし、それは無理だよ」

「どうして？」

「上野さんがその細工を見付けるっていうのが犯人に分かるはずがない。——待てよ。おい、犯人はあの堀口という——」

「でも殺したところは誰も見ていないのよ」

「うん。しかし、誰が犯人にせよ、上野に罪を着せるために自転車に細工をしたというのは無理な推理だぞ。それに説明会へ出てた連中には、そんな時間はなかったはずだ」

「そう。でも、上野さんが確実にその事故を見付けるには……」

「何だ？」

「上野さん自身が自転車に細工をしたのだったら？」

「何だって？」

片山と石津は唖然とした。——片山はしばらくじっと晴美を見つめていたが、やがて口を開いた。

「お前、上野絹子から何か聞いたんだな？」

晴美は深々と息をついて、ゆっくりと言った。

「――そう。絹子さんは知っていたのよ。あの一連の事故が、お父さんのやったことだってね」

「どうしてそんな……」

「もちろん全部じゃないわ。女の子がいたずらされかかったのは本当に変質者のやったことでしょう。でも、あのころ、たてつづけに起こった事故を考えてみても、本当に危険なものは一つもなかったわ。ただ、子供が池に落ちたときだけは、つい、いつもの癖で〈北公園〉とだけ言ったので、救助が遅れて危なかったけれど。――つまり、上野さんは、子供が決して大けがをしない程度の〈事故〉を仕組んでいたんだわ」

「何のために？」

「上野さんにとっては、石沢常夫が社会の害虫のような存在に見えたんじゃないかしら。そんな害虫を取り除くのが自分の使命だと思いつめていたのね。だから、いわば事件をでっち上げて、団地の人の怒りが石沢常夫のほうへ向くように仕向けて行ったんだわ」

「目的さえ正しければ、か……」

「一度は巧くみんなをたきつけて、猫屋敷へ押しかけて行ったけれど、常代さんが頑《がん》として譲《ゆず》らなかったのと、林田さんが間へ入ったので失敗した。で、一人でもやろうと思いつめた上野さんは、あの自転車の細工を……。正義感から来る怒りに駆られての行動なら、たとえ自分は逮捕されても、社会的には同情を呼ぶだろう。絹子さんも周囲から冷たい目で見られることもない」

「で、出かけて行ったが、石沢常夫はいない。常代さんと口論になって……すると、やっぱり上野がやったのか？」

「そう思わないと、上野さんの自殺の理由が分からないでしょう？　違う相手を殺してしまったことで我を失って……」

「それを上野絹子から聞いたのか？」

「いいえ。絹子さんだって、あのとき何が起こったのか、知っているはずはないじゃないの」

「うん。――ほかに彼女は何も言わなかったのか？」

晴美はためらわずに、

「何も」

と答えた。片山はため息をついて、

「――厄介な事件だな」

と言った。「石沢常代を殺したのは上野か堀口か？　上野は自殺か他殺か？　石沢常夫を撃ったのは林田だったのか？　林田はどこにいるのか？　堀口を殺したのは猫なのか？　――何一つ分かっちゃいないんだぞ」

「解決の糸口ってものがありませんね」

石津が珍しく真面目なことを言い出した。

「――お兄さん」

晴美が言った。「ホームズが……」

見れば、ホームズが電話のそばへ行ってピタリと座っている。

「何だ？　電話がどうかしたのか？」

ホームズは今度は片山のほうへ歩いて来ると、上衣の内側へ前肢を突っ込んで、肩から下げた拳銃に触れた。

「拳銃？　――電話と拳銃か」

「まるでクイズですね」

「何か思い当たらないの？」

片山は眉を寄せて考え込んだ。

「拳銃といえば……林田が石沢常夫を撃ち殺したことぐらいだな。電話――そうか、あのとき、石沢は電話に出ていた……」

片山がハッとした。「あ、あ、あの電話だ！」

「どうしたの？」

「石沢は電話に出なければ撃たれなかったはずだ。あそこは廊下の真ん中で、庭から、真っ直ぐに見通せる場所だった。石沢はあそこへ誘い出されたんだ……」

そう言いかけて、片山は言葉を切った。

「誰に誘い出されたの？」

「あのとき……石沢へ電話がかかっていると言って……。撃たれたとき、石沢は受話器を握っていた。俺は庭へ飛び出した。——彼女が救急車を呼んだ」

「彼女？　——刈谷立子さんね？」

「石沢にかかってきた電話はどうなったんだろう？　まるで考えなかったぞ！」

「でも林田さんにそんなことはできないわ。共犯者がいて、電話をかけたのかしら？　そんな暇はなかったはずよ」

片山は呟くように言った。

「電話なんか、かかってこなかったんだ」

「え？」

「おかしいじゃないか。電話で話している途中に相手が撃たれて倒れたら、向こうだってびっくりする。またかけ直してくるかどうかするはずだ」

「立子さんが説明したんじゃないの？」

「いや、それなら俺の耳にも入ったはずだ。彼女は何も言っていなかった」

「じゃ、どういうことになるの？」

立子が嘘をついたのか……。


「昼間に会えるなんて嬉しいわ」

立子は、笑顔で片山の向かいの席に座った。

「こんな所に呼び出して悪いですね」

「いいわよ。で、お話って？」

——団地の中にある唯一の喫茶店。平日の昼間なので、客は子供連れの主婦が多い。どうも深刻な話をするムードではない。

「つまりね——その——今度の事件はいろいろとごちゃごちゃしてるけど」

「そうね」

「実は単純なんです」

「どういうふうに？」

「つまり、その……堀口っていう人の死を別にすれば、殺されたのは、石沢常代と常夫の親子で、その結果、利益を得るのは誰か？」

「動機ね、要するに」

「そ、そうです。ごく当たり前に考えればいい」

「賛成だわ。化け猫だの何だのは余計なことなのよ」

「全く、そのとおり。そうなると、得をするのは……牧子さんと……」

「私ね」

片山は肯いた。

「で、気が付いたんです。電話のことを」

「電話？」

片山は、石沢常夫にかかったはずの電話のことを話した。

「実際は電話なんかかかっていなかったんだ。それをあなたは『電話だ』と言って、石沢を庭から見通せる所へ誘い出した」

立子は微笑んで、

「面白い話だけど、それは違うわ」

「え？」

「電話はかかってきたのよ、本当に」

「誰から？」

「知らないわ。私が出たわけじゃないもの」

「というと……」

「電話を取ったのは牧子さんよ」

と立子は言った。「あなたに言われて、一一〇番へかけて、戻ろうとしたら電話が鳴ったの。ちょうどそこへ来ていた牧子さんがすぐ受話器を取ってね、ちょっと話してから、『主人に、かかってるんですけど』と言うから、私が呼んで来てあげると言ったのよ」

「じゃ、本当に電話は鳴ったんですね？」

「ええ。そうよ」

片山は頭を抱えた。せっかくの推理が台無しである。

「早合点《はやがってん》だったのかなあ」

片山が腕組みして言った。

「そう深刻にならないで」

と晴美が言った。

「そうですよ。片山さんなら、間違えることもありますよ」

運転席の石津が言うと、片山は、

「片山さんならってのは、どういう意味だ！」

「あ、間違えた。片山さんでも、です」

「訂正したって遅いぞ」

——石津の車で、団地を抜けて駅へ向かっているところだった。車はやがて、あの村のそばに差しかかる。

「あの辺に琴が出たんだな」

と片山が言って窓の外を見た。「——おい、あれは！」

ホームズも窓から外を見て、鋭く鳴いた。

「琴だわ！」

茂みから、白い猫が飛び出して来た。石津が急ブレーキで車を停める。琴らしい白猫は、そのまま、また茂みへ戻って行ってしまった。

「何かしら？」

「呼んでるのかもしれない。ホームズ、どう思う？」

「ニャン」

と同意（？）の返事。

「よし、じゃ車を降りよう」

と片山は言った。

村の中は前にも増してひっそりとしていた。本当に無人の村のようだ。——八人もの村人が逮捕されているのだから、無理もないかもしれない。

猫屋敷へ着いてみると、巡査が一人、手持ちぶさたに、壊れた門の前をぶらぶらしていた。

「片山刑事さんで?」

「そうだけど」

「根本さんからの伝言です」

メモを読んで、片山は、

「何てこった!」

「どうしたの?」

「あの八人をしめ上げるのに全力を尽くすことにしたから、ここの捜査本部は引き上げだとさ」

「じゃ、捜査は打ち切り?」

「そうはいくもんか。——せっかく来たんだ。石沢牧子に会って行こう」

「どうするの?」

「さっきの電話の件を確かめるのさ」

玄関を入って声をかけたが、返事はなかった。「——留守かな?」

上がり込んで、廊下を歩いて行く。

「いないのに勝手に入っちゃ悪いわよ」

「そうですよ」

と石津も加わる。「お巡りさんにでも見付かったら、どうするんです?」

奥の部屋まで捜したが、人っ子一人いない。

「仕方ないな、帰るか」

と片山は廊下を戻りかけて、「ホームズは？」

「さあ。ついて来なかったんじゃない？」

「そうか。玄関から上がったように見えたんだけどな」

ちょうど、電話の見える所へ来た——電話が鳴った。

「あ、電話よ」

「俺が出る」

片山は駆け寄って、受話器を取った。「はい、もしもし。もし——」

「どうしたの？」

片山は晴美のほうへ受話器を差し出した。発信音が聞こえている。

「かかってきてないじゃないの」

「でもベルは鳴ったが……」

そこへ、ホームズが電話台の陰から姿を見せた。

「おい、ホームズ。お前か？」

覗き込んだ片山はそこから何かをつかみ出した。

「時計じゃないの」

「トラベルウォッチだ。——この目覚ましだ！」

「え？」

「聞いてみろ！」

片山は目覚ましのベルを電話のすぐそばで鳴らし、すぐに止めてみせた。

「まるで電話が鳴ってるみたい」

「至って簡単なことさ。よく寝ぼけていて、目覚ましが鳴ってるのに電話へ手を伸ばしたりする。あれと同じだ。手の中でリンと鳴らし、すぐ受話器を取って、もしもし、とやる。誰だって本当に電話が鳴ったと思うさ」

「じゃ……牧子さんが、ご主人を殺させたの？」

「たぶん石沢常代もだ。見付けて問いつめてやる！」

片山がそう言ったとき、玄関のほうから、女の悲鳴が聞こえてきた。

「あれは？」

「行こう！」

三人が駆けつけると、玄関から、石沢牧子が飛び込んで来た。顔や手足が傷だらけだ。

「助けて！」

と上がり口に倒れる。片山たちは唖然とした。玄関の前に、十数匹の猫たちがズラリと並んでいたのである。

「助けて！　猫を——追っ払って！」

牧子がヒステリックに叫んだ。

「一体どうしたんです？」

「呼び出されて……あの神社へ」

「誰に？」

「わ、分かりません……。そしたら急に猫が……襲いかかって来て……」

猫たちが玄関へと飛び込んで来て、牧子はまた悲鳴を上げて身を縮めた。

「早く猫を何とかして！」

晴美が見かねて、

「お兄さん——」

とせっつくと、片山は、

「いいから」

と抑えて、「奥さん。猫が奥さんを襲うのは、奥さんが猫を殺したからじゃないんですか？」

と言った。牧子がギクリとした。

「な、何ですって？」

「石沢常代さんを殺させたのはあなたでしょう。ご主人も。——そうだ、上野さんだって自殺に見せかけたとすれば」

「馬鹿なことを言わないで！　早く猫を――」

「そうか……」

片山の頭に閃《ひらめ》くものがあった。珍しいことだが、土壇場《どたんば》になると、凡人《ぼんじん》にもこういうことが起こるのである。

「堀口だ。あなたに常代さんを斬り殺したり、ご主人を撃ち殺したりできるはずはない。堀口にやらせたんだ。そうでしょう？」

「な、何を言ってらっしゃるのか――」

「常代さんとご主人が死ねば、この土地はあなたのものだ。あなたは色と欲で堀口に言い寄って、二人を殺させた。上野さんは、ちょうどあなたと堀口が常代さんを殺したところへやって来た。上野さんと常代さんが喧嘩していたのはみんな知っている。そこで上野さんを殺して自殺に見せかけ、罪をなすりつけた」

「知らないわ！　そんなこと――」

「次にご主人の名で絹子さんをこの裏へ堀口が呼び出し、乱暴した。そうすれば林田がご主人を殺したと思わせられるからだ。あなたは目覚まし時計を鳴らして電話がかかって来たと見せかけ、庭から見通せる所へご主人を連れ出した。堀口が、警官から奪った拳銃で庭から――」

「そ、そんな馬鹿なことを――」

「そうですか？」

「証拠がありますか！」

「ありますよ。たとえばあの玉石です。――堀口の靴とあなたのサンダルに挟まっていた。あれはあなたが堀口とあの神社で会ったからだ。堀口は三人も人を殺して、さすがに怖くなった。猫の鳴き声にも怯えるようになった。それであなたは見切りをつけて、堀口を殺した」

「知らないわ！　そんなこと知りません！」

「それなら――」

と片山は晴美と石津を見て、「行こうか」

と言った。

「行く？」

と晴美が不思議そうな顔になる。「どこへ？」

「外さ。後はこの猫たちに任せよう」

「そんな！」

牧子が目を見開いた。「やめて！　置いていかないで！」

「さあ、表で待ってようぜ」

「そうしましょう」

石津もニヤニヤしながら肯いた。

片山と晴美、石津の三人は、玄関から表へ出て戸を閉めた。

「大丈夫、こんなことして?」

「ホームズがついてる。ひっかき傷ぐらいなら死にゃしないさ」

中からドタバタと駆け回る音、ギャーオ、ニャーオと猫の声、キャーッと牧子の悲鳴などが入り混じって聞こえてきた。

「助けて!」

牧子の叫び声が聞こえてきた。「分かったわ! 私がやったの! そのとおりよ! みんなしゃべるから——助けて!」

7

「すっかり神経が参っとるらしいね」

栗原が愉《たの》しげに言った。「スラスラと自白したよ」

「そうですか」

「もともと亭主や姑と巧くいっていなかったんだな。土地が高く売れると知って、二人を殺そうと決心した。そして堀口に言い寄って、自由に操《あやつ》るまでにした」

「じゃ、やはり堀口に殺させたんですね？」

「その代わり、罪を着せる人間が必要だった。そこで上野を選んだわけだ。前にも喧嘩しているからだ。ところが、堀口が石沢常代を殺したところへ、当の上野が乗り込んで来た。そこで二人は上野を殺した」

「例の他のメンバーは知らなかったんですね」

「もちろんだ。心変わりしないように、牧子は自分でも猫を一匹殺し、堀口にも殺させた。そして他のメンバーたちがやって来る前に牧子だけ姿を消したんだ」

「だから十一匹か……」

「そういうことだ……」

「堀口を殺したのも牧子ですね？」

「そうだ。肉切り包丁で堀口の喉を切って殺したらしい」

「でもあの傷は……」

栗原は首を振った。

「それは牧子も知らんと言ってる。それに死体は神社の境内へ置いて来たのに、屋敷の前で見つかって、肝《きも》を潰《つぶ》したらしいな」

「じゃ一体誰が運んで来たんだろう？　まさか猫が……」

「いくら何十四集まっても、そいつは無理だろうな」

片山はホッと息をついて、

「でも、これで林田も無実だと分かったわけですね」

「これが報道されたら姿を見せるだろう」

「上野絹子も危ない状態は脱したようですし……。そうだ、きっと林田は団地の近くにいますよ」

「どうしてだ？」

「絹子さんが夜中に病院を脱け出していたのは、それしか考えられません。いったん団地から逃げたと見せて戻っていたのに違いないと思いますね。暴行された恋人のそばから離れるような男じゃありませんよ。何かの方法で連絡を取って居場所を教えたんです。絹子さんもしっかりした人ですからね、隠れ場所へ何やかやと持って行っていたんじゃないでしょうか」

「ふーん。お前にしちゃ冴えてるじゃないか」

賞められたのかどうか自信はなかったが、片山は素直に、

「どうも」

と礼を言った。——そうだ。あの、絹子がまるで猫のような鳴き声を出したのも、手足が土で汚れているのを見られて、怪しまれ、林田が見付かっては困ると、とっさにあんな真似

をしたのだろう。

　全く、頭のいい女性だ。

「分からないのは猫たちの動きですね」

　と片山が言うと、立子は不思議そうに、

「どういうこと？」

　と訊いた。

「つまり……まるで生き残った猫が一致団結して、主人の復讐をしたように見えるじゃありませんか。まあ、誰かが猫にエサをやってくれと頼んでるわけで、人間が陰にいたのは確かだと思うんですが」

「誰かがね」

　ちょっと思わせぶりな言い方に、片山はまじまじと立子を見た。

「――あなた、だったんですか？」

「ええ。行方不明になっていた猫たちを、またたびの匂いであの神社に集めたの。でも私が毎日エサをやるのはとても無理なので、あのレストランの子に頼んだのよ」

「そうか。――で、あの晩は、僕たちが張り込んでると知っていたので、お金を置きに来なかったんですね」

「そのとおり」

「待ってください。——じゃ、牧子を呼び出したり、堀口の死体をこの屋敷の前まで運んで来たのは……」

「私です。堀口が殺されているのを見つけて、死体の傷口を動物にかみ殺されたようにして——」

「どうやって?」

「生花に使う剣山を使って。——それは絹子さんの病室へ見舞いに行ったとき、部屋の花びんの中へ入れて来たわ。まだそこにあるはずよ」

むろん片山も立子も、それがあの穴の底に、晴美のバッグとともに埋まっているなどとは知る由もない。

猫屋敷は静かだった——片山と立子の二人きりなのだから、当然の話だろう。片山はゆっくりソファにもたれた。

「しかし、あなたは、なぜ堀口が犯人だと知っていたんです?」

「見ていたとしたら?」

「見ていた?」

「あの日、私は早くあそこへ着いたの。ちょうど、堀口が、村の他の代表たちに、猫を殺させているときだった……私は陰に隠れて、それを見ていたのよ」

「それで仕返しを？」

「恩人を殺されたんですもの。でも堀口の裏に誰かがいるはずだわ。――たぶん、牧子だろうとは思ったけど、確信はなかった。それに堀口や他のメンバーたちにも何か思い知らせてやらなくちゃ、ね」

「じゃあ、白猫を赤く塗《ぬ》ったのも？」

「ご想像にまかせます。でも後始末が大変だったわ」

立子は、自分の身体から塵《ちり》でも振り払うような仕草《しぐさ》で言った。

「それで鳴き声を聞かせて脅したわけですね。――そのために一人、死にましたよ」

「ええ。……その責任は感じてるわ。でもね、後悔はしない。自業自得よ。ここは、伯母の土地だったんですもの。――猫たちが居場所を失う。それが私もたまらなかったわ」

立子は片山をじっと見て言った。「ねえ、不思議だと思わない？　人間だって動物なのに、猫や犬が住めない所をどんどん作って……。猫が住めない所に住んで、人間だって果たして本当に幸せなのかしら？」

片山は何とも言えなかった。確かに、一匹として犬や猫の姿を見ない町というのは、どこか妙なのかもしれない。

立子はソファから立ち上がった。

「お茶をもう一杯いかが？」

「い、いえ、結構です」

「遠慮しないで。すぐ来るわ」

立子は不思議な微笑を浮かべて、応接間を出て行った。

そして——そのまま二度と戻って来なかった。

エピローグ

「立子さん、どこへ行ったのかしら?」

と晴美が言った。

「さあ……」

片山はぐいとやけ酒——ならぬやけ紅茶をあおって、「アチチ!」と飛び上がった。

「当たり前よ、熱いのは」

「う、うん……」

「いくら、また振られたからって——」

「はっきり言うなよ。どうせ、結婚の話はでたらめだったんだから」

「あら、どうして?」

「そうに決まってる。僕を犯人捜《さが》しに利用するつもりだったのさ」

「そうかもしれないけど……。でも、それだけだったのかしら?」

「そう思ったほうが無難だよ」

「そうね。――元気出しなさいよ。絹子さんと林田さんたちは幸せになれそうだし、結構じゃないの」

「お前と石津は？」

「あら！」

晴美はちょっと照れたように赤くなった。「あの人たちとは違うわよ」

片山はふっと息をついて、

「あの琴って猫もいなくなったままだなあ」

「そうね。他の猫たちも。どこへ行ったのかしら？」

「知るもんか」

「――ね、お兄さん」

「何だ？」

「立子さんって……琴の化身だったんじゃない？」

片山は目を丸くした。

「馬鹿言え！　もう怪談はごめんだぞ」

「だって……考えてみれば、私たち、あの人と琴を一度も一緒に見ていないのよ」

「そ、そうかな……」

「そうよ。だからもしかしたら……」

「よせよ！　そんな馬鹿なことが。——なあ、ホームズ？」

部屋の隅で眠っていたホームズは、大儀《たいぎ》そうに目を開いたが、そのまま、また眠り込んでしまった。

立子。——あの寝台車で会ったときも、まるで猫のような身のこなしに驚いたものだが、まさか本当に猫だ、なんて……。きっと何かの都合で、琴と一緒に旅行して帰るところだったのだろう。無賃乗車——だったのかどうか知らないが、先に琴を走らせて、車掌がそれに気を取られているうちに、素早《すばや》く降りてしまったのだ。きっとそうだ。

なくなったという伯母の手紙も、どうせ自分に近づくための作り話だったのだろう……。

電話が鳴って、近くにいた片山が受話器を取った。

「はい、片山です」

「あ、私です」

「立子さん！　——あなたどこにいるんです？」

「そんなことより、お約束のほう、よろしくね」

「約束？」

「レストランで、私がお願いしたでしょう？」

「あ、ああ、あれですか」

例の、何だか分からない約束である。

「みんなをよろしく」

「みんな？」

「可愛がってやってくださいね。私はもうあなたの前には姿を見せません――さようなら」

「待ってください、あの――」

電話は切れた。片山はホームズをまじまじと見て、言った。

「おい、お前。どう思う？　あれは本当に猫の化身だったのかな？」

ホームズが、答える代わりに顔を上げて、ドアのほうを見た。ドタドタと駆けて来る足音。

「石津さんだわ」

と晴美が立ち上がる。とたんにドアが開いて、石津が転がり込んで来た。

「大変です！　そ、そ、そこに――」

「おい、しっかりしろよ！　一体何だっていうんだ？」

「お兄さん！」

晴美が声を上げた。片山は目を見張った。玄関の前に、十匹近い猫がズラリと並んでいたのだ。

みんなをよろしく、だって？　すると、立子があのとき言ったのは、生き残った猫たちの面倒をみてくれということだったのか……。

猫たちが、

「よろしく」

とでも言うように、一斉に鳴き出した。

解説

山前《やままえ》 譲《ゆずる》
（推理小説評論家）

事件現場は大きな屋敷の一室だった。床《とこ》の間《ま》の前に、村一帯の土地の地主である老女が倒れている。あたり一面に血が飛んでいて、もう息はない。そして、周りでは十四ほどの猫も死んでいた。どれもが鋭い刃物で斬《き》り殺されたように、朱《しゅ》にまみれている。〈猫屋敷〉での惨劇にショックを受ける片山晴美《かたやまはるみ》と石津《いしづ》だったが、ホームズは冷静に……。

二〇一六年は赤川次郎氏にとって、デビュー四十周年という大きな節目の年となりました。一九七六年に第十五回オール讀物推理小説新人賞を受賞した「幽霊列車」が赤川作品の記念すべき第一作ですが、長編、短編、ショート・ショートと、四十年間に発表された小説の数は、概算ですらすぐにはできません。すべてが小説ではないにしても、オリジナル著書が二〇一六年一月、なんと五百九十冊に到達しているからです。

その厖大《ぼうだい》な数の作品のなかでとりわけ大きな輝きを放っているのが、三毛猫ホームズの活躍です。多彩なシリーズ・キャラクターの活躍は赤川作品の特徴で、主なシリーズだけでも十指《じっし》に余りますが、なかでも片山義太郎《よしたろう》と晴美の兄妹に飼われているメス猫のホームズは、絹《きぬ》のような色艶《いろつや》のよい毛並みと人間顔負けの聡明《そうめい》さ（！）によって、多くの読者に愛されてきました。ミステリー界広しといえども、これほど名推理を披瀝《ひれき》している猫はいないでしょう。

シリーズは二〇一五年刊の『三毛猫ホームズの回り舞台』で五十冊に到達しています。第一作はあらためて詳しく紹介するまでもなく、『三毛猫ホームズの推理』です。一九七八年四月にカッパ・ノベルスより刊行されたその長編は、赤川氏にとってまだ三冊目の著書でしたが、ベストセラーとなって作家専業への道を拓《ひら》いたのです。

その三毛猫ホームズの五十冊のなかから、エポック・メイキングな六長編が新たな装いで刊行されることになりました。

本書『三毛猫ホームズの怪談』を最初に、クラシック音楽の世界を描《えが》く『三毛猫ホームズの狂死曲《ラプソディー》』（一九八二）、ホームズがなんとヨーロッパを旅している『三毛猫ホームズの登山列車』（一九八七）、大林宣彦《おおばやしのぶひこ》監督による映像化が話題となった『三毛猫ホームズの黄昏《たそがれ》ホテル』（一九九〇）、片山義太郎がまさか（？）結婚かとハラハラさせられた『三毛猫ホームズの心中海岸』（一九九三）、そしてホームズが意外な才能を発揮した『三毛猫ホームズの正誤表』（一九九五）です。なかなかヴァラエティに富んだラインナップではないでしょうか。

一九八〇年十二月に刊行されたこの『三毛猫ホームズの怪談』でまず注目したいのは、シリーズの〈三冊目〉ということです。どんなにユニークな探偵だったとしても、そしてどんなに魅力的な主人公であっても、一作にしか登場しなかったとすれば、シリーズ・キャラクターとは言えません。作者がいくらシリーズにしたいと思っても、それは願望にしかすぎないのは明らかでしょう。読者の強い支持を背景に、二作目以降が書かれてようやく、シリーズ・キャラクターとして認められるのです。

『三毛猫ホームズの推理』も最初からシリーズにすることを意図して書かれたわけではなかったでしょう。まだデビューして二年もたたない新人作家の三冊目の著書なのです。シリーズ化など考える余裕はなかったのではないでしょうか。だいたい、女子大を舞台にした密室殺人の謎解きで、ホームズが初めて読者の前に姿を見せた時には、飼い主は片山兄妹ではありませんでした。たしかにラストはその後の展開を予感させるものでしたが、それは後になって気付くことです。

ただ、人間界の言葉こそ喋《しゃべ》らないにしても、いろいろな手段で的確に謎解きのヒントを出していく三毛猫が、ホームズと名付けられていたことから、鋭い推理力を持っていた読者なら作者の意図を見抜いていたかもしれません。

もちろんその名の由来は、住宅（home）の複数形でも、ホームズ彗星《すいせい》でも、アメリカ合衆国のホームズ郡でもありません。長短編合わせて六十作に活躍した、誰もが知っている名探偵のシャーロック・ホームズです。三毛猫ミケでも三毛猫タマでも三毛猫ポプリでもありませんでしたから、その名声にあやかってのネーミングに、シリーズ化の期待が込められていたと推理することはできます。

そして期待通り（？）『三毛猫ホームズの推理』はシリーズ第一作の栄誉を担うことになりました。一九七九年八月、第二作の『三毛猫ホームズの追跡』が刊行されたからです。事件の現場は片山晴美が新たに勤めはじめた「新都心教養センター」でした。カルチャースクールが流行《はや》りはじめた時代を背景に、連続殺人の謎解きが繰り広げられています。その二作目に目黒《めぐろ》署の石津刑事が登場して、シリーズの基本となる人間関係が作り上げられていくのでした。

そして一九八〇年十二月に刊行されたこの『三毛猫ホームズの怪談』です。〈三冊目〉ともなれば、これはもう堂々たるシリーズでしょう。いや、そんなに声高《こわだか》に主張することではありませんが。ちなみに、赤川氏にとって『三毛猫ホームズの追跡』は九冊目の、『三毛猫ホームズの怪談』は二十七冊目の著書でしたから、シリーズ一作目から三作目まで、なんとみんな三の倍数！　さすが三毛猫のホームズ……いえ、当たり前のことですが、単なる偶然です。

さて、話を元に戻し、こうして人気シリーズとなった三毛猫ホームズの名推理は、快調なペースで作品を積み重ねていくのでした。一九八三年刊の『三毛猫ホームズの運動会』以降、短編集もまとめられていきます。そして五十冊——赤川作品のシリーズとしてはもっとも数が多いのですから、四十年にもわたる創作活動のなかで特筆されるのは当然のことでしょう。

さらに『三毛猫ホームズの怪談』では〈キャラクターの確立〉も重要なキーワードとなっています。事件にかかわるそもそもの発端は、片山兄妹が石津刑事の新居を訪れたことでした。そこは「西多摩《にしたま》の一角を開発した広大な緑の中の近代都市」であるニュータウンの団地で、石津はなんと赤いスポーツカーで片山らを迎えに来ます（この車はこの後どうなった？）。しかもその新居、独身なのに2DK……『三毛猫ホームズの追跡』で晴美にひと目《め》惚《ぼ》れしてしまった、石津の目論見《もくろみ》は明々白々でしょう。

警察官としての職務に関係しなくても、この『三毛猫ホームズの怪談』以降、石津（ちなみにフルネームはいまだ不明です）は片山兄妹の日常に頻繁《ひんぱん》に顔を出すのです。もちろんそれは恋しい晴美に会いたいためですが、だんだん食欲を満たすのが主な目的になり……なにせ彼は、「三毛猫ホームズの夜ふかし」によれば、ラーメンにチャーハンとシュウマイ、さらに料理が二皿ついてようやく満足するような大食漢なのです。

目的はともあれ、一見プロレスラー風という体型だけでなく、シリーズ・キャラクターとしての石津の存在感がここでぐっと増しているのです。シリーズの根幹となるトリオの関係が確立されるのでした（もちろんホームズは別格として）。「三毛猫ホームズの子守歌」での運転手や「三毛猫ホームズの離婚相談」での荷物運びと、なんだか刑事以外の姿が目立っている石津ですが、猫はまったく苦手なので、ホームズになかなか近づかない姿もだんだんシリーズには欠かせないシーンとなっていきます。

そして『三毛猫ホームズの怪談』の三番目のキーワードは〈怪奇〉です。事件現場は〈猫屋敷〉と呼ばれていて、たくさん猫が飼われていましたが、まるで猫の化身ではないかという人物が……。佐賀鍋島藩《さがなべしまはん》の騒動など、「化け猫」のエピソードはよくあります。一方、「化け犬」はあまり耳にしたことがありません。猫も犬も人間社会のなかで大変に馴染《なじ》みのある動物ですが、キャラクター的にはちょっと違っているようです。詳しく語る余裕はありませんが、いずれにしても、たとえばエドガー・アラン・ポーの短編「黒猫」のように、猫のほうが現実離れした怪奇な物語に相応《ふさわ》しいようです。

もちろん我らがホームズのシリーズはミステリーですから、ラストには合理的な真相が用意されています。その一方で、〈怪奇〉の要素もそこかしこに織り込まれてきました。怪奇映画のキャラクターをモチーフにした『三毛猫ホームズの恐怖館』（一九八二）、本当に怪奇な現象が起こっている『三毛猫ホームズの騒霊騒動《ポルターガイスト》』（一九八八）、片山義太郎と中学時代に同級生だったという霊媒師が登場する『三毛猫ホームズの降霊会』（二〇〇五）など、シリーズのそこかしこに〈怪奇〉は織り込まれています。

加えて第四のキーワードは〈片山義太郎の恋愛〉――この『三毛猫ホームズの怪談』だけではありません。女性恐怖症にもかかわらず、片山義太郎はやたらにモテるのです。それは何故《なぜ》なのでしょうか？　これはエピソードが多すぎるので、詳しくは『三毛猫ホームズの心中海岸』で述べることにしましょう。

二〇一六年四月、赤川次郎さんは第五十回吉川英治《よしかわえいじ》文学賞を『東京零年』で受賞しました。作家生活四十周年という大きな節目に、さらに大輪の花が添えられたことになります。さぞかしホームズも喜んでいることでしょう——いや、アジの干物をあげたほうが喜ぶかな。

一九八〇年十二月　カッパ・ノベルス（光文社）
一九八五年六月　光文社文庫

光文社文庫

長編推理小説
三毛猫《みけねこ》ホームズの怪談《かいだん》　新装版
著　者　赤《あか》　川《がわ》　次《じ》　郎《ろう》

2016年6月20日　初版1刷発行

発行者　鈴　木　広　和
印　刷　萩　原　印　刷
製　本　ナショナル製本

発行所　株式会社　光　文　社
〒112-8011　東京都文京区音羽1-16-6
電話（03）5395-8149　編　集　部
8116　書籍販売部
8125　業　務　部

ISBN978-4-334-77305-2　Printed in Japan

組版　萩原印刷

お願い　光文社文庫をお読みになって、いかがでございましたか。「読後の感想」を編集部あてに、ぜひお送りください。

このほか光文社文庫では、どんな本をお読みになりましたか。これから、どういう本をご希望ですか。どの本も、誤植がないようつとめていますが、もしお気づきの点がございましたら、お教えください。ご職業、ご年齢などもお書きそえいただければ幸いです。当社の規定により本来の目的以外に使用せず、大切に扱わせていただきます。

光文社文庫編集部